Christine Angot est l'auteur d'une quinzaine de livres qui en ont fait une des figures majeures de la scène littéraire, notamment *Léonore, toujours* (1994), *L'Inceste* (1999), *Pourquoi le Brésil ?* (2002), ou *Rendez-vous* (2006). Elle a aussi écrit pour le théâtre.

Christine Angot

LE MARCHÉ
DES AMANTS

ROMAN

Éditions du Seuil

TEXTE INTÉGRAL

Pour la citation de l'ouvrage de Doc Gynéco,
*Les grands esprits se rencontrent : 2007, Sarkozy et moi,
une amitié au service de la France*, © Éditions du Rocher, 2007

Pour la citation de l'ouvrage de Céline, *Mort à crédit*,
© Éditions Gallimard, 1985

ISBN 978-2-7578-1459-8
(ISBN 978-2-02-098465-2, 1re publication)

© 2008, Christine Angot
© Éditions du Seuil, pour la langue française, 2008

Marc était chaleureux et sympathique, il avait envie de rapports intimes, tout en étant réservé il aimait parler. C'était un intellectuel de la rive gauche, décontracté, rieur, pas très grand, petites lunettes pour lire qu'il posait sur le bout du nez au lieu de les mettre et de les enlever, il lisait la carte au restaurant puis levait les yeux par-dessus pour vous parler. Il avait une voiture pour les longues distances, un scooter pour aller d'un rendez-vous à un autre en évitant les encombrements, un vélo parce qu'il aimait ça : sa pensée restait active, pendant qu'il se déplaçait à un rythme tranquille, en silence, il réfléchissait. Il aimait faire le marché, la cuisine aussi. Les cèpes. De temps en temps un très bon restaurant. Il aimait bien. Il s'occupait de ses enfants, même s'il les voyait peu, il était séparé de leur mère depuis trois ans. Il travaillait beaucoup. Il avait toujours beaucoup travaillé. Il faisait une belle carrière, il avait un bon salaire. Il habitait dans le quartier de Paris qui correspondait à ses centres d'intérêt, et lui permettait en même temps d'avoir une vie de famille. Le quatorzième. Le travail, l'école, les lieux de rendez-vous étaient proches les uns des autres. Il lisait beaucoup, allait au cinéma une fois par semaine, de temps en temps au spectacle. Il recevait les invitations mais évitait les premières, il était rédacteur en chef d'un journal culturel, si parfois il y allait, c'était pour gagner du temps, ça évitait d'avoir à réserver soi-même, c'était tout. D'un point de vue social ce genre de sortie lui déplaisait. Il critiquait ce milieu, cette ambiance tout en disant « m'enfin on va pas parler de ça ». Il préférait voir sa vie en dehors de « cette espèce de zoo », il était contraint de s'y mêler, de très loin et en observateur, mais ne se sentait pas sali, pas touché.

Pourtant traverser la Seine pour aller rive droite s'apparentait à une expédition, le vingtième arrondissement il l'appelait le trentième, c'était son humour. Quand il venait vers chez moi à Saint-Augustin, à sept minutes de Madeleine, il appréciait le calme juste à côté du square et la perspective de la place, en ajoutant avec un regard pétillant « ce qu'il y a c'est qu'il faut arriver jusque-là ». Mais je me sentais bien avec lui. Je me sentais à l'aise, on pouvait parler des heures. On avait un rapport facile, direct. Il ne jouait pas la comédie, son masque ne demandait qu'à tomber, il ne s'abritait pas derrière des barrières. Il ne demandait qu'une chose, que le rideau de théâtre se ferme pour laisser la place à ce qu'il appelait la vérité, dont le curseur sur sa ligne imaginaire avait tendance à hésiter, à osciller, à en choisir plusieurs, sous prétexte qu'il ne savait pas.

Il avait une soif d'intimité, comme si le temps pour la satisfaire lui manquait. Ou les bons partenaires, les occasions. Le fait d'avoir toujours été très pris. Son métier. Mais la possibilité était là, comme une nappe d'eau claire, à disposition. Presque pas troublée encore. Et l'aptitude, le don pour ça. Il aimait l'intensité, la profondeur, la vérité, qu'il regardait avec gourmandise, disposé à les découvrir, excité, courageux, mais d'après lui pas vraiment initié. Il communiquait volontiers sur le ton de l'interrogation, sans jamais oublier la discrétion, au point d'exagérer les prudences oratoires. Ce qui ne l'empêchait pas d'être orgueilleux, de bien aimer se mettre en scène aussi lui-même. D'adorer qu'on lui pose des questions. Il aimait aussi parler vêtements, restaurants, ambiances, futilités. En accompagnant sa fille chez Zara il avait vu une brune de vingt ans en slim qui essayait des talons hauts en marchant comme une reine devant les cabines, ça l'hypnotisait, il parlait de ce que le vêtement chez telle ou telle femme révélait, avouait qu'il observait tout, en précisant « on dirait pas comme ça » et disait qu'il choisissait lui aussi ses vêtements avec une obsession maladive. Il aimait se moquer des attitudes que prenaient parfois les gens, tel éditeur qui lui disait en l'accueillant au restaurant pour un déjeuner de travail « t'es de ma famille ». – Qu'est-ce que t'as répondu ? – J'ai éclaté de rire. Qu'est-ce que tu voulais que je réponde ? Toute cette hypocrisie glissait sur lui.

J'étais dans un train, dans un compartiment, je me disais « je suis bien ». Le type passait avec le bar, l'homme à côté de moi prenait quelque chose, j'aimais bien sa voix. Sur la banquette en face il y avait un couple, l'homme m'avait aidée à monter ma valise. Je lisais. Le train passait sous la place de l'Europe d'où Monet avait peint la gare. Le nombre de rails diminuait. La veille Marc avait pris la route pour rouler toute la nuit, je n'allais pas le voir pendant un mois. Deux questions me tournaient dans la tête, j'étais bien, mais est-ce que cet état allait durer, et lui pendant ce mois il allait se verrouiller ou au contraire ouvrir ? On venait de se rencontrer. Il partait en Corse avec ses enfants, des amis, et la femme avec qui il vivait. C'était le début de l'été, à part une semaine dans un hôtel au bord de la mer, je restais à Paris.

On avait dîné deux fois. La deuxième il me faisait une déclaration d'amour qui n'était pas très claire, mais explicite la troisième fois. J'étais avec Bruno, il y avait des choses qu'on n'arrivait pas à résoudre, du quotidien, des choses concrètes. L'organisation de la vie. Marc ne voulait pas avoir deux histoires parallèles mais ne voulait pas non plus passer à côté d'une rencontre importante, il était tombé amoureux de moi, il tenait à tout dire. Il était chaleureux, doux. Pas guindé, naturel. Une dégaine à la fois de vieux routier et d'adolescent, content de lui, insatisfait, résigné. Il avait une veste en coton noire un peu trop longue pour lui qui n'était pas grand, une veste droite, pas cintrée, le tissu n'était pas souple, le col était trop large. Dessous il mettait une chemise blanche rentrée dans son jean clair ceinturé. Pieds nus dans des mocassins fauve.

Seules sa mère et son ex-belle-mère avaient son numéro fixe, il utilisait son portable ou le téléphone de son bureau. C'était un passionné de presse qui s'était tourné vers la culture. Jeune étudiant, il animait une émission culturelle sur une radio libre, pour son plaisir en amateur. Il avait connu la mère de ses enfants comme ça, c'était une auditrice, elle appelait tout le temps, un jour il lui avait proposé de prendre un café. Il avait vécu vingt ans avec elle. Il la trompait de temps en temps, régulièrement. Jusqu'à ce qu'une histoire importante lui tombe dessus. Il vivait les deux en parallèle sans pouvoir choisir, au bout d'un an et demi sa maîtresse le quittait parce qu'il ne changeait rien. Il se contentait d'avoir un emploi du temps compliqué et de se sentir vivant, tiraillé mais vivant, sa vie n'était pas plate, elle était intense, c'était une des périodes les plus épuisantes de sa vie, les plus intéressantes aussi. Toujours en état de tension. Mais en vie, actif, beaucoup d'émotions. Il dessinait dans l'air avec son doigt une ligne brisée avec des hauts et des bas. L'opposant à la courbe plate d'un cœur qui ne battrait plus.

Cette histoire importante l'avait beaucoup marqué, et la fin, le fait qu'il comprenne sans pouvoir rien faire.

Je rêvassais. Je levais les yeux, le couple dormait maintenant. Le type dont j'aimais bien la voix regardait les arbres défiler par la vitre. C'était un train Corail. Je revenais des toilettes. L'ouverture de la porte les réveillait. L'homme à ma gauche lisait le journal, la femme en face plissait les yeux, dans la fente de ses paupières elle me regardait.

En allant aux toilettes j'avais été saisie par le bruit violent près des soufflets. Une image me revenait et ne me quittait plus. Juste après les compartiments et la porte battante du couloir, j'avais eu le flash de Bruno et de moi allongés par terre dans les mêmes deux mètres carrés d'un train Corail. Moi dos à la porte battante qui s'ouvrait régulièrement, lui contre celle du wagon qui laissait passer le froid, les genoux pliés calés contre mes pieds. Il lisait *Rendez-vous*, on venait de se rencontrer, c'était le lendemain de notre première nuit. Il avait son blouson d'hiver en cuir marron, son jean bleu ciel troué aux genoux, sa peau noire au travers. Au bout de quatre heures, quand on sortait du train, on marchait pour la première fois dans la rue tous les deux main dans la main. Il portait nos deux sacs à l'épaule et me donnait la main dans la poche de mon manteau, je la serrais à travers mon gant, je l'enlevais pour mieux sentir sa peau, la largeur de sa main et la façon ferme de tenir la mienne.

Marc me plaisait moins que Bruno. Il était beaucoup moins beau, moins intense, moins drôle. Il ne m'intriguait pas. Mais je pensais que je pouvais être mieux avec lui qu'avec Bruno, dans son regard il y avait une envie d'intimité, et la garantie que je lui plaisais. Même si un homme et une femme du même âge, blancs tous les deux, qui évoluaient plus ou moins dans les mêmes cercles, monsieur et madame tout le monde s'aiment, ça ne me faisait pas rêver.

Arrivée à l'hôtel j'étais toujours bien, mais je n'avais pas envie de sortir de ma chambre. J'adorais être sur mon lit à regarder un DVD, je pensais à Marc, tout le monde était dehors. Les filles étaient sorties. Avec lui j'allais peut-être redécouvrir la douceur. Bruno était souvent un peu brusque. Il y avait un acteur dans le film, dont le visage ressemblait à Bruno Ganz. Bruno. Quand on écoutait de la musique, quand on était au lit, quand on se promenait dans la rue, tous les moments étaient pleins avec lui. Comme un ballon bien gonflé qui s'envolait dans les airs au moindre souffle. Quoi qu'on fasse, par le simple fait qu'il soit là.

Je me réveillais à 4 h 30, Marc m'avait annoncé qu'il était capable de disparaître, de fuir. La phrase « je disparais » sonnait dans mes oreilles, elle m'empêchait de me rendormir.

Au début je remplissais la maison avec des chansons de Bruno, maintenant je cachais les pochettes pour ne pas voir les photos, ne pas croiser son regard. Je ne pouvais plus les écouter. La voix, le phrasé, les mots, ce qu'il chantait « j'ai jamais dit je t'aime même à la fille que j'aime », ou « quand tu pars il y a un horodateur il faut revenir à l'heure », peut-être anodins, ne l'étaient pas pour moi. C'était fini d'avoir un sourire jusqu'aux oreilles en écoutant ça fort dans la maison. Marc n'aimait pas sa copine autant que j'aimais Bruno, ce n'était pas possible. Pourtant ce n'était pas Bruno là que j'avais envie de voir. J'étais dans le moment où on ne voit pas clair.

Le soir suivant je me couchais en pensant à Marc. Quand je me réveillais à cinq heures, ou six heures, je ne pouvais plus me rendormir, c'était trop vif, trop présent, il fallait que je me lève, que je fasse quelque chose. Je commençais déjà à compter les jours. Pourtant il disait que des gens comme lui c'était la banalité, la médiocrité. Ç'avait été sa réponse quand je lui avais dit que parfois j'avais du mal à vivre ma vie, ou que j'en avais marre d'être moi.

Le premier soir on restait ensemble quatre heures, puis il m'accompagnait aux taxis. Avec mes talons j'étais presque aussi grande que lui. Ce n'était pas les mêmes sensations qu'avec Bruno. La ville autour avec Bruno, c'était un décor pour une aventure qu'on allait vivre par le simple fait de sortir. Avec Marc c'était un trottoir sur lequel d'autres étaient passés, et passeraient encore. Avant d'aller me coucher je recevais par texto : « J'ai beaucoup aimé notre discussion. J'espère qu'elle en appellera d'autres. Bonne nuit. Je vous embrasse. Marc. » Le lendemain, par mail, on choisissait une date pour se revoir. Il commentait la soirée. Notre conversation lui était revenue pendant la nuit, elle faisait son chemin dans sa tête entrecroisant nos deux récits et intégrant mille choses. Elle avait été fluide et aisée, il réalisait que cette fluidité, très rare, et en tout cas très agréable, demeurait. Il avait très envie de me voir, de rire avec moi, de mieux me connaître, pourquoi, il ne le savait pas exactement. C'était une évidence. Il avait hâte de me revoir. Pour ne pas laisser plus longtemps les mots, nos mots, dans cette apesanteur de l'entre-deux rendez-vous. Il se demandait pourquoi nous arrivions à nous parler ainsi. Il se disait que pour qu'il y ait fluidité il fallait être deux. Il repensait au mot pestiféré que j'avais employé à un moment, et à mon histoire avec Bruno, autre histoire de pestiféré même si cela n'avait a priori rien à voir, en tout cas toujours ces mêmes histoires de pression sociale, de réputation, il était chez lui, je pouvais l'appeler… Je ne le faisais pas.

Le lendemain, je proposais volontairement un restaurant calme et un peu froid, un japonais près de chez moi. On était sur des tabourets au bar en pleine lumière. Vers la fin je ne comprenais plus rien à ce qu'il me disait.

– Je peux faire plein de choses. Je peux choisir. Mais je…

– Vous pouvez choisir ?

– Oui.

– Comment ça ?

– Quand je tombe amoureux, au bout de quelque temps il y a moins d'intérêt, ou ce n'est pas ce que j'avais pensé, ou j'ai moins de sentiment, ou alors c'est à cause d'un élément extérieur. Vous comprenez ce que je dis ou pas du tout ?

– Non, pas très bien.

– C'est un mélange de tout ça.

– Un mélange de tout quoi ?

– De tous ces éléments.

– Un mélange qui fait que quoi ?

– Eh bien qui fait par exemple que je ne sais pas si je dois dire à la femme que j'aime de venir en Corse avec moi. Je peux faire plein de choses.

– Vous êtes content ?

14

Il tournait la tête vers moi en plantant son regard dans le mien, il ne s'attendait pas à cette question. Il me regardait prêt à dire quelque chose. Mais avec un sourire interrogatif. Sa voix perdait de l'assurance.

– De quoi ? De ma vie ?

– Oui.

– Oui. C'est intéressant.

– En tout cas c'est bien, vous avez beaucoup de chance d'avoir la possibilité de choisir.

– Non ce n'est pas bien.

– Pourquoi ? Pourquoi ce n'est pas bien ?

– Parce que je ne choisis pas. Je suis le bouchon qui se laisse aller au fil de l'eau.

– Le bouchon qui se laisse aller au fil de l'eau ? Je ne comprends pas.

– Oui. Je me laisse porter par le courant. Alors je ne sais pas s'il faut comme ça accumuler. Quand on a vécu déjà plusieurs histoires.

Il demandait l'addition, pressé de partir, bizarre.

– On se revoit très vite. Et on reprendra la discussion exactement là où on l'a laissée.

Il disait ça avec insistance, dans une phrase bien rythmée, avec *exactement* détaché, très en évidence.

Sur le chemin du retour, dans la rue, j'appelais Bruno. Je ne l'avais pas appelé depuis plusieurs jours. C'était génial d'entendre sur son message sa voix claire, avec ce ton déclamatoire Beausir Bruno, les syllabes bien distinctes. À la maison, j'avais un mail de Marc.

« Chère Christine, Oui, bon, d'accord, je sais que je n'ai pas été très clair à la fin de notre conversation de ce soir avec mes histoires de bouchons qui se laissent aller au fil de l'eau. Flou, embrouillé, incapable d'aller plus avant dans ce que je voulais vous dire. Sachez pourtant que j'aime nos discussions, que je me sens bien avec vous, que… mille choses encore. Bref, je voulais vous dire que c'est compliqué (pas nous, enfin je crois, le reste plutôt) mais que je tiens vraiment à ce quelque chose de si rare qui fait qu'on (j'ose le on ?) est si bien ensemble. »

Je partais à Rome avec ma fille pour son anniversaire. Bruno n'aimait pas quand je quittais Paris, pour quelques jours je ne disais rien. Marc voulait savoir quand je rentrais pour reprendre la conversation. Je préférais qu'on se parle avant, au téléphone.

– J'ai vraiment besoin d'en savoir plus, j'ai l'impression d'être destinataire de quelque chose qui n'est pas arrivé à destination.

– Ne vous inquiétez pas. Vous êtes destinataire de rien du tout.

– Non mais j'aimerais bien que les choses…

– Que les choses soient claires.

– Un peu plus oui.

– Vous êtes à Rome là ?

J'étais allongée sur mon lit, je voyais le ciel par une fenêtre à l'italienne, placée haut sur le mur. À l'extérieur de la chambre, sur le palier, un petit escalier menait à une terrasse qui dominait tout, la ville, les jardins, le forum, le Panthéon, le Vatican, piazza Venezia, les escaliers de la place d'Espagne, piazza del Popolo, l'église du Gesù.

– Oui.

– Et ça va ?

– Oui. Nos fenêtres donnent sur la ville, il fait chaud, ma fille découvre Rome. On est vraiment très bien.

– Il faut que je retourne en réunion. Je vous appelle ce soir vers dix heures.

On dînait place du Panthéon. Je prenais de la *zuppa inglese*, un dessert que j'avais découvert la première fois dans un restaurant italien de Londres avec mon père trente ans plus tôt, je n'en avais jamais retrouvé d'aussi bon, j'avais toujours été déçue, ce jour-là il était égal à celui de mon souvenir.

Je marchais vite pour être dans ma chambre à dix heures. J'attendais sur mon lit près du téléphone. Pas d'appel. J'étais nerveuse, déçue. J'appelais Bruno sur son fixe. J'entendais son « allo » au bout du fil. Mais je restais muette.

– Allo…

– …

– Allo…

– …

– Allo.

– …

Il raccrochait. Je rappelais. Il fallait que je dise quelque chose, j'étais en train de tout gâcher. Il avait décroché. Bip… bip… Le lendemain matin le téléphone était toujours décroché, de l'aéroport je lui laissais plusieurs messages sur son portable. Je le suppliais de me répondre. J'appelais jusqu'au moment d'embarquer puis j'éteignais. Marc m'appelait à neuf heures le soir.

On se donnait rendez-vous dans un café près de chez moi. Il me parlait clairement. Il prenait ma main. Il payait. On sortait du restaurant. On marchait côte à côte. Il avait mis son bras autour de mes épaules.

Il embrassait mon cou. On passait devant le banc où Bruno s'était fait apostropher par un clochard un soir, puis devant un autre où je le revoyais assis avec ses écouteurs. On remontait la rue, on allait bientôt arriver devant ma porte. Il disait « je suis tombé amoureux de vous Christine » puis « je vous aime beaucoup, et si je dis beaucoup, c'est parce que je ne veux pas… ».

Il semblait inquiet du mois de vacances qui arrivait, de l'élan qu'il allait peut-être briser, même s'il aimait l'endroit qu'il avait loué, une maison au bord de la mer.

– Je vais me reposer. C'est un endroit magnifique. Je suis fatigué, j'ai besoin de repos. Je ne sais pas ce qui va se passer pendant ce mois. Je vous dis tout ça mais je sais pas du tout ce que ça peut donner. Je ne veux pas avoir deux histoires parallèles.

– Moi non plus.

– C'est bien que vous disiez ça.

Il m'embrassait sur la bouche. Je ne répondais pas vraiment. Je ne bougeais pas mes lèvres. Après quelques minutes de silence devant ma porte, je décidais de lui proposer de monter chez moi un instant. Il me caressait le cou, j'avais un T-shirt avec une encolure ronde. Je me laissais aller un peu. Il me disait comme s'il se parlait à lui-même « c'est important là ce qui m'arrive ». Et au bout d'un moment « il faut que je parte sinon je vais faire des bêtises ».

Je l'accompagnais dans l'entrée, troublée. On décidait de se revoir le lendemain avant son départ pour un mois.

Je dormais peu. À six heures je recevais un texto. « Christine. Pas fermé l'œil de la nuit. Véritable crise d'angoisse. Veux vraiment faire les choses dans l'ordre sinon impossible. Vous appelle plus tard. Pas du tout sûr que se revoir ce soir soit une bonne idée. Baisers. Marc. » J'appelais. Il n'avait jamais été angoissé pour des raisons amoureuses, professionnelles oui, amoureuses jamais. Je ne comprenais pas. Je parlais un peu plus fort que d'habitude : pourquoi est-ce qu'il m'avait fait cette déclaration si c'était pour bloquer tout dès le lendemain ? Il comprenait ma réaction, mais si je mettais un ultimatum, il préférait me prévenir, il fermait tout.

Je sortais. En me promenant je me disais « c'est quand même stupide de transformer une bonne nouvelle en une mauvaise ». Je lui disais ça quand il rappelait, il était soulagé, il s'était inquiété toute la matinée.

Après cette histoire importante qui s'était terminée au bout d'un an, sa femme avait eu envie de partir en vacances au Mexique. Ils avaient fait ce grand voyage, avec leurs enfants. Il avait tout réservé, les billets, les hôtels. Une fois là-bas il y avait des plages superbes, tout était magnifique, ils avaient vu des choses splendides, ils avaient visité des endroits incroyables. Un ami leur avait parlé d'un hôtel fabuleux, d'un luxe extraordinaire, dans un endroit magique. Ils décidaient d'y aller pour les tout derniers jours. Ils étaient dans cet endroit fabuleux, devant une vue étourdissante, dans leur chambre de luxe. Ils se regardaient, et là ils s'étaient dit l'un à l'autre qu'ils avaient tout mais que quelque chose manquait, que ce serait mieux qu'ils se séparent à leur retour. Il avait donc perdu en quelques mois les deux femmes. Ils étaient le couple idéal, leurs amis ne comprenaient pas. Je connaissais ce discours, quand on s'était séparés après dix-sept ans de vie commune avec Claude je l'utilisais, le discours du couple idéal, les amis qui ne comprennent pas.

Il arrivait chez moi à six heures, beaucoup plus crispé que la veille, en m'annonçant « je suis verrouillé. Si vous pouviez voir comment c'est dans ma tête… L'amas de pensées. Je suis tellement fatigué que tout à l'heure je me suis endormi chez le coiffeur, assis. Heureusement que je connais la coiffeuse. Mais j'aime ce qu'il y a là, comme ça, entre nous, vous voyez, cet endroit-là… qui va de là à là. (Il faisait tourner sa main dans le vide entre nos deux bustes, nos deux poitrines avec nos cœurs dedans.) Mais il y est aussi avec elle, la femme avec qui je vis, je ne peux pas dire que je ne l'aime pas ».

Il se rapprochait sur le canapé. On se parlait bas. Sa tête se posait sur mon épaule.

– J'aime par-dessus tout quand vous me parlez comme ça à l'oreille, tout bas. Je me sens bien. Je ne veux pas perdre ça, je veux absolument garder ça.

Il se levait.

– Vous partez ?

– Non je me lève. Je me lève et je vais regarder à la fenêtre.

– Vous voulez rester avec elle ?

– Je ne sais pas.

– Avant de me rencontrer vous vouliez rester avec elle ?

– Oui. Enfin… je ne me posais pas la question. Comme on était bien je ne me posais pas la question. On est moins bien depuis quelque temps, depuis que je vous ai rencontrée. Mais bon. Je ne sais pas.

Il ne voulait pas mentir, il n'aimait pas se cacher. Il l'avait trop fait. Le temps allait lui dire.

Il se rasseyait.

– Comment ça va se passer à votre retour ?

– On va se revoir. Si vous voulez… On verra où on en est. Vous, vous aurez rencontré un prince italien… (De nouveau il était debout, de dos, il tournait dans la pièce.) Vous ne serez plus là. Voilà, c'est ça qui m'attend.

Il faisait de l'ironie sur sa propre vie, en habitué.

– C'est ce que vous voulez ?

– Non.

– Si je suis là vous serez content ?

– Bien sûr que je serai content si vous êtes là. Bien sûr que je serai content.

– C'est courageux de m'avoir dit tout ça sans savoir ce que j'en pensais moi.

– Non c'est pas ça le courage. Le courage ce serait de laisser tomber tout le reste et de partir avec vous demain. Ça je ne peux pas. Mais je ne veux pas fuir. Je suis très fort pour fuir, mais là je ne veux pas.

– Comment vous faites ?

– Je disparais.

Je ne sais plus quand on était passé au tutoiement. Je disais que je n'aimais pas ce moment, là, du départ.

– Moi non plus.

Il prenait un peu de recul, passait sa main à dix centimètres de moi, de haut en bas, comme pour me couvrir :

– J'aime tout. Tout. J'aime tout.

On s'embrassait, on se parlait tout bas. Je le raccompagnais dans l'entrée.

– Qu'est-ce qu'on fait pendant ce mois ? On ne s'appelle pas…

– Je ne sais pas.

– Qu'est-ce que tu penses ?

– Je veux garder la fluidité.

– Je n'aime pas ce moment.

– Moi non plus.

Il posait sa main sur ma taille, j'avais un frisson.

Le lendemain, sans le dire à Bruno, je prenais le train pour Deauville, ma fille y était déjà avec sa copine. Bruno travaillait en studio, ça faisait longtemps qu'il n'avait pas fait de nouvel album, il ne quittait pas Paris. De toute façon, je préférais être seule toute la semaine, pour penser à Marc.

Plusieurs messages de Bruno étaient enregistrés sur mon répondeur, les plus récents, je les écoutais plusieurs fois par jour. Je n'aurais pas pu les effacer de moi-même, le téléphone s'en chargeait au bout de quelques jours. Je collais l'écouteur à mon oreille avant qu'ils disparaissent. J'avais : vendredi « À bientôt », mardi « Allo. Je… te rappelle », mardi un peu plus tard « Je suis en bas de chez toi hein, à plus tard », mardi soir, tard « Allo ben je te rappelle demain, oui demain. À demain. Salut ». Ils n'étaient pas insignifiants, il avait une façon de dire les mots unique, une façon à lui, que personne n'avait. Comme s'il y avait des cuivres derrière les mots, qui les éclairaient, qui les faisaient résonner, ou les sertissaient, comme des inflexions rares et nuancées. Ou comme s'il les entourait lui-même avec ses bras. Par amour des sons, des syllabes. Voil-là, comme il le disait, en montant sur la dernière, qui claquait comme une cymbale, c'était simple, éclatant, il n'y avait jamais d'humour compliqué, jamais de phrases bizarrement montées, jamais de recherche, jamais de feulements, c'étaient des sons évidents sur des pensées claires.

J'allais dormir. Je rêvais de Sarkozy dans un hôtel, il avait trois paquets de mouchoirs attachés à une ceinture, comme les ceintures avec des plots qu'on enlève au fur et à mesure pour apprendre à nager, il me proposait un quatrième paquet de mouchoirs, et me disait : c'est prodigieux. Le matin il pleuvait quand je me réveillais. Les filles restaient dans leur chambre. Mon rêve me revenait : si je pensais à Bruno, oui je pouvais pleurer, c'était lui dans mon rêve qui me tendait des mouchoirs, il avait soutenu Sarkozy pendant la campagne, il avait même fait un livre, pour aller au bout de son engagement, comme il disait. J'avais pleuré en lisant par exemple :

« Quittez toutes ces mauvaises habitudes. Mais sachez qu'ils seront là pour essayer de vous faire retomber. Toi qui sors de prison, dis-le que c'est nul d'y aller, qu'il ne faudrait jamais qu'un jeune de ton quartier y mette les pieds. Dis-le que tu as pleuré quand tu t'es retrouvé enfermé, que tu avais l'impression d'avoir gâché ta vie bêtement. Lorsque tu as repensé à ta vie dehors, à ce que penseraient tes parents. Dis-leur qu'arpenter une pièce très réduite toute la journée durant, c'est pénible. »

Il aimait marcher, il détestait rester assis même à l'intérieur. Il aimait se promener librement, à la nuit tombée, ou dans des rues calmes, sans itinéraire précis, sans but, sans rien aller voir de particulier, il aimait prendre l'air, il disait « j'étouffe ».

Il devait faire beau en Corse. Marc devait se détendre, avec femme, enfants, amis, au soleil. Il devait être bien.

Il fallait que j'appelle Bruno, que je lui dise que je l'aime.

Marc, c'était peut-être un piège, un type qui m'avait fait une déclaration, une erreur, que j'allais oublier vite. J'étais en train de sacrifier Bruno à ça. Derrière le masque de Sarkozy qui souriait, Bruno me tendait des mouchoirs. J'en voulais à Marc de ce que j'étais en train de lui faire.

« La vie n'est pas facile pour les gens comme moi, à qui, au départ, on avait prédit une autre destinée. Je savais que j'étais en France et que je faisais partie de la génération d'aujourd'hui en regardant par ma fenêtre, du vingt-troisième étage de mon immeuble. Je pouvais voir la basilique du Sacré-Cœur, et rêver de m'envoler dans le cœur de Paris. Je regardais aussi passer les voitures de luxe avec leur plaque 75, ceux qui prenaient l'autoroute A1. Je savais que Paris était une ville riche, et peut-être que certains ont abandonné l'idée de s'en sortir, leur vie était et ne serait jamais autre chose que cette vie de misère à laquelle on s'attache très vite. Car même sur les plus belles plages des Antilles, mon triste quartier me manquait énormément. »

« Je ne respire que pour elle, la musique. »

« J'aurais tout donné pour voir un tableau de Poussin s'il ne m'était pas permis de le voir. J'aurais donné ma vie pour apprendre à lire si je ne le savais pas, et pas un lettré n'est supérieur à un analphabète bien éduqué. »

« Je tiens à préciser aux bourgeois du monde entier que les gens, comme vous dites, ne sont absolument pas cons. »

« Un jour j'ai demandé à ma mère, avec l'insistance des enfants, un maillot de l'équipe de France, le jour de mon anniversaire. Elle me l'a offert, c'était un maillot avec, en médaillon, la photo de tous les joueurs. Je l'ai pris, je n'ai rien dit, j'ai compris qu'on était pauvres, c'est tout. »

Marc m'avait demandé si j'allais prendre un taxi en arrivant à Deauville.

– Oui sans doute pourquoi ?

– Imaginer.

Il voulait m'imaginer.

À huit heures et demie, le matin, je me mettais au travail à une petite table dans ma chambre. Je relisais ce que j'avais déjà écrit. Ce qui concernait Bruno me chavirait, me serrait le cœur. Je lui téléphonais. Je mentais. Je ne lui disais pas que j'étais à Deauville, pour cacher que je n'étais pas tout près. Et parce que je n'avais pas envie qu'il me rejoigne. Il ne m'aurait pas rejoint, de toute façon je l'aurais attendu pour rien. Il m'aurait annoncé sa venue, m'aurait posé un lapin, et après m'aurait dit « je n'ai pas eu le courage de prendre le train tout seul ». Il aimait faire des projets puis laisser passer les choses. En disant qu'on avait tout le temps. Il n'aimait pas s'éloigner de ses bases. Canapé, scooter, télé, Charly, Jocelyn, musique, son périmètre. Mais aussi, liberté de partir à tout moment. « Je suis libre. » Je rappelais pour lui dire où j'étais, je me sentais coupable de lui avoir menti. Je l'imaginais à Paris, innocent, me pensant dans la même ville que lui, sur le point de venir me voir, sonnant à la porte, attendant que je revienne, d'une course, ayant confiance en moi. M'attendant d'une minute à l'autre. Il me disait souvent « on habite à vingt minutes », ou même « à dix minutes ». Je rappelais de ma chambre.

– Je suis à Deauville.

– Ah, tu vis bien.

J'avais envie d'appeler Marc, de lui dire : écoute on va pas vivre ça, je ne veux plus penser à toi, je préfère qu'on renonce. Je sortais un peu de ma chambre. J'allais faire un tour dans le hall de l'hôtel.

Le lendemain matin je me réveillais tôt. J'aurais aimé partir avec Marc en août un week-end quelque part. Pour être tous les deux loin pendant vingt-quatre heures. Je me disais ça, puis je me disais « mais non, arrête, lui il doit être bien en ce moment, il est bien en vacances lui, il l'a son été ».

Il était minuit, j'avais envie de l'appeler, je me retenais. Puis je ne pouvais plus, j'appuyais sur la touche. Ça sonnait, ça ne répondait pas. Je ne laissais pas de message, mais mon numéro s'affichait. Je sortais de deux heures de téléphone avec Bruno intenses et fatigantes, je ne savais plus ce que je voulais, j'aurais aimé entendre la voix de Marc pour voir ce qu'elle me faisait.

Le lendemain, vers cinq heures, pour me rendormir je me masturbais, je voulais penser à Marc, ça ne marchait pas, je pensais à Bruno.

Je décidais de ne plus appeler Marc. Il ne fallait pas que je lui fasse la grâce de mes appels, qu'en plus il chipotait. Il croyait que faire des déclarations ça n'engageait à rien, comme essayer un vêtement dans un magasin.

Finalement je laissais un message en fin de matinée. Il me rappelait. Il avait dû s'isoler, il n'était pas à l'aise. Il était bien, il nageait, il faisait du bateau, il jouait aux cartes, au tarot, il y avait onze personnes dans la maison, il était loin, loin de tout, loin de moi aussi, il n'avait aucun temps pour penser, être avec des gens tout le temps ça prenait. Pour ce qui était de nous, il savait que c'était là, mais il empêchait que ça émerge. Ce n'était pas arrêté, il savait que ça allait ressortir. Comme un glaçon plongé dans l'eau, immergé, qui va remonter à la surface, c'était une loi physique. Il ne voulait pas fuir. Le téléphone coupait plusieurs fois, chaque fois il rappelait en homme poli, bien élevé, correct. Éduqué. Rien à voir avec le comportement de Bruno. Il n'avait pas aimé être obligé de s'éloigner, et mentir pour m'appeler. « Il y a quatre personnes qui me font des signes. C'est pas bien ce que je fais. » Il avait un ton coupable, coincé, sérieux. Il pensait que pendant tout ce mois on ne s'appellerait pas.

L'après-midi je me disais : laisse tomber, c'est un petit monsieur dans sa vie confortable, qui « voudrait bien y aller mais… c'est compliqué » tu t'es fait piéger, il faut que tu sortes du piège.

J'appelais Bruno.

– Mon cœur ? Allo ? C'est toi mon chéri ? Mon amour. C'est toi ?

– Oui. Ça va ?

– Oui. Je suis contente de t'entendre.

– T'es où, je viens te voir. T'es chez toi ? J'arrive.

– Attends. Attends Bruno. Je suis pas chez moi.

– T'es où ?

– Je suis encore à Deauville.

– Tu rentres quand ?

– Dans quelques jours. Tu veux venir me voir ici ?

– Non. Je peux pas.

– Qu'est-ce que tu fais ?

– Je suis un petit peu occupé.

– Tu travailles ?

– Oui. J'écris, j'ai des textes. Tiens, écoute ça.

Il me lisait un texte. Plein de textes. Des phrases, des morceaux épars. Je collais le téléphone à mon oreille, je fermais les yeux. J'aurais tellement aimé lui dire tout ce qui m'arrivait et être comprise par lui, comme moi je le comprenais. J'aurais voulu être lui. Ou quelque chose dans sa poche, qui lui appartienne, qu'il ait toujours sur lui, sa clé, son téléphone. Il me lisait ses textes vite, il ne voulait pas que je note. Il ne voulait pas que j'aie le temps. Il croyait que c'était la seule chose qui m'intéressait. Pourtant je ne notais pas. De toute façon il allait trop vite, il parlait trop bas, il y avait du bruit, je comprenais un mot sur deux. J'étais avec lui, mon oreille sur son cœur, je n'avais plus l'impression d'être moi, j'en étais débarrassée, il n'y avait qu'avec lui que ça me faisait ça, que rien d'autre n'avait plus de prix ou de valeur comparé à lui.

– … j'ai le rôle du foutu émigré… j'entends parler de hiérarchie dans les races… l'indifférence coupable des différences… on a pointé un doigt contre tout ce qui est nègre et crépu… oh là là écoute celui-là chanmé celui-là… je peux dire qu'entre nous deux c'est moi qui ai le plus souffert… ce n'est pas vrai que d'avoir grandi dans la misère j'en suis fier…

Le lendemain j'étais à Trouville avec ma fille et sa copine, le téléphone sonnait. J'hésitais mais je décrochais. Sa voix claire :

– T'es où ?

– Je suis à Trouville.

– Tant pis pour toi. Je te rappelle.

Il raccrochait.

Il rappelait l'après-midi, j'étais dans ma chambre. Il avait fait une chanson pour moi. Je n'avais pas le temps de noter, même les mots que je n'avais pas entendus il ne voulait pas me les répéter.

– … garçon manqué… trop souvent déçu par les hommes garçon manqué… y a pas de hic j'ai la bonne technique… j'aime sans compter même si la femme d'aujourd'hui ne sait pas aimer sans compter… je t'ai apporté mon amour… sous ton jean baggy ta guêpière… t'es tombée sur le plus doux des voyous… mon amour s'est imposé à toi…

– Bruno…

– Attends… écoute ça maintenant… *it can be beautiful if you draw no line once you enter my world, you can have what's mine, I give you all the strength you need the air I breathe I share…*

– Bruno écoute, il faut que…

– Attends, encore un.

Ça repartait, c'était des morceaux de musique. Quand j'avais dit que j'adorais un morceau il me le repassait.

– Il est bon hein celui-là.

– Oui. Très.

– Attends encore un.

Je faisais signe à ma fille que je ne sortais pas, je n'avais pas le temps, je restais dans ma chambre.

La moindre chose me serrait la gorge, tout ce qui arrivait à Bruno m'arrivait à moi. Il ne me parlait jamais de ses ennuis, juste de temps en temps « c'est dur » ou « t'as des ennuis toi ? » ponctuait une anecdote. Jamais de plainte. Il avait été trahi, mal conseillé, trompé. Il était imprudent, entêté, il n'avait confiance en personne. Il se demandait si son succès était derrière lui, s'il réussirait encore à « payer la fête », mais il étouffait ses appréhensions. Il se taisait. Des projets s'annulaient, des propositions bidon. Il avait eu son gros succès à vingt ans, la suite pouvait être difficile, ça pouvait peut-être ne pas revenir. Il n'avait pas gardé les femmes qu'il avait aimées, elles n'avaient passé avec lui qu'un temps, il n'était qu'une distraction, il disait « un fantasme pour bourgeoise », elles revenaient après à leur univers, à leur mari. Il aimait les femmes plus âgées mais aucune n'avait quitté sa vie pour rester avec lui, ni le mari, ni l'univers qui allait avec. Il détestait quand je parlais de son âge « me parle plus jamais de mon âge ». Il perdait tout ce qu'il aimait, y compris les objets. Tout ce à quoi il tenait. Il était joueur et ne pouvait pas s'empêcher de remettre tout en jeu y compris et surtout son cœur. Il ne garantissait, n'assurait jamais rien, et ne se plaignait jamais, il laissait ça à d'autres. Il préférait laisser aller.

Il aimait observer, pas rassurer ni plaindre, sauf en passant une fois sous un tunnel où un clochard noir délirait, il était triste en disant « il est devenu fou black-man ».

Il aimait venir regarder la télé chez moi quand je partais, il aimait avoir la clé, occuper les lieux, il demandait à un copain de venir. « J'ai la clé », ils regardaient du foot ensemble pendant que je n'y étais pas.

De la gare du Nord, ou en rentrant de Roissy sur le périphérique, je partais ou je rentrais, je lui téléphonais quand je voyais la tour où il avait grandi à porte de La Chapelle.

– Je vois la tour Samsung.

– T'es où ? T'es porte de La Chapelle, porte de Saint-Ouen, ou porte d'Asnières ?

– Je sais pas.

– Demande au taxi.

Il calculait le temps jusqu'à mon retour. Sa voix était pleine, posée, carrée, rythmée, mais aussi chantante, bizarre, à la fois chaude, sucrée, et qui détonne. Avec lui j'avais surmonté des peurs, la peur de la nuit, du passé, d'être abandonnée, de certaines choses sexuelles, de certains comportements, du passé surtout.

– Non Bruno, j'ai peur, je veux pas faire ça, je peux pas je t'assure.

– Mais non. Il y a pas de raison.

– Ça fait mal.

– Mais non.

– … ce que j'ai vécu avec mon père…

– C'est rien, c'est fini, c'est du passé maintenant.

D'un revers de main il dégageait tout ça sans en faire des drames. Il n'avait peur de rien « même pas de mourir ». Une fois il avait joué à la roulette russe, c'était un de ses meilleurs souvenirs « whahh ». Je l'aimais comme on aime un enfant, autant. Quand on regarde le visage de son enfant, on est étonné. Qu'il ait cette tête-là, ce visage, on est surpris, admiratif. On voudrait lui ressembler, et renaître dans sa peau si on avait le courage de tout recommencer. J'éprouvais ça. Un jour après avoir fait l'amour j'essayais de lui dire. Pas que je l'aimais comme un enfant, mais que j'aurais voulu être lui, que je regrettais de ne pas avoir la peau noire, que j'aurais aimé être comme lui. Ce n'était pas facile à dire. J'avais l'impression que je pouvais tout lui dire, rien n'était irréparable, rien ne pouvait le vexer.

– Pas toi ? Toi tu n'aurais pas aimé être comme moi ? Tu ne ressens pas ça toi ?

– Non. C'est bien comme ça. On partage.

Il se levait, il allait faire un tour à la fenêtre. Il regardait dehors.

Quand je cherchais un siège libre dans un endroit public, comme par exemple un aéroport, depuis que je le connaissais je m'asseyais à côté des familles noires, antillaises, je m'y sentais plus en sécurité. Il était métis, son père était blanc. Notre enfant, si on en avait eu un, aurait eu des cheveux crépus, j'aurais aimé lui faire des petites nattes et qu'il m'appelle Maman. Quand je voyais des petits enfants noirs, je pensais à l'épaisseur de leurs cheveux, à leur côté rêche, quand je voyais leurs parents les embrasser, je me disais que moi je n'aurais jamais ça sur ma joue, sur mon cou. Ce n'était pas gentil pour ma fille, qui avait des beaux cheveux bouclés, je pensais que ç'aurait été le seul moyen de ne pas perdre ma vie. Je pensais ça, je n'y pouvais rien. Dès la première nuit Bruno m'avait dit qu'il voulait un enfant. J'étais même allée voir une gynécologue pour lui montrer que ce n'était pas de la mauvaise volonté de ma part si je ne pouvais plus. Elle confirmait que ç'aurait été une grossesse compliquée, trop médicalisée. D'après Bruno avec la médecine tout était possible, il pensait que c'était moi qui ne voulais pas, que je prenais l'âge comme prétexte, il ne le gobait pas. Il n'avait jamais confiance dans ce qu'on lui disait. Alors il mentait, tout le temps, comme pour anticiper les mensonges qu'il attendait des autres. Comme une stratégie pour ne pas se faire avoir. Quand il se faisait avoir, au moins il s'y attendait. Il était préparé.

– Je t'aime Bruno.

– Tu dis ça, mais dans cinq ans t'en auras plus rien à foutre.

Il avait une oreille de musicien, un jour, on était au lit, on venait de faire l'amour, je lui avais dit « je t'aime » trois fois. Il disait : attention, j'entends quand c'est faux, je suis musicien. C'était vrai, le troisième je t'aime n'était pas aussi vrai que les deux premiers, il était plus mécanique, il avait été entraîné par les deux autres, il était pris dans la foulée. Il était plus rythmique que sincère, j'étais sur ma lancée, alors que les deux premiers étaient vrais. Je les avais ressentis, pensés. Quand je l'avais appelé de Rome et que j'étais restée muette au bout du fil, il avait dû flairer quelque chose derrière le silence. Si je l'avais vu, il se serait rendu compte, je lui aurais sûrement balancé des je t'aime bizarres. Désordonnés, coupables, tordus malgré leur sincérité. Les émotions se déplaçaient dans ma tête, comme les plaques du crâne ou les continents qui ont subi l'érosion, comme des rivières inondées, la magie se modifiait. Je pensais à Marc, je visualisais mon avenir avec lui. Même si c'était nul quand il m'avait dit que ce truc si rare situé entre nos deux épaules il y était aussi avec elle. J'étais sûre que Bruno avait deviné quelque chose à ma voix, je ne voulais pas le voir en ce moment. Alors il se tenait à l'écart, il appelait ça jouer mon jeu. On avait une telle correspondance, même si je me taisais, un mot ou une pensée que je voulais cacher, il me la sortait à haute voix. Un jour il m'empruntait un stylo, je lui prêtais mon beau stylo. Il le prenait pour noter la phrase qu'il avait en tête, il passait devant moi en disant comme pour lui-même « fais attention, rends-le-moi, c'est un Mont-Blanc ».

J'avais rencontré Bruno dans un salon du livre. En novembre. La ville était petite, tout le monde se retrouvait dans les mêmes lieux, le premier soir j'étais avec deux amis, Fabrice et Paul. L'un était éditeur, l'autre écrivain. Quand on était arrivés au restaurant, Bruno était au fond de la salle. Avec ses lunettes noires et son bonnet. Paul mettait ses lunettes de soleil pour se foutre de lui, dans ce milieu les gens se fichaient de lui. Certains étaient condescendants ou indifférents, la plupart le méprisait. Bruno disait dans une chanson « l'indifférence coupable des différences ». Au-delà desquelles la probité pouvait réconcilier tout le monde, la seule grande valeur universelle. À la télé, une spectatrice demandait à Sarkozy de justifier le comportement de Bruno avec les impôts (il avait eu un redressement fiscal qui faisait mauvais effet dans la campagne), il répondait « vous madame, vous n'avez jamais eu un ami qui a fait une erreur ? ». L'erreur, l'excuse, au mieux. Ou j'avais entendu sensuel aussi. Sympathique. La femme de son médecin, on les rencontrait au théâtre un jour, disait « mon mari aime beaucoup Bruno ». Elle le déclarait presque. Ça n'allait pas de soi. Il fallait le préciser quand on le pensait. Paul cherchait quelque chose à se mettre sur la tête. Je mettais mes lunettes de soleil, happée par l'ambiance globale moi aussi. Puis on mangeait, on ne faisait plus attention à lui. On avait nos centres d'intérêt et notre humour. Fabrice et Paul voulaient aller au Cardinal. Tous les habitués du salon connaissaient la boîte, chaque année ils s'y retrouvaient. Bruno était sur la piste. Il avait un jean et un pull noir ou bleu marine. Il suivait la musique en bougeant à peine d'un point fixe. Il oscillait. Fabrice « il se fatigue pas beaucoup Doc Gynéco. Tu crois qu'il fait l'amour lentement aussi ? ».

Avant d'être un pseudonyme, c'était son surnom dans son quartier. Ses copains en avaient tous. Bouli, Joss, Titi, Pierre Richard, Coco, Dalton, ou deux noms Clovis ou Charly interchangeables. Paul invitait les filles à danser le rock, notamment une exploratrice qui publiait des récits de voyage, elle nous tirait par la manche. Il faisait très chaud. Je buvais du Perrier. Fabrice dansait peu, Paul tout le temps. Fabrice regardait ce qui se passait de loin avec son regard noir. Quelqu'un m'avait dit de lui un jour « he has broken eyes ». Il a les yeux blessés.

– Paul, t'as un ticket avec l'exploratrice.

– N'importe quoi.

Fabrice nous parlait quand on revenait s'asseoir. Paul haussait les épaules, rigolait, retournait sur la piste. Fabrice se penchait vers moi : je crois qu'il préfère la petite Boyer, une éditrice assise à côté de nous, fille d'un membre de l'Académie française. La plupart observaient d'un peu loin, debout, accoudés au bar, ou sur les tabourets.

Au début Bruno était avec une fille blonde, il promenait sa main sur son dos en dansant, lui caressait la taille entre le T-shirt et le pantalon. Puis je ne la voyais plus, il était seul. Je me retournais, il était juste derrière moi sur la piste. Ça restait un petit chanteur de variété, de rap, nous, on ne connaissait pas ses disques. Ils avaient dû voir Bruno à la télé dans une pub pour un téléphone portable, allongé sur le ventre, torse nu, se faisant masser par deux belles filles, une blanche, une métisse, avec des poitrines, des lèvres, des faux cils, des ongles vernis et longs, il tapotait des textos sur l'écran « plus haut » « plus bas » « c'est bon » « encore ». C'était un autre monde, qui ne faisait que passer dans la conversation. Un sujet parallèle, superflu. À la télé, il parlait à peine, une phrase, un mot, une blague, toujours avec ses grosses lunettes et son bonnet. Une distraction. Un grain de poussière. Un plus qu'on pouvait enlever facilement, d'un geste rapide, du bout de l'ongle. Il adorait rire. Il n'argumentait pas avec un discours précis. Mais imagé et terre à terre. Il s'inspirait de pubs, de slogans, de bouts de phrases connues par tout le monde, pour faire passer ses messages. Il croyait aux messages. Eux n'y croyaient plus. Il croyait à « c'est bien c'est mal », « c'est bon c'est mauvais », il pensait que les gens de ce milieu étaient mauvais pour moi, que ça me faisait du mal, que ce serait sans intérêt que je reste avec eux, comme lui s'il restait toujours avec les rappeurs. Il me disait « rejoins-moi ».

J'étais assise à côté de Fabrice sur une petite banquette en velours, tout près de la piste.

– T'es amoureuse en ce moment ?

– Non.

– Et toi ?

– En ce moment, non, mais je l'étais encore il y a quinze jours, et ça peut revenir.

Il vivait avec une fille que je connaissais, styliste.

– Et quand t'es pas amoureuse, comment tu fais ?

– Je fais rien.

– T'as pas de vie sexuelle ? Tu fais rien du tout ?

– Non, rien.

– Ça doit être dur, parce que ça peut être long, ça peut durer.

– Oui je sais.

– Même quand c'est long, tu peux pas avoir un délire comme ça un soir ?

– Non.

– C'est vrai que c'est mieux de faire l'amour quand on est amoureux, mais c'est bien aussi de se laisser aller, quitte à reprendre le cours de sa vie après.

– Moi je me laisse pas aller.

Une serveuse posait un verre sur notre table. Elle était jolie. Fabrice lui disait merci avec un sourire.

– Ça peut être bien pourtant, tu n'es pas amoureux, tu te laisses aller, t'es là, tu rencontres une serveuse de bar, une exploratrice, une écrivain…

L'attaché de presse revenait s'asseoir sur la banquette en velours.

– Tout va bien Christine, vous ne voulez pas que je vous appelle un taxi finalement ?

J'avais prévu de ne pas rester longtemps.

– Non non ça va merci. Tout à l'heure.

J'étais assise sur le dossier d'un fauteuil, je me reposais, je regardais les autres danser, les slows commençaient, j'allais retourner à ma place. Fabrice m'invitait. Je me rasseyais dès la fin du morceau. Un habitant de la ville m'invitait pour le deuxième, il me disait quelques mots en dansant, puis je me rasseyais.

Le troisième slow commençait. Doc Gynéco me tendait la main. Un mur s'effondrait, je me levais, je me mettais dans ses bras, il posait sa tête contre la mienne.

Il bougeait peu, il suivait la musique, je suivais tous ses micro-mouvements. Je les percevais dans le détail, comme si on se connaissait. Je me laissais aller. Je posais ma tête contre son épaule.

Il me raccompagnait à ma place après le morceau. Il fallait que je dise quelque chose aux autres, je ne pouvais pas rester comme ça, je devais faire mon rapport, une remarque, quelque chose. Je ne pouvais pas ne rien dire.
    — Il danse bien, il est très… très…
Fabrice terminait à ma place :
    — Il est chaud.
    — Oui.
J'apercevais un type, debout au bar, un blond à la peau claire, mauvais écrivain prétentieux, je pensais à un ami qui disait de lui « et puis sa bouche, il a une bouche comme ça, toute ronde, on dirait un cul ». Je ne voyais plus Bruno. Quand il réapparaissait, je décidais de rentrer. Mon hôtel était un peu à l'extérieur de la ville. Je demandais ma clé. Je prenais l'escalier en pierre. J'entrais dans ma chambre. Je me couchais, et je rêvais de Fabrice. Pourtant avec lui je m'étais ennuyée, ç'avait été un slow comme j'en avais dansé plein, avec des gens par politesse.

Le lendemain, un type brun, frisé, avec des lunettes, venait à mon stand pour acheter mon livre.
    — C'est pour Doc Gynéco, vous savez, vous avez dansé avec lui hier.
    — Oui oui bien sûr.
Comme dédicace je mettais « à bientôt » en me disant que j'étais folle. Le même type revenait une heure après. Il voulait mon numéro de téléphone. Je lui donnais. Il

revenait, il voulait savoir dans quel restaurant on dînait le soir. Je demandais à l'attaché de presse et je lui disais. Je rentrais à mon hôtel avant de ressortir, je m'allongeais sur mon lit, en pensant à tout ça je me trouvais ridicule.

J'arrivais au restaurant vers neuf heures, on dînait par maison d'édition. Notre table était réservée à l'étage au milieu d'une pièce vide. J'étais assise dos à la porte. Je ne voyais pas ce qui se passait derrière.

– Tiens, Doc Gynéco qui passe dans le couloir.

Vers dix heures mon téléphone sonnait. Je ne répondais pas. Ça resonnait. C'étaient des appels masqués. Je ne répondais toujours pas. Une serveuse venait vers moi.

– C'est vous Christine ? Il y a quelqu'un en bas, mais il ne veut pas que je dise qui c'est, qui vous fait dire qu'il vous aime.

La serveuse n'avait pas parlé assez bas. L'attaché de presse avait un petit sourire.

– Ah ah…

Les autres voulaient savoir.

– Qu'est-ce qu'il y a ?

L'attaché de presse ouvrait la bouche pour leur répondre. Je l'interrompais à temps. Les cafés arrivaient.

– Vous venez avec nous au Cardinal Christine ?

– Je ne sais pas, sans doute.

Je recevais un texto : Doc vous attend en bas.

Je tremblais en descendant l'escalier. On sortait tous.

Il m'attendait dehors, sur le trottoir, devant le restaurant.

– J'ai quelque chose à te dire, mais pas ici.

On allait à trois mètres sur le trottoir d'en face.

– On vous attend Christine ?

– Non je vous suis, je sais où c'est.

– Je t'aime. Est-ce qu'on pourrait discuter ?

– Si tu veux on va au Cardinal, on parlera sur le chemin.

– D'accord. Viens, je vais te présenter. Luigi, qui s'occupe de mes affaires, Jocelyn, ma conscience nègre, Didier, qu'on a rencontré ici.

C'était le type à lunettes, qu'il avait chargé dans l'après-midi d'acheter mon livre sur le stand, puis d'obtenir des renseignements.

– Vous me reconnaissez ?

– Bien sûr.

– C'est moi qui suis venu acheter votre livre.

– Oui je sais.

Ses copains montaient dans leur voiture. Nous on marchait côte à côte. Une voiture s'arrêtait à notre hauteur, une fille passait le bras par la portière et lui demandait un autographe. Les gens de ma maison étaient loin devant.

On arrivait à la boîte.

– Salut Bruno.

C'était le videur à l'entrée qui venait de parler. Je n'étais pas sûre que « Bruno » ce soit lui je ne connaissais encore que son pseudonyme. Sa conscience nègre, Jocelyn, l'attendait à la porte pour pouvoir entrer. On cherchait une place. Les gens de ma maison avaient déjà trouvé la leur, dans un coin à droite du bar.

– Est-ce qu'on peut se mettre à côté de tes amis ?

Le barman nous offrait à boire. Je prenais mon verre.

– Tu as une belle main.

Il était assis collé à moi.

– Tu ne fais pas ce que tu devrais faire.

– Quoi ?

– Quand un garçon te dit qu'il t'aime, il y a une seule chose à faire.

– Qu'est-ce que je devrais faire ?

– Tu sais très bien ce que tu devrais faire.

– Non je ne sais pas.

– M'embrasser.

– Je ne peux pas.

– Pourquoi ?

– Je ne peux pas.

Il prenait ma main. Il l'observait en caressant mes doigts. Il regardait mon visage.

– Alors viens on change de place.

– Oui je préfère, je serai plus à l'aise.

On s'asseyait au fond sur une banquette, plus loin des autres.

– Tu peux m'embrasser là ?

– Non.

– Pourquoi ?

– Je te dis que ce n'est pas possible.

– C'est qui les gens qui sont là, c'est tes amis, qu'est-ce que ça fait ? Tu t'en fous.

– C'est pas mes amis, c'est les gens avec qui je travaille, non je ne m'en fous pas.

– T'es jamais sorti avec un garçon de couleur ?

– Si.

– Non, c'est pas vrai, y en a pas chez vous.

– Si c'est vrai. Il y a longtemps, avec un Indien de Madras.

– J'ai adoré danser avec toi hier.

– Moi aussi.

Sur la banquette en velours, on était comme des siamois, collés par le bras, la cuisse, la jambe, la main et l'épaule.

– Vous voulez autre chose ?

C'était le barman qui revenait. Ou on était interrompus par des gens qui lui demandaient des autographes.

– Tu sais qu'on s'est déjà rencontrés ?

– J'avais oublié, je m'en suis souvenu après. C'était toi qui ressemblais à ma prof de maths.

C'était dans une fête un an plus tôt, rue de Rivoli, il me disait qu'on s'était déjà vus quelque part, je le prenais de haut, je partais, il me suivait dans l'escalier, je répondais par un petit sourire ironique. Je lui avais à peine adressé la parole.

– Pourquoi tu veux pas m'embrasser ?

– Écoute arrête, je te dis que ce n'est pas possible, en tout cas pas ici.

– Hier quand je t'ai vue au restaurant, j'ai demandé qui t'étais, on m'a dit que t'écrivais des livres de cul. C'est vrai ?

– Qui est-ce qui t'a dit ça ?

– Des gens.

– Des gens qui font quoi ?

– C'est vrai ou c'est pas vrai ?

– Non, c'est pas vrai.

– Alors pourquoi ils ont dit ça ?

– Il faut pas que tu écoutes.

– Et on m'a dit « méfie-toi si elle te met sur sa liste ».

– Ils ne me connaissent pas.

– Je sais.

– Comment tu sais ?

– Je sais c'est tout.

– Tu t'en fiches toi que les gens nous voient ?

– Bien sûr.

– Pourquoi tu t'en fiches ?

– Je me la joue artiste.

– Je peux pas t'embrasser je t'assure.

– Pourquoi tu peux pas ?

– C'est pas parce que je ne peux pas que je ne veux pas.

– Qu'est-ce qu'on va faire alors ?

– Rien. On va danser.

– D'accord. Pas tout de suite. On reste un peu comme ça.

– On ira au moment des slows.

Il continuait de tenir ma main comme un objet, en parcourant mes doigts avec les siens. Je posais ma tête contre son épaule. Je regardais sa bouche. Il avait enlevé ses lunettes, il avait des petits yeux vifs, très noirs, qui me rappelaient quelqu'un. Mais qui ?

C'étaient les yeux de quelqu'un que j'avais bien connu, je ne retrouvais pas qui. Ils étaient très en amande, petits et vifs, luisants comme un velours brillant et très profonds. Noirs, scintillants, mais tristes, bizarres, très vivants.

On allait sur la piste. Je m'appuyais contre lui puis je levais la tête vers son visage, on prenait un petit baiser rapide et très bon.

– Tu triches.

On retournait s'asseoir. Un type que je ne connaissais pas, je connaissais juste le nom, s'installait à côté de nous. Il s'adressait à moi en me tutoyant, il fumait un gros cigare.

– T'es en train d'écrire le prochain livre ?

– D'abord qu'est-ce qui vous autorise à me tutoyer ? Et ensuite à me dire une chose pareille ?

– C'est ce que dans la boîte tout le monde se dit.

Il hurlait sur la musique. Bruno se penchait vers moi :

– Tu vois pas que c'est un clown ? Pourquoi tu lui réponds ? Conforte-le, dis-lui « oui je suis en train d'écrire le prochain livre », c'est un clown, tu sais pas reconnaître les clowns quand tu en vois ? Conforte-le, dis-lui oui.

– C'est insupportable qu'il me dise ça, il n'a pas à me dire ça. Comme si je n'avais pas de vie. Eux ils en ont une ! Mais moi j'en ai pas !

– Quelle vie ils ont eux ? Dis « oui je suis en train d'écrire le prochain livre ». Conforte-le, c'est un clown. Tu verras, dis ça.

– Oui je suis en train d'écrire le prochain livre.

Le type partait tout de suite.

Bruno se rapprochait.

– Tu peux m'embrasser là ?

– Non pas là. Viens, on s'en va, on part.

– D'accord, on va où ?

– À mon hôtel.

Il fallait déposer Jocelyn. La femme qui conduisait le taxi avait envie de parler, on était sur la banquette arrière tous les deux, Jocelyn à côté d'elle.

– C'est la première fois que vous venez à Brive ?

– Heu… hop euh… oui, parce que heu hop euh lui il a écrit un livre. Et la dame elle est écrivain. Et moi aussi je suis écrivin parce que j'aime bien boire du vin.

– Comment vous trouvez Brive ?

– Heu hop euh… c'est calme.

– Ça vous plaît ?

– Ben, et hop euh, y a pas beaucoup de choses à faire.

– Qu'est-ce que vous pensez des Brivistes ?

– Des quoi ? Des grévistes ?

– Non des Brivistes.

– C'est quoi ça ?

– Les Bri-vistes, c'est les gens d'ici.

– Ben rien, ils sont bien, et hop euh, ils sont calmes aussi.

Brivistes et grévistes ça durait tout le trajet, on avait notre premier fou rire à l'arrière du taxi en se tenant la main les doigts croisés. Un rire pur, comme si on se connaissait depuis longtemps. On riait pareil. Jocelyn descendait, j'indiquais le nom de mon hôtel. On allait peut-être juste parler, on voulait simplement être ensemble.

Je demandais la clé. On montait l'escalier en pierre. On arrivait dans ma chambre. Il poussait un petit cri.

– Waouh, sortez la coke.

Je ne savais pas pourquoi ce type était dans ma chambre.

Il mettait les écouteurs de son walkman. J'étais assise sur le lit. Il avait enlevé ses lunettes, il avait toujours son bonnet, je n'osais pas lui retirer pour voir ses cheveux. Il glissait un écouteur dans mon oreille, gardait l'autre pour lui, baissait mon pantalon jusqu'aux genoux, il me léchait. J'étais en travers du lit, les fesses au bord et les pieds par terre. Dans mon oreille entrait une voix féminine, chaude, dans un son moelleux, doux, un peu jazz. Encore maintenant, je ne peux plus écouter cette musique qu'en pleurant.

Ça ne faisait rien si je me laissais aller une nuit avec quelqu'un que je ne reverrais pas. Depuis un an et demi je n'avais pas fait l'amour. Je me laissais faire, il était à genoux au sol, la bouche entre mes jambes au bord du lit, il remontait vers moi, m'embrassait. J'enlevais son bonnet, c'était magnifique, les locks qui en sortaient se répandaient autour de son visage comme des petits serpents libres et nerveux, vivants. Je n'osais pas toucher tout de suite, j'avais peur de ne pas savoir le faire. J'avais peur qu'il ait le sida, je me méfiais de lui. Je ne voulais pas qu'il me pénètre. On n'avait pas de préservatif. Il sortait beaucoup, avec des filles différentes, il allait souvent en boîte, et comme tout le monde dans le show-business, il avait la réputation de se droguer.

– Juste au bord, allez, j'éjacule pas, je te jure, allez.

Il entrait juste au bord. Je m'écartais brutalement sur le côté.

– De l'autre côté alors.

– Il n'en est pas question.

– D'accord, comme tu veux, j'aurais voulu te faire profiter de ma technique, tant pis pour toi, c'est pas grave.

– On peut jouir autrement.

Je n'étais même pas sûre d'avoir envie de lui. Je n'avais pas eu le temps de me poser la question. Je me disais « pourquoi pas, une nuit, mais pauvre garçon je vais te laisser tomber, c'est sûr ». Ce n'était pas l'homme que j'imaginais, il était loin de l'homme que j'attendais et que j'avais en tête.

– Je vais demander à la réception s'ils ont des préservatifs.

Il se rhabillait en vitesse. Il descendait l'escalier en pierre, et remontait.

– J'en ai.

Il me pénétrait :

– J'en ai pas.

Je m'écartais en faisant un bond, je restais sur le côté.

– Allez viens j'éjacule pas.

Il revenait, il rentrait. Je l'embrassais.

– Arrête, tu triches.

Une fois bien l'un dans l'autre :

– Dis-moi que tu m'aimes.

Je ne pouvais pas lui dire, je ne le pensais pas, je pensais le contraire même, je ne pouvais pas lui dire « non je ne t'aime pas ». Je répondais par un silence.

– Dis-moi que tu m'aimes, même si c'est pas vrai.

– … (Je me taisais.)

– Dis-moi que tu m'aimes, même si c'est pas vrai. Allez, dis-le.

– Je t'aime.

– Moi aussi je t'aime.

On faisait l'amour, on jouissait. Il me prenait dans le vagin mais par-derrière, en me demandant de serrer mes jambes et de croiser mes chevilles, il serrait mes chevilles dans les siennes, ça cambrait mes reins, il faisait des va-et-vient rapides. On se reposait. On était tous les deux dans les bras l'un de l'autre dans cette petite chambre.

– Comment tu t'appelles ?

– Bruno, pourquoi ?

– Parce que je ne savais pas.

– Bruno comment ?

– Beausir.

– B.e.a.u.s.i.r.e ?

– Sans le e.

– Tu as des enfants ?

– Oui.

– Combien ?

– Deux.

– Garçons ou filles ?

– Filles.

– Tu vis avec eux ?

49

– Quelquefois. Quelquefois je suis chez eux, quelquefois chez ma mère, ou chez un copain, ça dépend. Je suis nulle part. Je suis tout seul. Et toi ?

– J'ai une fille.

– Tu vis avec elle ? Seule avec elle ?

– Oui.

– De toute façon tu vas me tromper, j'en suis sûr, je le sais.

– Pourquoi tu dis ça ?

– Comment tu peux t'intéresser à un garçon bête comme moi ?

– On va rentrer à Paris déjà.

– Je peux rentrer avec toi ?

– Je rentre plus tôt que les autres demain, je rentre pas par le train du salon.

– Je veux rentrer avec toi.

– On essaye de dormir un peu ?

– Je peux me mettre par terre ?

– T'aimes pas dormir avec quelqu'un ?

– Comment tu sais ? J'y arrive pas.

– Je sais parce que moi aussi j'ai du mal. En plus le lit est petit.

Il remettait ses chaussettes, il prenait une couverture, il se mettait par terre. Je voyais son corps, un peu lourd, grand, j'aimais bien, il n'était pas comme les autres, je n'avais jamais vu quelqu'un comme ça.

Vers quatre heures du matin il avait froid, il revenait dans le lit, on avait dormi un peu, je me mettais dans ses bras, il m'embrassait.

– Je voudrais un enfant de toi, qu'on ait un enfant tous les deux. Toi et moi. Je voudrais voir ton ventre grossir, grossir, et avoir un enfant avec toi. Il serait fort.

– Je crois que ce n'est pas possible.

– Pourquoi ? Si, c'est possible.

– Je ne sais pas, je crois pas.

– De toute façon je sais que tu vas me tromper, j'en suis sûr, je le sais.

– Pourquoi tu dis ça ?

– Je le sais, mais puisque je le sais c'est pas grave.

– On ne se connaît pas.

– Moi si.

– Toi tu me connais ?

– Oui.

– Comment tu me connais ?

– C'est la magie.

– Pourquoi tu m'as invitée à danser hier ?

– Je te voulais.

– Pourquoi tu me voulais ?

– Comme ça.

– Quand est-ce que tu l'as su ?

– Quand je t'ai vue au restaurant. À un moment je t'ai vue debout au milieu de la salle.

– Tu te souvenais qu'on s'était déjà vus avant à une fête ?

– Non, je m'en suis souvenu qu'après.

– Et quand tu t'en es souvenu t'as pas eu peur que je te repousse comme la première fois.

– Oh ça !… alors là… si tu savais…

– J'ai adoré danser avec toi hier.

– Moi aussi.

– C'était qui cette blonde avec qui tu dansais au début ?

– Une journaliste avec qui j'avais déjà fait l'amour il y a cinq ans, je me disais que ça pourrait être bon de le refaire, mais quand je t'ai vue, c'était toi que je voulais. Pourquoi t'es pas venue il y a un an ? Ç'aurait été bien.

– Parce que j'étais bête, c'est dommage.

– T'aurais été là depuis un an déjà. T'as fait l'amour hier soir ?

– Non.

– C'est pas vrai.

– Si c'est vrai. Et toi ?

– Non.

– C'est quand la dernière fois que t'as fait l'amour ?

– Je sais plus. Longtemps. Ah si, il y a quinze jours. J'avais oublié. Et toi ?

– Longtemps.

– Combien de temps ?

– …

– Un mois ?

– Non.

– Plus ?

– Oui.

– Combien ?

– Je sais pas. Plus.

– …

– Pourquoi t'es pas venu me chercher au premier slow ?

– J'avais peur que tu dises non.

– C'est vrai ?

– Oui.

– Tu crois que j'aurais pu dire non ?

– Bien sûr.

– Qu'est-ce qu'on va faire quand on sera rentrés à Paris ? Coucher ensemble mais bon, que ça c'est un peu...

Je commandais le petit-déjeuner. Il fermait la porte de la salle de bains, se douchait sans allumer la lumière, il chantait. Il devait aller chercher ses affaires à son hôtel, parler à plusieurs personnes avant de partir, et changer son billet.

Il me faisait rater mon train. J'étais sur le quai, il était encore dans la gare, il n'avait pas encore traversé les voies quand le train arrivait. La porte se fermait. Le train partait devant moi. Il arrivait sur le quai en courant, ça l'étonnait que je ne sois pas partie toute seule en le laissant derrière.

– Tu m'as attendu ?

– Ben oui je t'ai attendu.

– Si tu m'avais pas attendu, t'aurais eu le temps toi de monter dedans ?

– Bien sûr. J'étais devant la porte, elle s'est fermée devant moi.

– C'est pour moi que tu l'as pas pris ? Tu m'as attendu ?

– Ben oui.

– Merci.

– Mais non c'est normal.

Il ne trouvait plus son walkman. À la voiture-bar il prenait des sucreries. Le train était complet. On voyageait allongés par terre près des toilettes, entre la porte battante et le soufflet. L'endroit le plus froid et le plus bruyant. Il lisait mon livre, quand il tombait sur « j'ai couché avec mon père » il passait son doigt sur la phrase en m'adressant un air interrogatif et des yeux ronds. Il devait être un peu plus jeune que moi, trente-neuf ou quarante ans. (En fait il avait moins, il avait trente-deux ans.)

– Ben dis donc tu dois l'aimer ta fille pour rentrer plus tôt. Dis-moi qu'un jour tu m'aimeras autant que tu l'aimes.

Il faisait nuit quand on arrivait à la gare d'Austerlitz. Il portait mon sac. Il portait nos deux sacs à l'épaule, tenait ma main serrée dans la sienne. Il faisait froid. Il voulait marcher un peu dans la nuit. On traversait le boulevard de L'Hôpital, la grande artère qui aboutissait à la Seine, sur les quais, à l'endroit où les voitures roulaient vite et où les voies se rejoignaient. C'était l'heure de pointe, les quais, les boulevards, les rocades, la sortie des voies sur berge, les bus. Presque personne sur les trottoirs. Trop de bruit. Ni le lieu ni l'heure de la promenade. Les taxis étaient pris. Bruno préférait marcher quitte à porter les deux sacs sur son épaule, avec sa grande main.

– Tu sais que mon premier nom c'est Schwartz.

– T'es une petite feuj alors, c'est super.

– Oui et puis Schwartz tu sais ce que ça veut dire en allemand ?

– Noir ?

– Oui.

Soit nos pas avaient le même rythme, soit c'était lui qui se serait adapté à n'importe qui.

Quelques jours plus tard, quelqu'un du milieu écrivait sur son blog : « J'étais à Brive, j'étais fatiguée, les SDF on leur mettait des tentes, qui allait s'occuper des écrivaines, leur tendre la main ? Je n'allais plus pouvoir continuer comme ça, au point de vue amour. J'avais envie de sortir, ils allaient tous dans cette boîte, le Cardinal, il y avait ce gars, Gynéco, il me dit "qu'est-ce que tu fais dans la vie ?" je lui dis "j'écris", Doc, le rappeur mou, qui en a sous le chapeau, des cheveux, le bonnet contient plus de mèches que de cervelle, drogué, qui ne tenait plus debout, beurré comme un Lu, qui n'avait jamais vu de livre, "surtout pas de livre de meufs", alors d'écrivaines ! Lui, c'était plutôt le pétard et la bière. Doc avait entamé un de mes livres, ça le faisait rire. "J'y comprends rien", disait-il. Ça m'énervait, j'étais mal, il ne le voyait pas. Il me présentait dans des soirées à ses potes : "Tu connais pas, c'est une meuf écrivaine". »

Je ne pouvais pas emmener Bruno chez moi, il y avait ma fille.

– Tant pis on se verra demain. Je t'appelle ce soir.

Je le déposais dans le seizième, il sonnait à une porte vitrée en fer forgé face à la tour Eiffel. Il me faisait un signe et ne se retournait plus. Le soir je cherchais son numéro dans l'annuaire, il n'y était pas.

Le lendemain matin :

– Je t'ai pas appelée hier soir, parce que je savais pas quoi dire.

– C'est pas grave. Tu me donnes ton téléphone ?

– T'es sûre ?

– Oui. Tu veux pas ?

– Faut contrôler un peu, faut se protéger, t'es sûre que tu le veux ?

– Oui.

Il me donnait son portable.

– Et le 01 ?

– C'est là qu'il y a mes enfants, je peux pas...

– Si.

– Bon d'accord, pour les cas d'urgence, seulement si on a besoin. Et tu me donnes le tien aussi alors. Tu me donnes ton fixe toi aussi.

– Bien sûr.

– Vas-y, donne-le-moi, je te crois pas, tu vas pas me le donner.

On se retrouvait devant l'église. Il était en retard. On mettait un cierge, puis on allait chez moi, il mettait de la musique, on faisait l'amour, il avait apporté des disques, des maquettes. Il se mettait devant la chaîne, je m'allongeais sur le canapé, je le regardais mettre la musique et me la faire écouter. Il ponctuait des mots en me les adressant personnellement avec son doigt pointé. En haussant les épaules, en inclinant la tête, ou en éclatant de rire sur une phrase qu'on pouvait transposer.

Au milieu d'autres morceaux, il mettait une chanson de lui sans me le dire, avec quelques mesures de la marche nuptiale :

– Voilà.

Il l'avait dit en détachant bien les deux syllabes. Juste après les mesures claironnantes « tan tan tanan, tan tan tanan ! ». Voil-là. En montant sur la dernière.

Il était debout près de la chaîne. Ça allait devenir sa position dans l'appartement. Dès qu'un mot de la chanson résonnait avec la situation, il le prenait et s'en servait. Comme s'il me l'offrait.

Il n'aimait pas dire de qui étaient les morceaux ou les phrases d'un livre qu'il citait, il en retournait bien la couverture pour qu'elle ne soit pas visible. Si j'insistais, il disait « c'est une phrase que moi je te dis à toi ».

Quand je lui posais une question précise, il ne répondait pas, comme si son for intérieur était séparé de l'extérieur par des cloisons. Il entendait tous les bruits, il ne perdait aucun mot prononcé à côté de lui, mais ne voulait pas réagir. Éventuellement par une espèce de « ah bon ». À l'inverse, il commentait tout haut des pensées qui lui traversaient l'esprit, qu'on ne pouvait pas connaître. Il ne voulait pas qu'on sache tout, il se mettait de biais, il avait toujours l'air caché derrière un arbre au milieu des gens, dans un appartement, dans la rue, ou dans un café plein de monde. Si je répétais ma question plusieurs fois, en montant le ton un peu énervée « tu m'entends » « tu me réponds » « ouhouh » « t'es là ou pas », il faisait « hein ? quoi ? » comme s'il se réveillait, tout juste s'il ne se frottait pas les paupières. Il y avait une part de comédie, n'empêche que ma question n'avait plus d'intérêt, ce n'était pas important finalement de savoir.

Au début, on se voyait chez moi et pratiquement tous les jours. On se téléphonait, on se retrouvait dehors ou chez moi, on roulait un peu en scooter, on se promenait, on se promenait à pied aussi. Il aimait se balader, il aimait marcher, il aimait respirer. Il aimait prendre son scooter, rouler, il aimait marcher dans la nuit. Il aimait bien marcher dans la nuit avec moi. Il aimait la nuit, pas la nuit la fête, mais la nuit quand il fait noir, quand il fait nuit, quand il n'y a personne dans les rues. Il n'aimait pas les rues où il y a du monde. Il aimait les rues calmes et les quartiers calmes.

Il arrivait, il me disait à peine bonjour il allait directement à la chaîne, il voulait mettre un CD. Je m'allongeais sur le canapé. Je le regardais. Je le regardais se déplacer, être, je le regardais être lui.

Il avait toujours un disque nouveau ou des maquettes à me faire écouter. Il mettait le disque, il ne s'asseyait pas, sa place dans la maison c'était à côté de la chaîne, debout. Il me demandait de lui traduire les mots qu'il ne comprenait pas, ou qu'il faisait mine de ne pas comprendre pour voir ce que je traduisais, ce que moi je voyais. Tant que je ne lui avais pas dit, il s'impatientait. Il voulait une réponse même pour les mots qu'il comprenait.

Souvent c'étaient des Jamaïcains qui parlaient anglais, les syllabes étaient mâchées bizarrement, le rythme de la musique changeait le tempo des phrases, j'avais du mal à traduire. Il insistait, je faisais des efforts. Je collais mon oreille à l'enceinte qui était sur la cheminée. Il était debout, j'étais allongée sur le canapé, je me levais pour coller mon oreille à l'enceinte, j'essayais de repérer des mots. Ou bien j'allais me blottir contre lui, je me balançais dans ses bras sur la musique, comme la première fois dans la boîte. En écoutant attentivement. Et quand je pouvais, je lui disais à l'oreille les mots que je saisissais. Il fallait les découper de la masse, comme des dentelles précises, qu'est-ce qu'il dit là ? Chaque fois que je trouvais, c'était une victoire. À la fois comme le chien qui rapportait un os et l'enfant sa bonne note, avec lui dans le rôle du maître. Pour les films et les gens c'était pareil, il voulait que je lui explique, avoir mon interprétation. Un matin, il me passait un film sur Bob Marley, il me demandait de commenter mes réactions. Pour que je réentende « it's like a moan feeling » il remettait le film en arrière, un gémissement, un grondement doux. Puis je notais : « ne laisse jamais personne dire que je suis différent de toi » en m'étranglant d'émotion, en ayant du mal à faire passer la salive dans ma gorge.

Parfois il mimait les instruments qui entraient en scène, comme des personnages avec leur caractère, leur mouvement dans l'espace. La musique n'était plus une plaque de son étrangère, ou un liquide qui se vidait dans mes oreilles, il m'y emmenait, je n'étais pas exclue. Je n'arrivais pas à faire ça pour lui avec les livres, parfois j'essayais, je prenais les premières pages de Proust et les lui lisais, il était heureux, il voulait que je continue.

Le soir, il restait dormir chez moi. Parfois il finissait la nuit dans une autre chambre, une petite chambre avec un matelas au sol, et le mur qui partait en lambeaux à cause de l'humidité, une pièce qu'on n'utilisait jamais. Quand je passais dans le couloir le matin, je poussais la porte. Au fond de la petite pièce je voyais ses mèches noires qui sortaient des draps, sa respiration calme. Il ne bougeait pas. On pouvait croire qu'il était mort. Je m'approchais, il avait les yeux entrouverts, il dormait à peine. Sa respiration était silencieuse. Je me mettais contre lui. Il ne bougeait toujours pas. J'étais là, je ne disais rien, je profitais de lui. Du fait qu'il soit en vie, là. Il n'y avait pas de bruit, ni à l'extérieur, ni de respiration, rien, j'avais l'impression d'être seule à savoir qu'il y avait un être vivant dans ces murs. Je savourais la petite plage de temps qui allait se rompre. Comme quand Léonore était petite et que je me penchais au-dessus du couffin en respirant l'odeur, toute nouvelle, qui s'en dégageait. J'avais l'impression de marcher sur un fil, de faire un hold-up, il ne fallait pas que je bouge.

Le matin il ne voulait rien, ni thé, ni café, rien à manger. Juste un verre d'eau. Il remettait ses chaussettes et son pantalon. Il allait à la chaîne. Pendant ce temps j'allais, je venais, je m'asseyais avec ma tasse de thé cinq ou dix minutes sur le canapé, j'écoutais la musique, je finissais de me préparer, j'allais prendre ma douche, puis je m'allongeais. Ou je m'asseyais les jambes repliées. Je le regardais, j'écoutais, ou je me levais, je me mettais dans ses bras, je dansais avec lui. Moi aussi j'essayais de lui faire écouter des morceaux que j'aimais. Mais ça ne l'intéressait pas beaucoup. Son téléphone sonnait, il ne regardait pas qui appelait. Il avait l'air de ne pas entendre. Vers midi il regardait ses appels, il écoutait les messages, puis retournait vers la chaîne, il reprenait son poste de pilotage, sa place. Il repassait les mêmes morceaux, il en intercalait de nouveaux, qui enchâssaient les premiers, les mettaient en valeur, en relief, en vie. C'étaient les plus importants, leurs messages s'imprégnaient, construisaient, scandaient notre histoire. Ils parlaient de ce à quoi il faudrait faire attention, et des images qu'il avait en tête, de nous, de la façon dont il avait envie d'être aimé. Certains films avaient le même rôle, il avait envie d'être aimé comme dans *Breaking the waves*. Son idéal c'était Beth, prête à se faire lacérer le dos ou à mourir pour que son mari reste en vie, elle l'aimait au point de se prostituer, de se dégrader, si c'était la seule solution pour le sauver. Elle croyait au pouvoir des prières et des mortifications. Il avait eu un accident mortel sur une plate-forme pétrolière parce qu'elle avait prié Dieu de le faire revenir auprès d'elle, tellement il lui manquait. Mais elle allait le sauver. Seules ces formes d'amour-là l'attiraient. Un jour que je me plaignais de ne pas arriver à écrire :

– T'as vu *Dogville* ?

– Oui.

– Ben alors !

– T'as vu *Breaking the waves* ?

– Oui.

– Ben alors !

– T'as vu *Roméo et Juliette* ?

– Oui.

– Ben alors ! On est au-dessus de ça ou pas ?

– …

– La réponse est dans la question. Oui, parce qu'on est vivants. Alors t'as qu'à faire ça. C'est tout. Si tu fais ça et qu'on est vivants, tu l'as ton bouquin.

Dans les chansons, les messages c'étaient :

« *Night nurse.* »

« *I don't want to be hurt, be hurt, by any of those friends.* »

« Ma mère me dit Bruno faut que tu te maries. »

« J'ai un problème j'ai jamais dit je t'aime, j'ai jamais dit je t'aime même à la fille que j'aime. J'espère qu'un jour ces mots pour toi sortiront de ma bouche. »

« *Redemption song.* »

« *Go away with me in the night.* »

La mort, la rédemption, la guérison, la nuit, être soigné, être sauvé, ne pas avoir mal. Ne pas être trahi. Ne pas mourir.

Mais celui qui revenait tout le temps c'était *I don't want to be hurt, be hurt, by any of those friends*, il l'avait mis en boucle le jour de mon anniversaire au milieu d'amis qui ne saisissaient pas les mots mâchés par les Jamaïcains. Ils n'y faisaient pas attention, ils bavardaient, ils se laissaient bercer par le roulis de la musique.

Ou par téléphone il me disait prends un papier et un crayon note. Ça y est ? Alors écris : la vie n'est pas un jeu.

Puis tout d'un coup c'était le moment que je détestais « quelle heure il est ? ». « Une heure. » « Déjà ? » Il éteignait la platine. Il mettait le CD dans sa chaussette, il enfilait sa veste, il prenait son casque, il disait qu'il fallait qu'il y aille. Il faisait tout lentement, mais il le faisait. C'était irréversible, ce n'était pas annulé, juste ralenti. Il ne se pressait pas, mais il le faisait, il n'hésitait pas. Il partait vraiment, peut-être pas tout de suite, mais il partait. Ses gestes étaient sûrs, clairs. Ils n'étaient pas durs, pas précipités, pas violents, ils étaient calmes, mais il n'y avait rien à dire, il décidait, il avait décidé.

Il était lent mais il avait de l'autorité, on pouvait le ralentir pas l'arrêter. Je n'osais rien dire, je disais juste « attends, attends un petit peu ». Il se rasseyait. Il disait « je peux pas, j'ai rendez-vous ». Moi « téléphone, dis-leur que tu seras un peu en retard ». Il les appelait « je suis en bas de chez toi, j'arrive, je sonne à ta porte dans deux minutes ». Il se rasseyait sur le canapé.

Il allait à la fenêtre, il marchait de long en large, on parlait, on repartait sur autre chose, il était assis. Puis il reprenait son casque. Il partait. Il partait pour de bon cette fois. « À tout à l'heure. » Il m'avait dit un jour sur le pas de la porte « tu sais que maintenant ce sera toujours comme ça, on ne sera jamais séparés plus de dix minutes ». On devait rester connectés quel que soit le temps réel des séparations, elles ne devaient jamais nous paraître plus longues.

Le lendemain il téléphonait « j'arrive », il revenait. Avec des vêtements propres. Je lui disais « pourquoi tu prends pas ta douche ici ? ». « J'ai pas l'habitude. » « Tu crois que tu pourras la prendre ici un jour ? » « Bien sûr. » « J'aimerais bien que tu apportes des affaires, des vêtements. » « D'accord je vais t'apporter mes vêtements. »

Quand il me savait sans lui, même pour un seul soir, il me téléphonait longuement. Il essayait de contrôler mon temps, de continuer d'être avec moi en me demandant par exemple « tu sors ? Tu vas à la Fnac ? Achète *Un coupable idéal*. Un-coupable-idé-al. Regarde-le et après appelle-moi pour me dire ce que tu penses de la fille brune, pourquoi elle fait ça, pourquoi elle dit ça, est-ce qu'elle le pense vraiment ? ». « Quelle fille ? » « C'est la procureur je crois. » « C'est un film sur quoi ? » « Tu verras. »

C'était l'histoire d'un jeune Noir aux États-Unis qui risquait la condamnation à mort alors qu'il était innocent. C'était le film du procès. Le soir je regardais le film, quand le garçon pleurait pendant le témoignage de sa mère, je pleurais aussi. Les larmes du garçon qui se rendait compte à quel point sa mère l'aimait, à quel point leur sang les avait liés l'un à l'autre.

Au moment où elle jurait que son fils était innocent, on voyait les larmes couler sur le visage du fils dans le box des accusés. Je pleurais. Bruno aussi pleurait à ce moment-là. Ma mère ne me donnait jamais raison, il fallait toujours que je me mette à la place des gens, des autres, que je les comprenne. En classe, face à une injustice, il fallait toujours que je comprenne la maîtresse, l'autorité. Alors après… je ne disais plus rien.

Quand Bruno dormait là, il partait en début d'après-midi, vers deux heures, « à tout à l'heure ». Je répondais « oui ou à demain » pour ne pas commencer à attendre pour rien. Il n'aimait pas les « à demain », il ne le disait jamais, ça ne devait pas s'interrompre, ça pouvait juste être repoussé à un peu plus tard « à tout à l'heure ». Ça ne devait pas être saccadé, arrêté et repris, mais fluide. Ça devait continuer, s'enchaîner, ça pouvait être ralenti. Mais je ne devais pas oublier la sensation des dix minutes. Même si ça devenait des jours par les hasards du quotidien. Jamais de séparations de plus de dix minutes.

Il était avec des amis dans un bar, il voulait me rejoindre. Il laissait un message à minuit. Je dormais. Je trouvais le message le matin. On avait rendez-vous à midi. À une heure il n'était pas là. J'appelais. « Qu'est-ce que tu fais on avait rendez-vous à midi. » « Je suis fatigué. » Il arrivait à deux heures, avec un mal de tête.

Il avait traîné la veille avec des gens du show-business qui l'avaient fait boire, si j'avais répondu au téléphone à minuit, il serait rentré, mais comme je dormais il s'était laissé entraîner. S'il m'avait téléphoné, c'était pour ne pas se laisser entraîner et venir me retrouver.

– T'as pris autre chose que de l'alcool ?

– On est allé chez un type qui a plusieurs restaurants, on était dans son restaurant après il a voulu qu'on aille chez lui, il a dit que ses enfants le traitaient de salaud et de drogué. C'est des gens qui prennent de la coke tous les jours, moi j'en prends jamais, je suis obligé de jouer le jeu, je les vois une fois par an, j'en ai pris juste un petit peu, je peux pas faire autrement, sinon ils comprendront pas, c'est comme ça qu'ils sont, eux c'est tous les jours, si j'en prends pas un petit peu ils vont croire que je les juge, je suis obligé de faire semblant, au moins un petit peu. Mais comme j'en prends jamais, je supporte plus. Ça m'a rendu triste ce qu'il disait sur ses enfants.

– Écoute-moi bien Bruno, moi ça je peux pas, c'est fini, on arrête tout de suite.

– Si tu m'avais répondu quand je t'ai téléphoné, je serais venu dormir chez toi, je serais pas allé chez lui, tu te couches trop tôt, c'est pas ma faute.

– Je dormais Bruno.

– Si tu m'avais répondu, j'y serais pas allé. C'est pour ça que je t'ai appelée. Je voulais pas y aller.

– Mais il faut que je dorme Bruno, je ne peux pas me coucher si tard tous les soirs.

– J'ai compris.

– Sinon je peux rien faire le lendemain, je peux pas travailler, je peux rien faire.

– D'accord j'ai compris. Tant pis je les verrai plus.

– Je vais te donner la clé.

– Non pas tout de suite.

– Je me couche tôt moi Bruno, je peux pas vivre comme ça. Je peux pas tout dérégler. Je peux essayer un peu mais je peux pas aller trop loin. Sinon je peux pas vivre, et je peux pas travailler. Pourquoi tu veux pas les clés ? Prends les clés.

– Je veux que tu sois sûre de vouloir me les donner.

– Prends-les. Tiens. Voilà, comme ça tu pourras rentrer même si je dors.

– Merci. Moi je peux pas dormir tôt, tant pis je prendrai les mêmes médicaments que toi.

– Arrête de dire ça. Les filles d'avant elles supportaient ça ?

– Bien sûr.

Je citais le nom d'une actrice avec qui il avait eu une histoire, bien sûr qu'elle supportait, un jour elle était même venue chez lui et elle avait couché avec la mère de ses enfants, alors… Et telle autre ? Elles couchaient toutes avec quelqu'un d'autre en même temps qu'avec lui. Il y en avait une avec qui il avait joué aux liaisons dangereuses, ils avaient « fait des petites bêtises ». Elle faisait Merteuil, ils couchaient ensemble au début, après il ne pouvait plus, à cause de son mari ça lui faisait de la peine. Alors, ils allaient à des soirées ensemble, elle choisissait une fille, il la draguait, puis elle les regardait coucher ensemble. Elle s'appelait France, il aimait son prénom. Une autre s'appelait Claire, il aimait son prénom, une autre Aurore, une autre il l'aimait parce qu'elle avait une maladie du sang. Il essayait de rester le plus longtemps possible avec elles, mais arrivait toujours « rends-moi les clés ».

– Il arrive toujours ce moment-là.

– Quel moment ?

– « Rends-moi les clés ». Ce moment-là.

Il essayait de les garder. J'imaginais une petite collection dans une boîte.

– Je te préviens Bruno, si une seule fois une histoire comme ça recommence, j'arrête tout.

– D'accord, j'ai compris, je les verrai plus.

Il était quatre heures, on n'avait pas déjeuné, j'avais faim. Le soir on allait au théâtre, voir *Quartett*, à l'Odéon, de Heiner Müller, mis en scène par Bob Wilson, adapté justement des *Liaisons dangereuses*. On marchait, on adorait marcher dans la rue tous les deux, j'adorais parce qu'il adorait. On descendait le boulevard Malesherbes, on traversait la place de la Madeleine, on se baladait. Une ou deux voitures s'arrêtaient pour lui demander des autographes. Il commençait à faire froid, c'était le début de l'hiver, il y avait du soleil. On se tenait par la main, on venait de traverser la rue, il y avait du monde, c'était un samedi, quand à quinze mètres devant nous sur le trottoir, en plein milieu, je remarquais un type avec un téléobjectif énorme qui nous mitraillait. Je ressentais un coup dans le ventre, je tirais Bruno par le bras vers une rue adjacente pour qu'on se cache.

– Je l'avais pas vu, t'es forte, comment t'as fait ?

– Je peux pas supporter ça.

– C'est pas grave.

– Toi t'es habitué, moi je déteste ça.

– Ils vont s'arrêter, t'inquiète pas, quand ils verront que c'est un truc vrai ça les intéressera plus. Pour l'instant ils croient que c'est faux, que c'est du bluff, de la pub. Quand ils comprendront qu'on s'aime vraiment ils arrêteront. Il devait nous suivre depuis chez toi.

Je me remettais du choc un peu plus loin, adossée à une porte cochère. Les mains sur le ventre, le visage défait, j'étais toute blanche. Bruno était doux, il me rassurait avec des paroles calmes. On pensait que le photographe avait pris la fuite mais c'était là qu'il mitraillait le plus, les photos de la porte cochère étaient sorties dans la presse, celle où j'essayais de me remettre, avec le visage défait et Bruno qui me parlait calmement. On trouvait un restaurant, ça allait, c'était passé. C'était tout le temps comme ça avec lui, ça défilait, ça passait. Tout devenait très vite du passé sans intérêt. Seuls comptaient *Breaking the waves*, *I don't want to be hurt*, *Go away with me in the night*, et dis-moi ce qu'il y a dans ce livre, tout le reste était éphémère.

On déjeunait, tout était bon, délicieux, il aimait qu'on partage nos plats, qu'on mette une assiette au milieu. La pièce allait commencer.

– T'es sûre qu'on est obligés d'aller à ce truc ?

– Oui j'ai pris des places, c'est trop tard pour annuler maintenant, ça dure une heure quarante, c'est pas long.

On était au premier rang du balcon, il se penchait vers moi pour me montrer des gens qui dormaient pendant la pièce.

– Regarde regarde.

Lui ne dormait pas, et il bougeait, il se penchait vers la scène, puis regardait du fond de son siège. Toute la rangée bougeait. Il avait bien regardé la salle autour de lui avant que les lumières s'éteignent.

– Quand je suis dans un endroit comme ça, je regarde toujours combien il y a de personnes de couleur.

Il n'y en avait pas. Dans l'escalier à la sortie les gens râlaient :

– C'est raté.

– Bob Wilson il fait n'importe quoi maintenant.

– Il se fout de la gueule du monde, il vient prendre son fric c'est tout, il paraît qu'à la fin il ne venait même plus aux répétitions.

– Il s'en fout.

– On m'avait dit que c'était nul, mais je me doutais pas que c'était à ce point-là.

– Déjà le truc qu'il avait fait à la Comédie-Française moi j'avais pas aimé.

Dehors un garçon d'une vingtaine d'années arrêtait Bruno.

– Je peux te poser une question ? Pourquoi tu soutiens Sarkozy ? Il a supprimé la police de proximité dans les quartiers, je comprends pas pourquoi tu le soutiens, tu peux m'expliquer, excuse-moi mais je comprends pas.

– Maintenant ?

– Oui j'aimerais bien discuter. Parce que je comprends pas ta position.

– Maintenant ?

– J'ai pas compris quand j'ai appris que tu le soutenais. En plus tes premiers textes, j'ai tous tes disques, j'ai adoré ton premier disque, j'aimerais bien en discuter, on peut ?

– Oui bien sûr. Mais là j'ai pas le temps.

– Il faudrait que tu t'expliques…

– Je vais le faire, en février.

On était fin novembre, ou peut-être début décembre. Il pleuvait un peu. Je marchais devant. Ils se serraient la main, Bruno me rejoignait. Je lui demandais ce que c'était que cette histoire de police de proximité.

– La police de proximité, c'étaient des assistantes sociales, c'étaient des mecs qui jouaient au foot dans les quartiers, ils avaient un service de journée jusqu'à peut-être 18 heures, ou 19 heures. Et c'est là où les mecs dorment. Aux heures de bureau quoi, ça changeait rien aux problèmes d'insécurité et de violence dans les quartiers, les incivilités étaient de plus en plus nom-

70

breuses aux heures où ils y étaient pas, la nuit, l'heure où tous les chats sont gris.

– Oui mais la journée, ça calmait non ?

– Ça calmait pas, les mecs dormaient, t'as pas compris ? C'était un chassé-croisé. Quand les flics arrivaient les gangsters allaient dormir, quand les gangsters arrivaient les flics rentraient chez eux.

– Ça servait à rien qu'ils jouent au foot la journée ?

– Ça sert à rien de jouer au foot avec les flics, on peut jouer avec n'importe qui, les flics c'est pas leur rôle de jouer au foot, on peut jouer au foot avec les flics s'il y a pas d'incivilités mais s'il y en a, les flics c'est pas leur rôle de jouer au foot.

Il m'expliquait, on attrapait un taxi.

– Sinon ç'a été ? Qu'est-ce que t'en as pensé ? Tu t'es pas trop ennuyé ?

– Pas du tout.

– Comment t'as trouvé ?

– Je savais pas qu'on pouvait mettre en scène la parole de tant de manières différentes.

La semaine d'après, les photos paraissaient avec des légendes et des titres. « Il devait avoir bien faim le Doc pour se taper ce machin. » « Doc Gynéco serait-il devenu gérontophile ? » Je pleurais.

– C'est des petits pédés qui écrivent ça, pleure pas. C'est pas la peine. Allez, viens, arrête de pleurer. Viens on sort, on va se promener.

On rencontrait un copain à lui juste à ce moment-là en bas dans la rue.

– C'est qui, c'est ta femme ?

– Pas encore, bientôt.

– Tu m'inviteras à ton mariage ? Tu jures ?

– À bientôt.

71

Bruno ajoutait :

– Quand on est ensemble, comme ça dans la rue, et que je vois les réactions des gens c'est pas du tout ce que je sens.

– Tu veux qu'on se marie ?

– Pourquoi pas ? Si tu veux.

– Viens on va chercher le dossier à la mairie.

– Pas maintenant, t'iras le chercher, et on le regardera ensemble ce week-end. Là on se promène.

Le blog ne lâchait pas son écrivaine et son rappeur mou : « On s'était couchés tard avec Doc. On avait dansé chez Castel. On avait dormi le lendemain. Au réveil, Doc m'avait demandé "Mais pourquoi le Brésil ?" J'avais ri mais ri jaune. Doc : "Attends, je suis dans un paragraphe compliqué." De mon livre. Moi je feuilletais des journaux, et je nous vois, dans *Voici*. Doc et moi. J'étais désespérée. "Tiens, j'ai un pèt" me dit Doc. Il ne comprenait rien. "Passe-moi ça" il s'était mis à feuilleter le torchon en regardant les images. "Trop bonnes, ces meufs" dit-il. »

Des gens me téléphonaient pour savoir si c'était vrai.

– C'est sérieux ou c'est juste comme ça ?

Une amie qui après s'était mise à défendre Bruno (quand je pensais à Marc qu'elle ne « sentait » pas) à ce moment-là me disait :

– J'espère que c'est pas son fonds de commerce.

– C'est-à-dire ?

– Ben oui. J'espère que c'est pas son fonds de commerce.

– C'est-à-dire ?

– Tu me dis que lui il a l'habitude. Donc j'espère que c'est pas son fonds de commerce. Tu sais qu'il y en a qui se font payer pour être pris en photo et pour passer dans ces journaux, ça se paye tu sais ça, pour certains c'est une forme de publicité.

— Non, ce n'est pas son fonds de commerce.

— Tant mieux alors.

Sur mon portable, un ami acteur me chantait :

— Où sont les femmes, avec leurs gestes plein de charmes, elles portent les cheveux courts, elles font l'amour par hasard, elles courent vers des délires… provisoires.

On se promenait, on passait beaucoup de temps chez moi. Il y avait un petit chinois où je lui achetais des nems, c'étaient nos rituels. Des nems végétariens, à ce moment-là il ne mangeait pas d'animaux, jusqu'à ce que je le voie un jour commander un tajine d'agneau dans un restaurant. Pourquoi ? Comme ça. Il aimait changer de style, aller au bout du film. Ne pas faire l'amour toujours dans la même pièce, ni toujours de la même façon, changer de goût après avoir pratiqué comme une religion.

Une nuit il me regardait, on était au lit, il me fixait doucement :

— Qu'est-ce que je pense là ? Dis-le-moi.

— Je ne sais pas.

— Si, tu le vois. Allez dis-le.

— Je ne sais pas.

— Si, tu sais, mais tu veux pas le dire.

— Non je ne sais pas, je ne suis pas sûre.

— T'es pas sûre, mais tu sais. Tu veux pas le dire.

(Je croyais voir qu'il m'aimait, mais je n'osais pas le dire.)

— Et là ? Qu'est-ce que je pense maintenant ? C'est plus difficile ça. Allez, essaye de trouver. Tout à l'heure c'était facile, lire « je t'aime » dans les yeux de quelqu'un c'est facile.

– Moi aussi je t'aime.

– Je sais.

– Tu te souviens de la première fois que tu m'as vue ?

– C'était au restaurant. Je t'ai vue debout au milieu de la salle.

– Non c'était pas ça la première fois. Il y a un an à la soirée où tu m'avais parlé quand je partais.

– Ah oui celle où tu ressemblais à ma prof de maths. Pourquoi t'es pas venue il y a un an ? Et dire que t'aurais pu être là depuis un an.

– Moi aussi j'aurais aimé. Tu peux pas savoir à quel point.

– Toi non plus. Tu peux pas savoir. Ah ç'aurait été bien.

– C'est vrai. Pourquoi ?

– Comme ça. Mais je t'avais déjà vue sur une photo.

– Dans les journaux ?

– Non. C'est une photo que j'ai découpée un jour dans un livre, c'est une fille pendant la guerre, c'est une photo en noir et blanc. Mais tu vas être fâchée si je te la montre.

– Pourquoi ?

– Je pourrais te la montrer ?

– Bien sûr. J'aimerais bien.

– Mais tu vas pas être contente.

– Pourquoi elle est comment ?

J'imaginais un visage maigre, lacéré de fils de fer barbelé, le crâne rasé, les joues coupées avec un rasoir, les vêtements déchirés. C'était ce que j'avais cru comprendre d'après sa gêne, je croyais lire ça dans ses pensées.

– T'es pas comme les autres.

– Je sais.

– En quoi ?

– J'ai pas de vice.

Il ajoutait « puisque la misère est un vice » sur le ton de la ritournelle. Une phrase qu'il avait entendue un jour, ou lue, et qui lui tournoyait depuis dans la tête, détachée de son contexte.

– Tu resteras toujours avec moi ?

– Oui.

– T'es sûr ?

– Oui.

– Pourquoi tu es sûr que tu partiras jamais ?

– Je partirai jamais, sauf si un jour je sens que tu veux que je parte.

– C'est vrai ? Tu es sûr ?

– Bien sûr.

Il ne voulait pas me donner son âge. Léonore le découvrait sur Internet.

En face de chez moi, il y avait un appartement, du même genre que le mien, avec un balcon en enfilade. Le dimanche matin, le couple sortait en peignoir avec ses deux tasses, ils prenaient leur café enveloppés dans leur peignoir blanc éponge ceinturé, appuyés à leur balustrade. Ils avaient une soixantaine d'années. On s'était endormis après avoir regardé *When we were kings* en DVD, sur le combat de Mohamed Ali et George Foreman. Le lendemain matin, le front collé à la vitre, en se réveillant, Bruno apercevait les voisins en peignoir blanc « tiens, Mohamed Ali et George Foreman ». Depuis, tous les dimanches quand je les voyais sur leur balcon au saut du lit, je les superposais aux deux boxeurs avec leur peignoir en satin de couleur. Je me souvenais comme on avait ri. Exactement comme quand on dansait ensemble, des jumeaux qui se retrouvent, après avoir été séparés à la naissance.

– Trouillarde, t'es qu'une trouillarde, t'as jamais eu à te battre.

Parfois il me disait ça. J'avais beau protester. J'étais obligée de tout revoir autrement, même les gens qui dormaient dehors sur les trottoirs, la femme en bas de chez moi. Il fallait que tout le monde puisse vivre, respirer, ou au moins s'allonger dans la rue sur une grille chaude, comme elle. Rien n'était beau, fait pour être beau, un arbre permettait de s'appuyer ou de se cacher, tout était fait pour vivre. Il n'admirait rien. Sauf une fois une petite fille de couleur avec des nattes qui suivait sa mère dans un parc.

– Elle est belle cette enfant.

– Viens on s'assoit.

On s'asseyait et on pouvait parler des heures sur un banc dans un parc, ou sur un trottoir. Ou sur une pierre pour étirer le moment avant de se quitter, l'éterniser. Des vraies heures longues, dont la fin n'était pas programmée. Il aimait que je lui pose des questions.

– Pourquoi ?

– Comme ça.

– Pourquoi ? Dis-moi.

– Je sais pas. Comme ça. J'aime c'est tout. Tes questions sont pas comme celles des autres.

– Pourquoi ?

– J'ai plus besoin de réfléchir avec toi.

Il mentait.

– T'as quitté l'école à quel âge ?

– Douze ans.

Puis j'apprenais qu'il était allé jusqu'au bac, un bac G. Qu'il n'avait pas deux mais trois enfants, chez Virgin on cherchait des disques, je voyais dans les bacs sur la photo d'un de ses albums trois petits enfants, à côté de lui torse nu sous un costume blanc. Il était beau.

– C'est tes enfants ?

– Oui.

– Les trois ?

– Oui.

– Pourquoi à Brive tu m'as dit que tu avais deux enfants ?

– Pour que ça fasse moins.

– Parce que ça fait peur ?

– Ben oui.

Au début ça me perturbait. Puis je m'habituais, il faisait ça tout le temps. C'était un jeu qui aurait pu être la réalité.

Un jour, pour aller au cinéma, on passait rue Balzac.

– C'est qui Balzac ?

– Tu sais pas qui est Balzac ?

– Non je sais pas, c'est qui ?

– Enfin si, tu sais bien qui était Balzac, tu te moques de moi. En plus à côté de chez toi il y a la maison de Balzac, rue Raynouard.

– J'ai déjà entendu parler, mais je ne sais pas qui c'est au juste, j'ai dû oublier.

Il ne disait pas « je ne sais pas qui c'est » mais « je ne sais pas c'est qui ». Je lui expliquais qui était Balzac pendant un bon quart d'heure.

Quelques jours plus tard, dans une librairie, je m'apprêtais à lui acheter *La Peau de chagrin* ou *Le Lys dans la vallée*, il disait « si, je connais ». Il s'intéressait à un autre rayon. Il achetait Platon, Kierkegaard, Levinas, de préférence des petits livres fins qu'il pouvait mettre dans sa poche, et sortir dès qu'il s'ennuyait, seul ou avec des gens, mais aussi le gros livre de Locke sur l'identité. Le premier livre qu'il avait lu c'était à douze ans *Les Liaisons dangereuses*. Il avait voulu tout lire de Laclos il avait été déçu de voir qu'il n'y avait pas autre chose de lui à acheter. Il avait regardé toutes les versions filmées, chaque fois qu'il y en avait une qui repassait à la télé il la revoyait. Il était Valmont, il me disait que j'étais Tourvel et qu'il allait mourir. Cette fois Valmont aimait vraiment.

Le petit milieu le trouvait bête, lui avait envie d'être accepté, intégré à eux, admis. Il aimait les livres pour lui c'était ça s'en sortir, se sortir de la misère dans laquelle il avait grandi. Il avait été pauvre et n'était pas organisé pour faire durer l'argent. Il était menacé toujours de retourner d'où il venait, un ami m'avait dit « faut qu'il fasse attention sinon il va retourner d'où il vient ». Moi pour ses amis j'étais une espèce d'intellectuelle gauche caviar. Les miens, ceux qui avaient fait l'effort de nous inviter ensemble n'avaient pas été récompensés, il avait été poli, mais n'avait pas eu envie de les revoir. Est-ce que ça lui avait demandé trop d'efforts ou est-ce qu'il avait été déçu ? Déçu. C'était de la déception.

– Tes amis ils me rendent alcoolique.

Il avait été déçu parce qu'il en attendait plus. Il ne comprenait pas comment il pouvait y avoir autant de livres dans leur bibliothèque et comment la conversation pouvait être aussi anecdotique, banale, pauvre. Au lieu de tous ces bavardages, il aurait aimé qu'ils lui disent ce qu'il y avait dans les livres au-dessus de nos têtes. Je n'arrivais pas à lui expliquer qu'on ne pouvait pas dire comme ça ce qu'il y avait dans les livres. Pour lui, on ne partageait pas. Parfois il parlait de moi en disant « vous » il m'associait à ces gens puis il disait que c'était une façon de parler, que ce n'était pas ça qu'il avait voulu dire, je n'étais pas comprise dans le « vous ».

Quand il était chez moi, il aimait bien regarder des films, avec le son très bas. Des Truffaut, des Visconti, des Godard, des Fritz Lang, des Renoir. Pour les voir ? Pour les revoir ? Ou pour voir ce qu'il avait raté, ce qu'il n'avait pas eu, ce qu'on ne lui avait pas transmis ? Pour quand même jeter un coup d'œil sur cette culture qu'on ne lui avait pas donnée ? Je ne savais pas. Pour comparer avec les films d'action américains ? En tout cas il ne les regardait pas comme je les regardais. Il les regardait presque les yeux fermés, en douce, ni vu ni connu j'ai vu ces films, je vois de quoi vous parlez quand vous en parlez, il les regardait de biais, comme le reste, avec la tête presque tournée, il ne voulait rien savoir d'annexe, à part la date. Le nom des acteurs, même de l'auteur, il s'en passait, il n'avait pas l'intention de le retenir, il préférait voir ce que faisaient les personnages, qui ils étaient, et entendre leurs dialogues. Ça ne le dérangeait pas d'oublier les noms, il ne les retiendrait pas, les personnages devaient être plus forts que les acteurs. Il s'en foutait de qui avait fait, qui avait joué, il voulait voir ce qui se passait, entendre ce qui se disait. Je ne savais pas ce qui lui plaisait dans ces films, il les regardait tous, il les éclusait. Que la qualité des cassettes soit mauvaise, il aimait bien, il détestait l'aspect apprêté des choses. Il disait qu'il lui suffisait de voir pour savoir, qu'il n'allait pas perdre son temps, qu'il n'allait pas perdre dix ans, dans tout ce qui lui était proposé. Il voyait tout de suite si c'était bon pour lui ou non. Il bougeait à peine pendant les deux heures que durait le film, il ne décroisait pas les jambes, ne changeait pas la position de l'oreiller, il n'attrapait pas une cigarette, il restait comme ça toute la durée, on pouvait croire quelqu'un qui dormait les yeux entrouverts dans un sommeil paradoxal, alors qu'il observait.

On sortait peu. Dans la première fête où on était allés ensemble, je n'osais pas rester à côté de lui pour ne pas le gêner. Un moment je ne le voyais plus, mon cœur s'emballait, je me disais « il est parti ». J'allais voir dans toutes les pièces. Lui aussi me cherchait, il était à l'étage, il ne me trouvait plus, il avait trop bu, il me montrait une fille blonde.

– Viens avec moi, tu vois la fille là ?

– Oui.

– Dis-lui « je suis avec lui ».

Les gens hurlaient, je n'entendais pas, il y avait du bruit, il me parlait à l'oreille :

– Dis-lui « je suis avec lui ».

– Pourquoi ?

– Dis-lui, c'est tout. Dis-lui. Allez je t'en supplie. Dis juste ça.

Je me tournais vers la fille.

– Je suis avec lui.

– Oh ! Pardon.

La fille partait. Elle ne voulait pas croire qu'il était avec moi quand c'était lui qui lui disait, qu'il n'était pas libre. Elle lui glissait quand même en partant un papier dans la poche arrière de son pantalon.

– Regarde.

On montait dans le taxi pour rentrer. Il sortait de sa poche un petit papier plié pour me prouver que c'était la vérité, qu'elles ne lâchaient jamais, il y avait un nom griffonné et un numéro de téléphone, la fille s'appelait Ann.

– Quand elles veulent quelque chose, elles insistent jusqu'à ce qu'elles l'obtiennent. Mais j'ai donné, les meufs, tout ça, j'ai donné, j'ai vu.

On arrivait chez moi, dans l'entrée en bas de l'immeuble il soulevait ma jupe, une grande jupe large, il me mettait face au mur, baissait mon collant noir, me demandait de me cambrer en prenant appui sur la porte.

– D'accord mais attention te trompe pas de trou.

– D'accord…

Il était un peu déçu mais il ne se trompait pas de trou. Il me prenait rarement en traître, il essayait plutôt de me convaincre. Il me tenait les hanches fermement entre ses mains, me pénétrait par l'arrière, je gémissais, il bougeait un peu, je ne me souvenais plus s'il déchargeait. On entendait du bruit dans l'escalier, on se rhabillait. On montait chez moi. Il ne supportait pas ces soirées. Il y était venu pour moi, on me remettait un prix avant l'ouverture de la fête, il voulait être là, j'avais fait un petit discours, il m'en parlait dans la cuisine, où on buvait un verre d'eau avant d'aller se coucher.

– J'ai adoré comme t'as parlé, c'était bien ce que tu leur as dit, c'est la première fois que je vois une personne blanche dire la vérité. J'avais jamais vu une personne blanche dire la vérité. Quand tu leur as dit que la littérature c'était pour les gens, pour tout le monde, et que ça devait servir à vivre, tu leur as dit la vérité, j'ai adoré ça.

J'avais repris Bataille dans *Le Bleu du ciel* quand Trocman dit que « ceux qui admirent Sade sont des escrocs », que le culte de Sade par les surréalistes est une inconséquence, qu'il a la légèreté d'une avant-garde qui professe une admiration sans savoir à quoi elle engage, les paroles n'entraînant pas pour eux les actes. L'important était que les textes aient une valeur d'usage, qu'ils soient actifs, qu'ils entraînent la vie, qu'ils aient des conséquences « le simple fait d'écrire implique la volonté de provoquer ses semblables pour être vomis par eux. J'ai toujours mis dans mes écrits toute ma vie, toute ma personne ». J'étais sur un petit podium, armée d'un micro, Bruno ne me quittait pas des yeux, il avait son bonnet, ses lunettes noires.

– Pourquoi t'as gardé tes lunettes noires ?

– Parce que j'ai les yeux fragiles, je ne veux pas qu'ils mettent leurs doigts dedans.

On se couchait, il était trois heures, quatre heures.

– Est-ce qu'on peut ne pas baiser ?

– Bien sûr.

– Est-ce qu'on peut juste faire l'amour ? C'est possible ?

– Bien sûr.

– Pour une fois.

– Bien sûr.

– On a le droit, c'est pas grave si on baise pas.

– Non bien sûr.

Il avait l'air triste. Il me reparlait de la photo de la fille qui me ressemblait, ça allait me fâcher, il y avait une histoire de barbelés, de griffures.

Bruno m'accompagnait à Nice où un ami venait d'ouvrir une librairie. On faisait l'amour dans un hôtel, c'était le soir, la télé était allumée, le son était très bas. Il zappait et s'arrêtait sur un documentaire en noir et blanc sur la Shoah, avec des images de charniers, de camps, et en voix off des commentaires sur les chiffres, les techniques. Avec la musique, les noms des lieux. Il était allongé sur le dos, j'étais sur lui dos à l'écran, je ne voyais pas les images, mais j'entendais le son, je voulais qu'il change de chaîne. Il voulait laisser celle-là. Ça me gênait, comme fond sonore c'était horrible pour faire l'amour.

– Stop.

– Pourquoi ? Attends.

– Ça me fait mal, c'est insupportable. Pas ça. Arrête. Mets autre chose, change de chaîne, je t'en supplie.

– Pourquoi ?

– S'il te plaît. Je ne peux pas. C'est horrible. C'est pas possible. Arrête. Je ne peux pas je te dis. S'il te plaît.

– Mais non c'est bien.

– Écoute je t'en prie. Je t'en prie. Non. Pas ça.

Je commençais à pleurer. Ça ne le faisait pas changer de chaîne, au contraire. Je ne disais plus rien, je ne protestais plus. Je me pliais à sa volonté par fatalisme, et je ne bougeais plus, je restais inerte.

– On laisse ça un petit peu. On mettra autre chose après.

Je pleurais en faisant l'amour sur ce fond sonore, puis je me laissais aller, il n'y avait plus de valeurs, juste un grand néant, et nous dans notre chambre en résidu. Petits, minables, vivants. Pourquoi changer de chaîne ? On se donnait des petits coups, on ne pensait plus. Je me sentais faite de morceaux décollés. On ne me reconnaissait plus. L'indignation s'était envolée, je pleurais parce que je ne savais plus qui j'étais, parce que Bruno ne voulait pas que j'arrête la télé. Les deux se mêlaient. Il me donnait des grandes claques sur les fesses en même temps. Ça piquait. Ça faisait mal. Le lendemain c'était rouge, j'avais des grandes traces. Mais j'avais aimé ça, et ne plus savoir dans le lit qui j'étais. J'aurais voulu rester ce résidu humain plus longtemps si j'avais pu.

Le lendemain matin après la douche, il était en train de s'habiller, de mettre son pantalon, il sortait la ceinture des passants, j'étais allongée, lui était au pied du lit, il la défaisait des passants doucement. Je refusais, avec une voix ferme et un ton ironique mais clair. Alors, il la remettait tranquillement sans insister. Ça pouvait être un jeu, une fausse alerte, un test.

Mon père me racontait cette petite blague : On dit toujours que l'allemand est dur et le français plus doux, mais non, écoutez. À ce moment-là il prenait un rythme guttural et haché pour dire : LessoiSSeauxchantteuxdanslafoRRêt, puis une voix fluide, légère, sensuelle, flûtée pour : Die Vögel singen in den Wäldern.

Il riait, ça au moins c'était un humour fin, ce n'était pas comme briviste-gréviste et écrivain-écrivin. Ou encore le copain de Bruno à qui on demande au restaurant s'il veut son steak bleu, à point, ou bien cuit, et qui répond sans cuisson, pas pour faire de l'humour mais parce qu'il ne veut pas de cuisson particulière. Die Vögel singen in den Wäldern. LessoiSSeauxchantteux-danslafoRRêt. Toujours deux façons de voir les choses pour mon père. Toujours deux entrées dans la colonne. Jamais de brouillage des signes sur du sable, de pudeur.

Je repensais à « Trouillarde, t'es qu'une trouillarde, t'as jamais eu à te battre ».

Le lendemain Bruno préférait rester à l'hôtel et qu'on se retrouve après, après le dîner avec mon ami libraire, et un autre, représentant dans l'édition, que j'aimais moins, un peu trop imbu de sa personne.

– Pourquoi on peut jamais être ensemble au milieu des gens ?

Alors il venait. On était assis autour d'une petite table dans un café. Quand Bruno allait aux toilettes, le représentant profitait de son absence pour me dire sur le ton de l'évidence « il s'emmerde ». Alors que c'était moi qui m'emmerdais avec lui depuis que je le connaissais, depuis des années.

On ne serait plus tout le temps ensemble au retour à Paris.

Le dernier soir au casino, il prenait quelques plaques, en posait une sur le tapis de black jack. Il gagnait. Il avait gagné cinq euros en posant sa première plaque. Il se sentait victorieux, béni des dieux.

– Ah tu vois.

Il estimait qu'il avait de la chance, qu'il avait toujours eu une bonne étoile. On faisait le tour des autres tables, sans jouer, puis on rentrait sous une petite pluie fine.

Le lendemain, il faisait beau, on nous faisait signer le livre d'or, j'avais été heureuse pendant ces quatre jours sans se quitter. Je restais assise longtemps sur le petit balcon, Bruno marchait de long en large dans la chambre. Je feuillettais un *Figaro Madame* qui traînait à l'hôtel, Bruno marchait du fauteuil à la télé et de la télé à la fenêtre. Quelque chose me traversait l'esprit, je lui disais. Ce n'était pas une conversation suivie, j'entendais le bruit de la mer, le passage des voitures, pour attirer son attention je faisais « Bruno ».

– Bruno.

– Oui, Christine.

– Y a des trucs qui t'agressent par rapport à ta vie habituelle, quand t'es avec moi ?

Il réfléchissait.

– Non.

Je feuilletais quelques pages, je regardais dehors, c'était beau, c'était dégagé, on voyait jusqu'aux îles de Lérins.

– Christine…

– Oui.

– Tu crois que je te démasquerai un jour ?

– Je crois que c'est déjà fait.

Un couple s'installait sur le balcon d'à côté, en peignoir. Ils prenaient leur petit déjeuner ensemble sur deux chaises autour de la même table.

– Bruno. Tu veux pas venir t'asseoir à côté de moi ?

– Je préfère te voir quand je suis un peu de biais.

Je me demandais si nous on pourrait être un couple comme ça, qui durait, qui reviendrait peut-être là un jour. Si on pouvait espérer quelque chose l'un de l'autre.

– Bruno…

– Oui.

– T'es content là des jours que t'as passés avec moi ?

– Oui. Ça va.

– Pas seulement des nuits ?

– Non.

– C'est vrai ?

– Je pourrais vivre comme ça.

Il me rejoignait sur le balcon, il s'asseyait finalement avec moi face au soleil.

– Qu'est-ce que tu trouves avec moi, que tu ne trouvais pas avec les filles d'avant ?

– C'était des petites filles.

Je citais des noms puis je disais :

– Mais elles, celles-là, c'étaient pas des petites filles.

– Si, c'est des petites filles. Un mec pour elles c'est un accessoire, elles jouent, elles jouent avec toi. Ce qu'elles aiment c'est pouvoir parler de leur mec avec leurs copines, et rencontrer des metteurs en scène. Elles jouent tout le temps, elles n'arrêtent jamais. Elles vivent jamais. Et puis j'avais trop l'impression de trahir.

– Trahir quoi ?

– Moi. D'où je viens.

– Avec moi tu trahis pas d'où tu viens ?

– Non.

– Pourquoi ?

– Je sais pas. Je le sens. Et puis c'était pas du tout pareil, elles avaient un autre mec en même temps. Je passais chez elles vers une heure du matin minuit, des copains me déposaient. Depuis que je suis avec toi, ils disent que je suis dans ma love story, que je baigne dans ma béchamel, s'ils savaient que je t'ai pas encore sodomisée. On pourra le faire bientôt ? C'étaient des petites filles, elles étaient trop jeunes, c'étaient pas des femmes. J'aime les femmes plus âgées.

– Ben justement t'en as déjà rencontré.

– Oui mais elles étaient déjà prises, j'arrivais trop tard. Toi on peut t'attraper entre deux livres, parce que les autres sont partis, c'est là qu'on peut t'attraper.

– Mais toi aussi tu partiras alors après le livre ?

– Non, moi je suis pas comme tes précédents mecs, je suis un vrai artiste, j'ai peur de rien, j'ai pas peur des livres, j'ai pas peur de ce que pensent les gens.

– Mais je comprends pas, elles avaient quand même une relation avec toi, elles t'aimaient.

– Oui, elles aimaient bien faire des bêtises avec moi, mais après elles avaient leur vie.

De retour à Paris, on achetait du lubrifiant dans une pharmacie, la pharmacienne lui demandait un autographe, on allait se promener, le soir on rentrait chez moi, il avait perdu le tube de lubrifiant. Il voulait me convaincre de le faire avec du lait de toilette, ou même sans rien.

— Tu l'as déjà fait au moins ?

— Oui justement et ça fait mal.

— Ton copain il savait pas le faire.

Le copain en question c'était mon père, je ne lui disais pas. Dès que j'évoquais « mon père » il changeait de visage. Il avait juste dit à propos de ma mère « elle est aveugle la dame ? ». Il aimait la sodomie parce que le trou était plus serré. Même s'il ne pouvait pas mettre son sexe entier, il adorait, même le bout, même rester à l'entrée. Le lendemain après-midi, un dimanche, on restait une heure attachés l'un à l'autre comme ça, sur le canapé du salon, sans bouger, on était habillés, avec juste le bas défait, et une couverture posée sur nous, pour ne pas être vus de la fenêtre par le couple en peignoir. On aurait pu rester longtemps sur ce canapé, sans rien dire et sans bouger, vissés l'un à l'autre.

Le lendemain matin il partait, il rentrait chez lui.

— Pourquoi tu t'en vas ? Pourquoi tu restes pas avec moi ?

— Tu voudrais qu'on soit tout le temps comme sur le canapé hier ?

— Oui.

— Mais c'est pas possible, on n'est pas des siamois.

Il quittait l'appartement, je me sentais épuisée, libérée. Mais livrée à moi-même je ne savais plus quoi faire.

Une nuit, dans mon lit, il mettait une plus grosse partie à l'intérieur, je lui criais :

— Tu m'abandonneras jamais, dis, tu m'abandonneras jamais ?

– Non jamais.
– Tu me le jures ?
– Oui je te le jure.
– C'est vrai ?
– Oui c'est vrai.

Un soir en rentrant, on attendait l'ascenseur, je regardais son visage. Depuis le début je me demandais à qui ses yeux me faisaient penser, je n'avais toujours pas trouvé. Je ne retrouvais pas. Ils me rappelaient les yeux de quelqu'un. Je ne trouvais pas, je cherchais. Qui ? C'était comme un nom sur le bout de la langue, un goût dans la bouche. C'étaient les mêmes yeux que quelqu'un, quelqu'un que je connaissais bien, que j'avais bien connu, quelqu'un que je ne voyais plus, mais que j'avais très bien connu. Intimement même. Quelqu'un de proche… Qui avait été proche. Très proche. Qui ?… Quelqu'un que je ne voyais plus. Qui avait été très proche.

L'ascenseur arrivait, on s'apprêtait à monter, je le regardais. Et tout à coup, je trouvais. Ça y était.

– Ça y est, j'ai trouvé.

– Quoi ?

– Tes yeux, la personne qu'ils me rappellent.

– C'est qui ?

– Je sais.

– C'est qui ?

– Tu vas voir. Dès qu'on sera en haut j'irai te chercher la photo où on voit la ressemblance, j'ai la photo à la maison, je te la montre dans deux minutes. Attends juste deux minutes.

– Qui c'est ? Dis-moi maintenant.

– Attends deux minutes.

J'ouvrais la porte, j'allais chercher la photo. C'était bien ça. Une petite photo de moi à cinq ans, en noir et blanc. C'étaient mes yeux. La petite photo était découpée dans un médaillon.

– Regarde.

– C'est qui ? C'est toi ?

– Oui.

– C'est vrai. On a les mêmes yeux.

Je lui demandais s'il voulait voir d'autres photos, je sortais une enveloppe plastifiée.

– Je peux mettre de la musique en même temps ?

– Bien sûr. Regarde… ça c'est une photo de mon grand-père. Le père de ma mère. Il était juif, né en Égypte, il a voyagé toute sa vie, ses possessions tenaient dans deux valises, et dans des comptes en banque un peu partout dans le monde. Chaque fois que je l'ai vu, je l'ai assez peu vu, il parlait de l'argent qu'il avait et où.

Bruno jetait des coups d'œil, changeait les morceaux sur la platine. Je commandais une pizza, je sortais un gâteau au chocolat du congélateur, je continuais.

– Ça c'est mon père, le petit garçon avec le chapeau à rubans, sur son petit vélo, avec son petit manteau croisé à boutons dorés. Je pense qu'il était assez raciste. Un jour il m'avait dit que les Noirs, le soleil avait très bien pu modifier leur cerveau autant que leur peau, ce qui expliquait leur retard, leur développement retardé, et qu'il n'y avait rien d'extraordinaire à ça.

– Ah bon ? (Il riait.)

– Ça, c'est une photo de moi dans un journal allemand, on avait fait un voyage scolaire, avec toute ma
classe, et j'avais été choisie par le photographe comme
française typique.

– T'es où ?

– Là. Et là c'est mon père allongé dans l'herbe, à
l'époque où il connaissait ma mère, on voit l'ombre de
ma mère qui prend la photo. Là c'est la mère de mon
père. Tu ne trouves pas que je lui ressemble ? C'est
encore elle là, tu ne trouves pas que j'ai le même
regard ? Et la même forme de visage.

– À qui, elle là ? Oui, non.

– Elle s'est suicidée cette femme, à 70 ans, un
dimanche après un repas de famille. C'était une famille
de médecins, de directeurs de société, ils habitaient près
de la place des Ternes. Ils ont caché mon existence pendant 28 ans. Ma mère n'était pas du tout du même
milieu, quand elle a été enceinte, cette femme, qui me
ressemblait, a pensé qu'elle voulait mettre la main sur
un fils de famille.

Il chantait le refrain d'une chanson de lui sur les
mères célibataires, dans son quartier il y avait plein
d'enfants sans père.

– Ça c'est ma mère, avec maintenant l'ombre de mon
père qui prend la photo, qui se projette. De nouveau
mon père allongé dans l'herbe.

On entendait *I don't want to be hurt by any of those
friends*.

– Là mon père avec ma mère, probablement photo-
graphiés par un photographe de rue. Ils n'ont jamais eu
d'amis communs, ils se sont fréquentés un an plus ou
moins clandestinement, en tout cas sans être présentés
aux familles, puisqu'il était exclu que mon père épouse
ma mère.

Bruno renversait la tête sur le dossier du fauteuil en regardant juste par les fentes de ses paupières. On entendait *I was alone... my dream come true, but I don't want to be hurt, be hurt, be hurt, by any of those friends.*

– Ça, ce sont ses enfants. Quand ils ont appris mon existence, ils ont dit : c'est bien parce qu'on n'est pas une famille comme les autres.

– Aah bon !

– Ça, c'est lui encore. C'est moi qui ai pris la photo cette fois, il avait appris à piloter un avion. Encore lui, ça aussi. La famille de mon père c'était une famille bourgeoise mais pas des industriels, des intellectuels.

– T'as de la chance.

– J'ai jamais vécu avec eux tu sais. Ils étaient très fiers d'eux, ils auraient considéré comme une mésalliance un mariage avec ma mère, qui était juive premièrement, et qui n'était pas une bourgeoise, c'étaient des petits employés, des artisans, des petits commerçants. Même riche, le commerçant, ça n'a rien à voir avec le bourgeois, c'est pas pareil.

– Ah bon ?

Il disait ah bon d'un ton moqueur qui signifiait « je te dis ah bon, puisque tu crois m'apprendre quelque chose ». « Je te dis ce que tu veux entendre. »

– En plus eux ils n'étaient pas riches. Loin de là.

– T'es pauvre alors ?

– Ils étaient pauvres eux en tout cas. Mon père a toujours craint que ses beaux-parents apprennent mon existence, c'est pour ça que j'étais cachée, d'après ce que m'a dit ma mère. Dont la grand-mère était une bâtarde, elle aussi. Elle était d'un côté la fille d'un gros propriétaire terrien et de l'autre d'une analphabète. Et curieusement le père de ma mère, cette analphabète était la seule femme de la famille qu'il respectait, lui qui se considérait comme un aristocrate. Il disait « nous les Schwartz ». Regarde, le rictus qu'il a.

– Fais voir si j'arrive à faire pareil. Comment il fait ça ?

Il riait, sur le petit fauteuil bleu à côté de la chaîne, j'étais accroupie à côté de lui. Il remettait *I don't want to be hurt*, puis des nouveaux morceaux.

– Quand j'ai rencontré mon père, tout ce que je peux te dire, c'est que j'ai adoré tout ce qu'il m'apportait, toute l'intellectualité qui allait avec, et tout ce que j'apprenais.

– Mmm ça devait être bien. T'as de la chance.

– Oui enfin… bref. En tout cas la culture, la connaissance, l'art de vivre, les musées, les églises, je n'avais pas tout ça avec ma mère. Même la façon de se promener en forêt changeait.

– Ah bon ?

Il ne l'avait pas dit comme d'habitude.

– Oui, les arbres, les noms. Pour ces gens-là elle est à eux la forêt. Les paysages sont à eux comme les tableaux qu'ils achètent. Les autres ne font que passer dans les chemins, se dégourdir les jambes. J'ai toujours eu plus ou moins honte de ma mère et de son milieu, je n'en suis pas fière d'ailleurs.

– La pauvre.

– Je t'assure, j'avais honte.

– Il faut pas. Pourquoi ?

– Ouais je sais. Mais je me sentais pas comme eux. J'avais l'impression d'être déplacée. Tu connais pas ce sentiment-là toi ?

– Non.

– Ben c'est peut-être toi qui as de la chance. Moi quand j'ai vu la différence avec mon père, j'ai compris pourquoi j'étais pas à l'aise dans le milieu de ma mère.

Tu sais que mon père est mort deux mois après la publication de mon livre, *L'Inceste*, et dix ans d'Alzheimer.

– Le pauvre.

Je m'allongeais sur le canapé. Il regardait mes disques alignés par terre, il trouvait Barry White et Marvin Gaye, il mimait les instruments au fur et à mesure qu'ils entraient. Puis tout d'un coup :

– Je vais faire un tour.

– Maintenant ?

– Oui pourquoi pas ? J'étouffe, je vais prendre l'air.

– Il est tard. Tu veux aller où ? Tu reviens après ?

– Je vais me promener. Viens on va se promener.

Je tirais sur mon pull, je fermais bien mon blouson, j'enroulais mon écharpe autour de mon cou, j'en rabattais un pan devant ma bouche, je mettais le casque trop large qui ne fermait pas, mes bras autour de Bruno, sur ses flancs bien doux, bien ronds, je me calais derrière lui, je glissais mes mains sous son blouson. C'était un tout petit scooter de 50 cm^3. « Puisque la misère est un vice… » Il répétait la fameuse phrase en roulant vers le dix-huitième. Le dix-huitième, rien que le nom, pouvait lui tirer des larmes. On arrivait dans son quartier. « Puisque la misère est un vice… » J'avais froid.

– Qu'est-ce que ça veut dire ? Dis-moi ce que ça veut dire. Pourquoi il a dit ça ? Puisque la misère est un vice… Puisque la misère est un vice…

– Je sais pas Bruno ce que ça veut dire. Je connais pas. T'as entendu ça où ? Qui a dit ça ? C'était quoi la phrase exacte ? Tu l'as lue, entendue… ?

– Dis-moi ce que ça veut dire. On s'en fout de qui l'a dit, je sais pas. Ça veut dire quoi ?

On s'arrêtait à un feu rouge. Des gens traînaient. Il répétait la phrase en espérant à force lui trouver un sens.

J'avais mon sac à l'épaule, j'avais peur qu'on me l'arrache ou qu'il tombe, d'être obligée de descendre du scooter pour le ramasser, et de me faire agresser. Ou juste d'attiser les convoitises rien qu'en l'exhibant pendu à mon épaule.

Il me montrait sa tour, le parking devant le magasin de meubles où il jouait au foot, son école, son collège, Maurice Utrillo, puis la rue sous le pont. Il n'était pas encore assez tard pour que je me rende compte. Il y avait quand même déjà une prostituée, deux flics, trois mecs qui traînaient, un copain à lui qui attendait sa dose.

Il ne l'avait pas vu depuis longtemps. Il me présentait. Pendant qu'il était en prison il avait donné de l'argent à son petit frère.

– Qu'est-ce que tu fais là ?

– Je me promène. Et toi, qu'est-ce que tu fais ? T'es sorti ? J'ai donné de l'argent à ton petit frère.

– Oui, il m'a dit que tu lui en avais donné la première fois, mais j'y suis retourné après.

– Tu y es retourné ? Je savais pas. Il m'a pas dit. Tiens.

Il sortait un billet de sa poche.

– Pour moi quand j'étais petit, t'étais un grand, tu sais, je l'oublierai jamais.

On repartait. Sur le scooter il me parlait.

– Il a quarante ans maintenant, pour moi quand j'étais petit c'était un grand, il était fort. Putain... pourquoi ils s'en sortent pas les mecs ? Tu sais toi ? Putain pourquoi ils s'en sortent pas ? Ça m'a rendu triste.

– T'aurais préféré ne pas le rencontrer ?

– Si. Ça a rien à voir. Mais ça me rend triste.

On faisait encore un tour. Il me montrait son studio d'enregistrement. Puis les boulevards. Et surtout la petite impasse sous le pont où les prostituées attendaient, des flics patrouillaient déjà. Les boulevards étaient menaçants tout vides avec deux trois personnes qui marchaient. C'était mal éclairé. Il trouvait l'endroit changé depuis son départ, il y avait des choses qu'il ne reconnaissait pas, c'était le coin des drogués. Il avait vu un mort un jour en allant à l'école. Puis tout d'un coup il riait :

– La prison, ils l'appellent le Club Med maintenant au quartier.

Il trouvait qu'il n'était pas assez tard, ça devenait plus dangereux après, c'était ça qu'il aurait aimé me montrer.

– Il est tôt, là. Viens, on rentre.

Un autre soir, on y allait plus tard. Les familles qui dormaient sous le pont étaient protégées derrière un grillage, avant il n'y avait pas de séparation. Une fille traversait le boulevard en serrant les fesses.

– Elle a pas peur ?

– Bien sûr qu'elle a peur.

Moi aussi j'avais peur. On n'était même pas protégés par le toit d'une voiture. Je n'étais pas tranquille quand on s'arrêtait à un feu.

– Dépêche-toi je voudrais qu'on rentre.

– N'ai pas peur je suis là. Tu risques rien. Qu'est-ce que tu vois ? Dis-moi ce que tu vois.

Il fallait que je commente, derrière son dos sur le scooter.

– Ben c'est dur.

– J'ai grandi là.

Il ne se retournait pas, il conduisait, il ne voulait pas rentrer tout de suite. J'étais fière qu'il m'emmène.

J'avais froid, j'essayais de ne pas me plaindre, je me serrais contre lui.

– C'est dur.

– J'ai grandi là.

– T'avais pas peur ?

– J'ai grandi là.

– Et t'avais peur ou pas ?

– On s'habitue.

– Tu t'es habitué à tout ?

– Sauf une fois quand j'ai vu le mort sur le boulevard en allant à l'école.

On repassait dans l'impasse avec les prostituées, sous le pont.

– Tu veux t'arrêter pour leur parler ?

– Tu veux que je leur dise quoi ?

– Ce que tu veux. On peut bavarder cinq minutes.

– Non. Je saurai pas quoi leur dire. Peut-être une autre fois.

– D'accord.

On rentrait. Dans ma rue il y avait toujours la femme couchée par terre, dont il disait qu'elle avait de la chance d'avoir trouvé la grille avec de l'air chaud. Une fois elle était à genoux sur sa grille, le front appuyé contre la portière d'une voiture garée. Elle avait souvent un casque sur les oreilles, il en sortait un son brouillé, saturé, des grésillements, pas de musique. Une nuit je rêvais que c'était un faux casque, qu'elle entendait dans les écouteurs tout ce qu'on se disait dans l'appartement. Il attachait son scooter :

– Je suis bien avec toi, je suis bien là.

– Chez la mère de tes enfants t'es bien aussi.

– Oui je suis bien aussi. Mais c'est pas pareil.

On montait.

– Dis-moi ce que tu as vu, dis-moi s'il y a quelque chose, quelqu'un que tu as remarqué.

J'essayais de faire quelques commentaires. Mais je n'avais rien de particulier à dire.

– Pourquoi est-ce que tu as voulu m'y emmener ?

– Pour voir si tu en étais digne.

Quelques semaines plus tard, dans son livre qu'il n'avait pas voulu me donner, d'après lui par timidité, je trouvais : « Lorsque j'invitais des amis de l'extérieur à me rendre visite, cela m'amusait de leur faire peur en leur faisant visiter mon quartier, où moi-même je n'étais pas en sécurité, et je le remarquais dans leur regard de spectateurs inquiets, même quand je leur disais qu'avec moi il n'y avait pas de danger. Une fois sortis du XVIIIe, ils se sentaient libérés, et parlaient comme s'ils revenaient d'un voyage dans les rues de Calcutta, sans se rendre compte qu'ils vivaient à quelques stations de métro de là. C'est un fait, aucun d'eux ne comprenait la situation ni ne pouvait l'expliquer. Mes amis n'étaient pas de grands bourgeois, mais une fois qu'ils avaient franchi la ligne imaginaire qui séparait mon quartier des autres, ils se remettaient à respirer. »

Je lui téléphonais en lui lisant l'extrait.

– C'est ça que tu as fait avec moi ?

– De toute façon c'était du jeu. Certaines choses je les ai peut-être vraiment dites, mais ç'a été retranscrit par des journalistes. Tu t'inquiètes pour rien.

Je n'arrivais pas à avoir des réponses claires. Il y avait toujours des mots que je n'entendais pas, d'autres que je ne comprenais pas, dont je ne comprenais pas l'emploi ni le but. Il y avait des trucs qui ne s'enchaînaient pas, qui ne concordaient pas, à ma place une autre ne serait sûrement pas restée. Moi je ne voulais pas partir.

En scooter, je montais derrière lui, si on était à pied, j'attendais qu'ils aient fini de faire les photos avec leurs portables, quand on me demandait si je voulais bien prendre la photo, au début je refusais, par fierté, orgueil, au bout de quelques semaines j'acceptais, je prenais la photo du garçon ou de la fille avec lui en train de sourire la tête penchée sur le côté.

On perdait du temps, il fallait s'arrêter, discuter, et prendre le temps de plaisanter. Un jour on traversait le parc Monceau, on allait au cinéma sur les Champs. Deux garçons et une fille assis sur un banc l'appelaient. On était main dans la main. « Oh Bruno, Bruno, allez viens t'asseoir avec nous quoi. » « Je peux pas, je suis accompagné, une autre fois… » « Allez viens quoi, on va se marrer. » En remuant à peine les lèvres, il me disait « dis-leur qu'on peut pas ». Je leur disais « On a rendez-vous, on est en retard. »

– Tu y serais allé si j'avais pas été là ?

– Bien sûr.

– Tu serais allé sur le banc avec eux ?

– Oui pourquoi pas ?

– Mais pour quoi faire ?

– Comme ça.

– Tu aurais préféré plutôt que d'être avec moi ?

– Non.

– Mais tu aurais pas pu t'en empêcher ?

– Non, j'y serais allé, c'est pour ça que j'ai besoin de toi. J'en ai marre de me laisser aller.

– Pourquoi t'y serais allé si t'avais pas eu envie d'y aller ?

– Parce que j'aurais pas osé dire non, mais si t'es là, ça va.

– Avec les autres filles, tu pouvais pas faire ça ?

– Non, ça avait rien à voir.

Comme il n'expliquait pas pourquoi, je ne pouvais faire que des suppositions.

– Et il n'y a que moi qui peux te faire échapper à ça ?

– Je crois oui.

– Tu veux qu'on reste ensemble ?

– Pour l'instant oui.

– Comment ça pour l'instant ?

– Pour l'instant on le dit pas comme toi tu l'entends. Ça veut pas dire ce que tu crois chez nous. C'est comme ça qu'on dit.

Ce n'était pas toujours facile de se comprendre. « Pour l'instant » pour lui ça ne voulait pas dire pour l'instant, ça voulait dire maintenant. « Je suis avec toi pour l'instant » ça voulait dire « je suis avec toi maintenant » ou « maintenant je suis avec toi » « à partir de maintenant ». D'après lui c'était ça le sens de « pour l'instant » dans sa bouche. Mais pour une amie qui était journaliste, d'après certaines personnes qui le connaissaient, il avait un petit vélo, et elle faisait le geste de la petite roue qui tournait dans la tête.

Fabrice m'invitait à déjeuner. Il avait ses habitudes dans un restaurant du sixième à côté d'un square. Il y faisait toujours froid, je gardais mon manteau sur les épaules quand il m'y invitait. Je ne l'avais pas revu depuis Brive, il demandait de mes nouvelles, j'avais revu Doc Gynéco qui s'appelait en fait Bruno, le lendemain on était retournés à la boîte et on était rentrés ensemble à Paris, voilà.

– Et ?

– Ben je suis rentrée avec lui à Paris et on ne s'est pas quittés.

– Mais je suis jaloux.

– Je pensais que tu l'aurais vu dans les journaux, c'est pour ça que je t'en parle.

– Je pensais que c'était des conneries. Mais tu... enfin tu... tu vis avec lui ?

– Je le connais depuis trois semaines, on ne vit pas ensemble.

– Non mais tu... enfin... vous êtes ensemble ?

– Oui.

– Et excuse-moi de te demander ça, mais... pourquoi il est tombé amoureux de toi ?

– Je ne sais pas, c'est pas à moi de le dire.

– Je comprends qu'il soit tombé amoureux de toi, c'est pas ce que je veux dire, c'est le contraire que je comprends pas.

– Pourquoi ?

– Excuse-moi, mais… tu… tu parles avec lui ?

– Oui. Beaucoup même.

– Et il comprend les enjeux de notre milieu ?

– Je ne sais pas. Non. Qu'est-ce que ça fait ?

– Il t'avait lue ?

– Non.

– Ah d'accord ! Il lit ?

– Oui. Bien sûr. Et il a acheté un de mes livres là-bas, il le lit.

– Pardon, excuse-moi… mais… de quoi vous parlez ?

Il riait, la tête inclinée, en secouant les épaules.

– De plein de choses, en tout cas on parle. Plus qu'avec Pierre même si tu veux savoir (Fabrice et lui étaient amis). Avec Pierre on n'arrivait pas à se parler. Avec Bruno, quand ça s'enclenche, il n'est plus distrait du tout et il parle beaucoup.

– Mais vous faites des trucs ensemble ? Il voit tes amis je veux dire, tu vois les siens ?

– Non.

– Jamais ?

– Non. Ça s'est pas présenté encore. On se voit surtout chez moi. Ou on se promène à l'extérieur.

– Ça ne durera pas. Y a pas un couple qui peut tenir sans un environnement social autour seul dans sa bulle. Il a des amis ?

– Oui.

– Et pourquoi il t'emmène pas quand il va les voir ?

– Tu sais, ses amis, ils ont presque tous fait de la prison. Quand il les voit, c'est au coin d'une rue, ou en bas d'un immeuble dans une voiture, c'est jamais des rendez-vous fixes, c'est toujours vague, ils se disent qu'ils se retrouvent dans une demi-heure, et puis en fait ils se voient deux jours plus tard. Il a peur que je m'ennuie, que ça m'intéresse pas. Il dit lui-même que les copains il connaît, il en a marre. Il les voit parce qu'il les connaît depuis toujours, il a grandi avec eux. Il a pas envie de m'emmener là, il serait peut-être pas à l'aise si j'étais là, il a peur que ses amis soient gênés, et lui d'être tiraillé je sais pas des trucs comme ça. Je suppose.

– Ouais ouais. Je comprends ce que toi tu lui apportes. Ça oui. Mais…

– Ah bon ? Pourquoi tu dis ça ? Explique. Qu'est-ce que moi je lui apporte tu crois ?

– C'est évident. Tu lui apportes une légitimité qu'il n'aura jamais sinon. Mais lui, à part de l'exotisme, et de pouvoir t'amuser… cela dit ça compte ! Voilà, amuse-toi, vis ça légèrement, en attendant autre chose, mais attention garde du recul, sinon tu vas souffrir, crois-moi.

– Pourquoi tu dis que je vais souffrir, je comprends pas. Si tu dis que moi je lui apporte quelque chose mais que lui tu vois pas ce qu'il m'apporte, je comprends pas pourquoi je vais souffrir. Si ce que tu dis est vrai, je ne vais pas souffrir. Si lui ne m'apporte rien, je vois pas pourquoi je souffrirais. Je comprends pas. Tu peux m'expliquer ?

– Tu vas souffrir parce que tu te mets à fond dans des trucs, et tu ne te rends compte qu'après de ce qui se passe vraiment, et de à qui tu as à faire. T'es à fond dedans, je sais pas comment tu fais, tu vis sans distance, tu y crois, avant de te rendre compte de ce que c'est vraiment, tu es comme ça. Excuse-moi, mais je crois que je te connais assez bien, et puis je t'ai lue. Ça fera comme avec le banquier, mais à l'inverse. Et si un jour tu lui demandes quelque chose, il pourra jamais te le donner.

– Pourquoi il pourra pas me le donner ?

– Crois-moi. Tu verras.

– Peut-être oui, tu as peut-être raison. Je ne sais pas.

– Mais amuse-toi cela dit. Profites-en. Et lui il voit pas tes amis non plus ?

– Fabrice, on se connaît depuis trois semaines ! Et puis je sais pas si ça marcherait, je sais pas s'il en a envie. Ni si moi j'en ai envie. Et puis de toute façon personne nous a invités. On n'a pas eu la question à se poser.

– Je peux vous inviter à dîner alors, vous viendrez ?

– Pourquoi pas ? Si tu veux.

– Vous viendrez ?

– Oui pourquoi pas ? Il faut que je lui demande. Peut-être qu'il écoutera son walkman pendant le dîner, mais on peut venir.

– S'il écoute son walkman je le sors hein moi. Ça va pas ! Il va pas écouter son walkman si je l'invite non. Il fait ça avec toi, il écoute son walkman et toi tu dis rien.

– Oui, ou il lit aussi, au restaurant, mais si je lui demande ce qu'il lit, il me le lit à haute voix. Pierre ça lui arrivait souvent de lire les journaux à table, au resto, mais c'était agressif avec lui, avec Bruno ça ne l'est pas, ça fait jamais ça. C'est juste le temps qui passe. Je peux pas t'expliquer pourquoi, c'est comme ça. Je me sens jamais exclue.

– Mouais. Et comment il vit ? Avec des pubs une fois de temps en temps ? Je sais même pas ce qu'il fait comme musique. Je sais que c'est un peu variétoche, mais j'ai jamais vraiment entendu.

– Il fait du rap.

– Oui ça quand même je sais.

– J'aime beaucoup, c'est ce qu'il appelle du rap love, des chansons love, les textes sont bien, moi j'aime, c'est bien, c'est très bien même, avant je connaissais pas moi non plus.

– Je sais pas du tout ce qu'il fait. Je le connais comme tout le monde, parce que je l'ai vu à la télé voilà. Je connais son image. Je sais l'image. Le type qui fume des joints, qui soutient Sarkozy. Écoute, amuse-toi, ça durera le temps que ça durera. Écoute-moi. Tu verras. Mais il faut que tu rencontres quelqu'un de ton milieu, sinon ça marchera jamais, ça sera toujours pareil, ça continuera comme maintenant t'auras que les livres pour t'en sortir. Or, je pense que tu veux autre chose. Non ? T'as aussi envie d'être heureuse dans ta vie je pense. Tu as droit à autre chose.

– Ben oui bien sûr.

– Crois-moi. Sors avec quelqu'un de ton milieu.

– Je suis pas bien avec ces gens-là. Je suis pas bien avec les gens dont tu parles. Je suis pas comme ça. Peut-être que tu as une fausse image de moi.

– Peut-être, mais je t'ai lue tu sais, je t'ai bien lue, et je crois que je te connais. Dans tes livres, tu ne donnes pas une fausse image ? Si ?

– Non.

– Je crois que je te connais assez bien même, et ça fait un certain temps qu'on se connaît. Écoute-moi, tu verras j'ai raison. Amuse-toi et garde de la distance. N'y crois pas trop, c'est tout ce que je dis. Je comprends très bien que tu puisses avoir envie de vivre un truc qui change.

– Moi, la seule chose qui me gêne c'est la différence d'âge. On a quinze ans d'écart. Tu te rends compte ? Ça me gêne. C'est beaucoup.

— Non, ça, oublie. Ça n'a aucune importance. Il a dû avoir des tas de filles plus jeunes, qui avaient des seins plus gros que les tiens, il peut en avoir quand il veut, mais tu sais au bout d'un moment on en a marre. Si tu savais comme on s'en lasse. Moi j'ai connu ça. C'est pas ça qui compte. Au bout d'un moment t'en peux plus. T'as ton compte.

— Oui je crois que c'est ce qu'il dit aussi.

— Ben oui. Quand t'as eu beaucoup d'histoires avec plein de filles, tu sais qu'il faut que tu vives autre chose, et t'as envie d'autre chose. Et comme t'as plus du tout de frustration, en plus dans mon cas ça m'a jamais intéressé les filles plus jeunes que moi, je m'ennuie. Y a une époque je suis sorti avec des tas de filles, il y en avait une elle était superbe, une grande blonde allemande, magnifique, et tu sais tu... t'as un sentiment de vide, au début ça va parce que t'as des trucs à te prouver, la séduction tout ça, mais après non, tu veux vivre autre chose. Tu t'ennuies. Moi avec Isabelle c'est pour ça que ça dure, j'ai pas de frustration, j'ai vécu des tas de trucs avant d'être avec elle, je peux être calme maintenant. Il a dû connaître ça lui, avec le succès qu'il a eu, très jeune, il a dû en avoir autant qu'il voulait. Au bout d'un moment t'as besoin d'autre chose. C'est normal qu'il s'intéresse à une fille comme toi. C'est le contraire que je ne comprends pas. Que toi tu t'intéresses à lui, j'ai du mal à y croire. Vis-le mais n'y crois pas trop.

— Comment tu fais pour être dans une histoire sans y croire, toi ? Je comprends pas. J'y arrive pas moi.

— Tu peux y croire. Mais pas trop. C'est tout. Juste ce qu'il faut pour que ça existe. Sinon tu vas te faire mal. Il t'apportera rien tu verras, vis ça à distance, avec du recul, ne le prends pas au sérieux. Ne t'investis pas là-dedans. Tu verras ce que je te dis. En tout cas, moi, je mise pas un centime sur cette histoire.

– D'accord mais explique-moi pourquoi. Je vois pas.

– Je sais pas, je le sens. Même toi t'y crois pas. Ça se sent. Quand t'en parles, t'en parles comme d'un enfant. On voit que tu y crois pas toi-même, tu le sais très bien. Tu verras. Sinon il est célibataire au moins ? Il vit seul, il a des enfants ? C'est quoi sa vie ?

– Il est célibataire, mais il vit pas seul, et il a trois enfants.

– Ouh là. Je vois. Laisse tomber ça.

– Mais il dort chez moi un jour sur deux. Il connaît leur mère depuis qu'il a deux ou trois ans, elle habitait dans la même tour que lui, à l'étage du dessous. Il est métis, son père est blanc, sa mère est noire. Elle est métisse aussi.

– Je vois. Écoute, fais attention à toi. Il faut que tu rencontres quelqu'un de ton milieu, quarante-cinq ans, célibataire. Je rigole, je grossis le trait, je force. Mais c'est vrai. Je te jure. Je te dis tout ça, parce que je veux pas que tu souffres. Mais t'es marrante, t'es capable de vivre de ces trucs. Il a fait des études, il a quoi le bac ?

– Oui, il a un bac G. Il est le seul de son quartier à s'en être sorti. Il est le seul à ne pas avoir fait de la prison, et à pas être devenu toxicomane. Il s'en est sorti grâce à la musique.

– T'es incroyable quand même. Moi j'ai besoin d'admirer pour aimer. À quelque niveau que ce soit.

– Pierre je l'admirais pas. Et puis on se disputait tout le temps tu sais.

– Mais c'est normal. Qu'avec quelqu'un de ton milieu tu te disputes. Si t'étais restée avec lui, c'est évident que ça se serait calmé.

– Je crois que je ne l'aimais pas tu sais.

– Tu peux pas dire ça.

– Tu te souviens peut-être que je m'appelle Schwartz ?

– Et alors ? T'es dans le schwartz c'est ça ?

– Non c'est pas ça que je veux dire.

– Moi aussi je peux tomber amoureux de la coiffeuse, là tout à l'heure en sortant, mais je vais pas me mettre à vivre avec elle. Je vais peut-être coucher avec elle, mais c'est tout. Il est beau ce manteau. C'est quoi ? Il est superbe, il te va très bien.

On sortait du restaurant. On se quittait à la sortie de l'impasse.

– À bientôt, ça m'a fait plaisir de te voir. Vraiment.

– Moi aussi.

– Pense bien à ce que je te dis, mais amuse-toi en attendant, ça n'empêche pas. Je te dis ça parce que je veux pas que tu souffres. Et je ne veux pas que tu souffres parce que je t'aime beaucoup.

On était en décembre, il faisait très froid, il n'y avait presque personne dans les rues, je voulais me balader dans le quartier pour commencer à chercher des cadeaux de Noël, je recroisais Fabrice sur le trottoir d'en face, on se refaisait un signe, il rentrait à son bureau.

– Fais attention à toi.

Je voyais des petits pendentifs en or dans une vitrine, j'avais envie d'en offrir un à Bruno. Il y en avait de différentes formes, des étoiles, des cœurs, des fers à cheval. J'aurais aimé lui offrir le cœur, mais l'étoile était jolie et plus facile à offrir. Je sortais du magasin. Il faisait froid. Fabrice m'avait mise mal à l'aise, je n'avais plus la tête aux cadeaux. Je n'allais peut-être même pas passer Noël avec Bruno. Je l'appelais.

– Tu es où ? Il faut que je te voie tout de suite.

Il était à Saint-Philippe-du-Roule, il enregistrait une télé, je pouvais venir, il avait presque fini, il aurait fini quand j'arriverais. Quand j'arrivais, il ne pouvait pas me voir, l'émission était retardée.

– Tu te fiches de moi. Tu es toujours en retard, pourquoi tu m'as dit de venir si tu ne peux pas, ne me promets pas quelque chose que tu ne peux pas tenir, je ne veux pas vivre comme ça.

– Oh ! t'arrêtes ? Tu te calmes ? Ça va bientôt finir, ils vont sûrement annuler.

– C'est toujours comme ça. Et ça sera toujours comme ça. Je voulais te parler, je voulais justement te parler de tout ça. Il faut savoir si on peut être ensemble ou pas.

– Attends-moi, tu peux venir, c'est dans un café, ça sera pas long.

L'émission était annulée, la fille ne faisait pas vraiment partie de M6 comme elle leur avait dit, elle n'avait qu'un vague contrat pas signé, verbal, Bruno et son agent s'étaient déplacés pour rien, la fille s'excusait, elle espérait que ça pourrait se faire une autre fois. Bruno disait qu'il n'y avait aucun problème et que ce n'était pas grave du tout, ils le feraient une autre fois, elle n'avait qu'à rappeler Luigi.

Luigi, son agent, était un type brun d'une cinquantaine d'années, de taille moyenne, les cheveux courts, des lunettes, que j'avais aperçu à Brive, pas très souriant, neutre, toujours une sacoche à l'épaule, en blouson de cuir, classique, un pull, un pantalon gris, bleu marine ou noir. Qui tranchait avec Bruno, toujours les mains libres, grand, visible. Luigi gérait son agenda, le matin il lui téléphonait pour le tenir au courant de la journée, Bruno ne connaissait jamais le programme. Ou vaguement, de loin.

On s'installait dans un bar d'hôtel tout proche.

– J'ai des choses à te dire. Des questions précises à te poser sur nous. Notre engagement.

– *Notre* engagement ?

– Oui. Ça ne marchera jamais, il faut qu'on arrête, tu ne pourras jamais me donner ce que je te demanderai forcément un jour, un jour je vais te demander des choses, et tu ne pourras pas me les donner, et alors je vais souffrir. Tu resteras toujours là où tu es et où tu as toujours été, avec tes enfants et leur mère que tu connais depuis toujours, depuis que tu as deux ans, en fait tu te moques de moi depuis notre rencontre, tu fais juste une expérience, ça t'amuse, tu as peut-être fait un pari, je ne sais pas. Mais moi j'y croyais, je suis comme ça, je ne suis pas cynique, je vais souffrir parce que tu te moques de moi, et le jour où je m'en rendrai compte, là bien sûr je ne m'en rends pas encore compte, un jour je vais m'en rendre compte, et je vais souffrir ce jour-là. Tu dois avoir l'honnêteté de me le dire tout de suite, que tu ne feras jamais rien, que tu ne pourras jamais me donner ce que je te demanderai un jour. Et pourquoi est-ce qu'on ne voit jamais personne ? Dis-le-moi. Tu dis que tu m'aimes. C'est des paroles en l'air. Tu m'as trop menti, il y a sûrement encore plein de choses que tu ne me dis pas et que je vais découvrir, tu n'as même pas fait l'effort de lire mes livres. *Rendez-vous* tu l'as même pas lu jusqu'au bout.

– C'est pas facile qu'est-ce que tu crois ? Tu te rends pas compte.

– Pourquoi est-ce qu'on ne voit jamais tes copains, pourquoi est-ce que tu ne viens jamais avec moi quand je vois des amis à moi, pourquoi est-ce que tu ne prends jamais ta douche chez moi ?

Puis je me mettais à pleurer. Un serveur posait la théière.

Bruno avait à peine bougé. L'expression de son visage n'avait pas changé, elle s'était fixée, elle n'évoluait plus.

Un silence. Puis :

– Où t'étais avant ?

– Dans le sixième.

– T'as vu qui aujourd'hui ?

Je lui racontais.

– J'ai vu un ami éditeur. Un de ceux qui étaient à Brive. Il m'a dit que tu me donnerais jamais ce que je te demanderai.

– Arrête de me faire mal.

– Pourquoi est-ce qu'on ne voit jamais tes copains ensemble ?

– Viens mais tu vas t'ennuyer.

– Et pourquoi est-ce que tu ne viens jamais avec moi quand je vois des amis à moi ?

– D'accord je viendrai.

– Excuse-moi. Pardon.

– Tu m'étouffes. Je t'ai dit que je t'aimais et tu fais comme si je ne l'avais pas dit. Pourquoi tu fais ça ? Tu me fais mal. Tu m'étouffes. Comment tu fais ça ?

– Fabrice m'a dit que t'étais avec moi parce que ça te donnait une légitimité que t'aurais jamais sinon, il m'a dit que j'allais souffrir, j'ai pas envie de souffrir, j'ai déjà souffert pas mal, j'ai souffert tu sais, il faut que tu le saches.

Ma gorge se serrait.

– Je sais. Mais c'est du passé, c'est fini.

– Il dit qu'il faut juste que je m'amuse, mais pas que j'y croie. Il a dit qu'il fallait que je rencontre quelqu'un de mon milieu. Il m'a demandé si on voyait des amis, j'ai dit non, il a dit que ça durerait pas, parce qu'il y a pas un couple qui peut rester sans entourage social seul dans sa bulle.

– D'accord. On arrête.

– C'est pas ce que je veux.

– Alors arrête de me faire mal. Il t'a fait mal alors tu me fais mal. C'est pas bien. C'est bête de ta part. Je comprends pas comment une fille intelligente comme toi tu peux faire ça. Arrête de me dire tout ça. T'es comme eux.

– Non je suis pas comme eux.

– Si, t'es comme eux. Reste avec eux. Moi je reste avec mes enfants. Je quitte pas mes enfants.

– Tu vois, tu le reconnais alors ? Il a raison de me dire tout ça.

– S'il a tort on le saura jamais. Qu'est-ce que tu lui as répondu, qu'est-ce que tu lui as dit toi quand il t'a dit tout ça ?

– Rien.

– Rien ? T'as rien dit ?

– Non j'ai rien dit.

– Tant pis pour toi.

– Qu'est-ce que je pouvais dire ?

– Tu pouvais lui dire : arrête, c'est de mon amour que t'es en train de parler là.

– T'as raison Bruno mais je pouvais rien dire, pour eux c'est tellement acquis que je suis comme eux, ils me mettent tellement dans la connivence.

– Pardon, tu peux répéter, dans quoi ils te mettent ?

– Dans la connivence.

– C'est quoi ça ?

– Tu vois pas ce que c'est la connivence ?

– Non c'est quoi ?

– Ben moi je vois ce que c'est.

– Dis-moi. Allez. C'est quoi ?

– C'est le fait de faire comme si on était pareil, comme si on s'entendait, comme si on était du même bord, le fait que ça va de soi, on te le demande pas, ça se fait sans que tu aies le choix, sans que tu puisses te poser la question à toi-même, ça va de soi.

– La gauche caviar ?

– Arrête.

– Pourquoi ? C'est pas ça ?

– Non.

– Si c'est ça.

– Non c'est pas ça. C'est pas seulement ça. C'est comme si les autres existaient pas.

– Voil-là. (Sur le ton de l'évidence. Je voyais enfin.)

– Oui. Voilà.

– Vous voulez pas le partager votre petit truc. Quand il y a quelqu'un qui s'en sort vous devriez être contents si vous étiez vraiment de gauche, mais vous voulez pas. Vous voulez pas qu'on s'en sorte. Putain moi si je voyais quelqu'un qui s'en sort, je serais content pour lui. Vous devriez être contents au lieu de…

– Arrête avec ce « vous ».

Quand j'étais petite je jouais avec un garçon qui s'appelait Jean-Pierre, des années plus tard, il travaillait dans un garage. J'avais changé de quartier, j'avais changé d'école. Ma mère me proposait qu'on passe le voir. Un fossé s'était creusé, on n'avait rien à se dire. J'aurais préféré garder le souvenir intact, là je n'étais pas à l'aise, lui non plus. Je pensais aux photos où il me faisait rouler dans la brouette. Ma mère n'aurait pas dû m'y emmener. Mon école, c'était elle qui l'avait choisie, était une école de filles, je n'avais aucun copain. Un jour je disais à ma mère que j'étais peut-être homosexuelle, ça la faisait rire, on était en voiture, elle conduisait, haussait les épaules, sûre du contraire, elle riait. Sûre d'elle. Tellement sûre que j'essayais de l'embrouiller au risque de m'embrouiller moi-même. C'était ma ruse contre son pouvoir. Les espions ont la même technique quand l'ennemi ne doit pas deviner un secret, ils ne le connaissent pas eux-mêmes. Mais je continuais de le faire avec tout le monde, comme si j'étais sur écoute en permanence, là encore avec Bruno je le faisais, je n'avais pas d'autre façon de parler, que de brouiller :

– Tu sais ce qu'il m'a dit ?

– Non. Mais le dis pas si ça doit me faire mal.

– Un truc horrible.

– Alors le dis pas.

– Je sais pas si je peux te le dire.

– Si ça fait mal me le dis pas.

– C'est pour lui que c'est grave. Il m'a dit que lui, il pouvait tomber amoureux de la coiffeuse… mais…

– Mais je suis un artiste.

– Je sais Bruno.

– Il est quoi lui ?

– Il est éditeur.

– Quelle maison, Gallimard ?

– Non, une autre grande maison.

– Bon ben c'est un homme intelligent, il devrait comprendre.

Je pleurais. Je me cachais des serveurs.

– Ils sont pas bons ces gens-là pour toi, pourquoi tu les vois ? Regarde dans quel état ça te met. T'as vu comment t'es ? Pourquoi tu restes avec eux ?

– Je sais pas.

– Rejoins-moi.

– Oui Bruno, oui.

– C'est pas bon pour toi.

– Je t'aime.

– Moi aussi. Je sens que ton milieu il est pas bon pour toi.

– Je sais. Je sais.

La fin de la conversation avec Fabrice me revenait. Il avait été invité à passer à la radio les musiques qu'il aimait, pendant une heure, Dylan, Ella Fitzgerald, Bach, il avait adoré l'exercice, il avait reçu trois lettres de femmes qui lui disaient qu'elles avaient adoré l'émission. Je le racontais à Bruno, j'ajoutais :

– Voilà, il n'y a pas besoin d'en dire plus

– Je vois pas pourquoi tu me racontes ça.

– Parce que ça veut dire que c'est un artiste refoulé.

– Et alors c'est bien d'avoir envie d'être artiste. Y a rien de mieux. Ça, c'est pas une chose qu'on peut lui reprocher.

La nuit était tombée, la rue presque vide, je me serrais contre lui. J'étais fière de marcher à côté de lui, même si on ne croisait personne.

Sauf un type qui sortait d'un immeuble, pour aller à sa voiture garée sur le trottoir. Il me dévisageait d'un air dur, curieux, il avait les cheveux noirs comme des ailes de corbeau, lisses, et des yeux bizarres. Je reconnaissais le propriétaire d'un journal, ami d'un banquier qui m'avait inspiré un personnage. Il semblait se dire « c'est elle », son regard sur moi était dur. Ça m'était égal maintenant. Leurs liaisons dans la bouche, c'est agréable vous ne trouvez pas, ou assez intelligent, il est où ton petit endroit, les moues crispées, les airs entendus, les regards complices pour signifier que la tête n'est pas vide mais alerte, connectée, les bouches fines, les lèvres roulées vers l'intérieur, tout ça ne me concernait plus. Bruno prenait toute la place sur le trottoir, il marchait au milieu, il n'avait même pas conscience qu'un type sortait d'un immeuble pour aller vers une voiture et qu'il me dévisageait, pas d'énergie à dépenser là-dedans.

Je partais trois jours à Montpellier, c'était notre première séparation, je n'arrivais pas à le quitter. On se téléphonait beaucoup. Le dernier jour on s'appelait le matin, j'avais rendez-vous avec un médecin, on devait se parler après. Mais l'après-midi il ne répondait plus. Il laissait un message dans la nuit à cinq heures, il avait été occupé et me demandait de le rappeler, je ne le faisais pas. Il essayait toutes les demi-heures, je laissais sonner sans répondre. Je rentrais à Paris, je répondais enfin. J'étais sèche. On se donnait rendez-vous près de chez lui. Il me racontait ce qui s'était passé, un rendez-vous qui se prolongeait avec un producteur qui l'avait volé, puis avec Luigi des heures à chercher une solution, ensuite les effets néfastes qu'il voulait dissiper avant de me parler, en dormant une heure ou deux. Je lui avais manqué. Il me raccompagnait. Je ne voulais pas qu'il monte, j'avais besoin de repos et de retrouver ma fille, il baissait mon pantalon sous la porte cochère. Puis on se disait à demain. Quelques jours après, son visage s'attristait d'un seul coup quand il comprenait que je serais seule pour Noël, ou juste avec Léonore : son visage et son attitude décontenancés près de la porte. On se disait à plus tard.

Le matin du 24, je faisais des préparatifs avec Léonore, on sonnait. Elle allait ouvrir, elle n'avait pas le temps de voir qui c'était, la personne redescendait l'escalier en courant, il y avait deux paquets devant la porte, deux sacs Dior. Dans l'un un coffret de parfum, le lait, le gel douche et l'eau de toilette, dans l'autre, un maillot de bain. J'appelais Bruno « merci, ça ne peut être que toi, le parfum c'est pour Léonore et le maillot de bain pour moi ? ». « … Oui. » « Merci mon amour. » « Joyeux Noël. On s'appelle tout à l'heure. » Il téléphonait le soir, on était au restaurant, je n'avais pas envie de répondre, je le pensais en famille en train d'appeler discrètement. Il essayait plusieurs fois. J'aurais dû répondre. Il voulait passer nous voir. Il voulait sortir, aller faire un tour. Comme je ne répondais pas, il était allé chez un copain. Je lui offrais la petite étoile, mais je regrettais de ne pas avoir pris le cœur.

Le 31 décembre, jusqu'au dernier moment je ne savais pas s'il allait vraiment arriver ni à quelle heure. Il arrivait pile à l'heure. Avant même d'avoir enlevé son manteau, il glissait un CD dans la platine, ça ne marchait pas, le disque était rayé ou sale.

– Quelqu'un a marché sur mon CD, en plus il était beau, je voulais te le faire écouter, c'était comme t'aime. Il est beau ce disque. Quelqu'un a marché dessus. C'est une boucherie. À moins que je mette du liquide vaisselle directement sur la blessure.

Il le retirait de la platine et allait dans la cuisine chercher du liquide vaisselle.

– Je voulais te faire écouter la plus belle chanson du monde. Mais on pourra pas. Tu crois que c'est ouvert la Fnac à cette heure-là ?

– Ça m'étonnerait. C'est le 31 décembre.

Il faisait ses allers et retours entre la cuisine et la platine, j'étais à mon ordinateur, comme si ç'avait été un jour ordinaire, j'avais fait des courses un peu exceptionnelles, mais je ne voulais pas avoir l'air d'avoir préparé une fête.

– Quelle heure il est ?

– Il est huit heures. Je veux bien téléphoner à la Fnac si tu veux.

– On va le racheter. Je voulais te le faire écouter. Il est rayé mon disque. C'est une boucherie. Pourquoi ils ont fait ça à mon disque ? Ils sont bêtes, écoute ça (on entendait tap tap tap). On dirait de la techno maintenant. Ah les mecs arrêtez, putain. C'est la plus belle chanson du monde. La Fnac t'es sûre que c'est fermé ?

– Je suis quasiment sûre oui, un soir de 31 décembre ça peut pas être ouvert.

– Je peux pas vivre sans ce disque-là. T'es sûre qu'on peut pas l'acheter *? I never...* « tap tap tap ». Oh c'est embêtant. Je vais remettre du produit.

Il allait dans la cuisine, reprenait du liquide vaisselle.

– Tu crois que je peux réparer ?

– Je sais pas. Peut-être.

– Je crois que je peux réparer. (Il ressayait.) Oh non !! Mais moi je peux pas vivre sans ce disque-là. L'album le plus violent du siècle.

Je téléphonais chez Virgin et à la Fnac, c'était fermé.

Il téléphonait à plusieurs copains, leur demandait de toute urgence une copie de ce disque, il irait le chercher chez eux en scooter s'ils lui faisaient la copie tout de suite. Ils ne l'avaient pas, et ne pouvaient pas le trouver, là, maintenant.

Après avoir épuisé toutes les possibilités il n'en parlait plus. Il se mettait à la fenêtre. Dans un appartement en face il y avait une petite fête.

– Viens voir.

Je sortais ce que j'avais acheté, je mettais tout sur la table basse, on écoutait de ma musique, on attendait d'éventuels coups de fil, on aurait été disponibles. Des copains à lui téléphonaient. Il leur donnait rendez-vous devant l'église. Il me proposait de venir. Je descendais la rue fièrement à son bras, vers onze heures. Il pleuvait, il nous abritait avec mon parapluie jaune, que je n'avais jamais trouvé si éclatant, si beau. Ses copains étaient garés devant l'église, ils rentraient à Garges, ils ne faisaient rien de spécial, ils étaient seuls, on se souhaitait la bonne année devant la voiture. L'un des deux s'appelait Pierre Richard, c'était un surnom, l'autre était Jocelyn, sa conscience nègre, celui de Brive.

– Vous vous souvenez on s'est rencontrés à Brive ?

– Bien sûr.

James Brown venait de mourir.

– C'était le patron, il est mort, vous connaissez quand même ? !

Il ajoutait qu'il n'avait pas vu Bruno depuis Brive, qu'il préférait le laisser tranquille puisqu'il était dans sa love story, qu'il n'aimait pas déranger les gens.

Bruno disait que pour ses copains c'était un conte de fées qu'on se soit rencontrés. Quand Jocelyn l'appelait il lui disait « T'es où ? T'es chez l'écrivain ? C'est bien là-bas ».

Jocelyn et Pierre Richard remontaient dans leur voiture, ils rentraient à Garges sans essayer d'aller en boîte. Bruno et moi, sous le parapluie, on remontait à la maison. À minuit on était tous les deux dans le salon. Il partait avec son téléphone dans le couloir.

Pourquoi il ne me prenait pas dans ses bras ? Je l'entendais souhaiter la bonne année à des copains. Il revenait cinq minutes plus tard. S'approchait. Comme si à l'heure exacte il n'avait pas osé. Il disait :

– On s'embrasse ? On peut faire ça ?

Je revoyais toute mon année sans lui, et les réveillons des dernières années. J'avais envie de pleurer. Bruno ne comprenait pas, il me serrait dans ses bras, m'emmenait vers la fenêtre regarder la fête d'en face. Il faisait des commentaires, comme chaque fois qu'il posait son regard sur quelque chose. On écoutait de la musique tard, puis on allait se coucher dans les bras l'un de l'autre.

Le lendemain matin au lit, je lui disais que j'étais heureuse qu'il soit là, qu'il ne pouvait pas se rendre compte à quel point.

– Où tu serais toi ce matin si on s'était pas rencontrés ?

– Avec une pétasse, avec une taspech.

Il me quittait vers deux heures.

Chaque fois qu'on se séparait il le faisait brutalement. Il n'y avait jamais d'au revoir tendres. Ça durait et puis ça s'arrêtait d'un coup il disait « j'y vais ». C'était imprévu, ça se passait sur le fait, je n'avais pas le temps de réagir. Au téléphone c'était la même chose. Il coupait. La batterie s'arrêtait, il ne rappelait pas. Il n'avait plus d'unités, ou il coupait une phrase au milieu. Il finissait par « à tout à l'heure », ou « j'te rappelle dans cinq minutes », la suite allait venir, et il ne rappelait pas, il rappelait le lendemain. Il reprenait à partir de l'arrêt. Ce qui séparait était mis entre parenthèses, puis oublié. Il partait sur quelque chose en cours. Son départ paraissait arbitraire. Tout à coup il mettait sa veste. Ça arrivait, c'était tout.

Quand on se promenait à l'extérieur, ça dépendait. La dernière fois on était restés, assis chacun sur une pierre, dans un jardin public à côté de chez lui pendant plus d'une heure. Une pierre sur laquelle on ne devait rester que cinq minutes juste avant de traverser la rue. Il allait partir d'un côté moi d'un autre. Accompagne-moi à un taxi je disais. Il préférait rester dix minutes de plus assis avec moi : tu comprends pas que je n'aime pas te quitter, t'as pas encore compris ça ? Si ç'avait été un film, la scène aurait été coupée. Tous les moments où on se quittait avant de se retrouver auraient été supprimés au montage comme des plans inutiles qui ne servaient pas l'intrigue.

Quand on parlait il ne s'asseyait pas, il faisait les cent pas. Dans le salon il marchait de long en large, de la porte à la fenêtre, il parlait, il écoutait, il fallait qu'il bouge, qu'il arpente. Quand il sonnait chez moi, il ne m'attendait pas devant la porte, il arpentait le palier. Il faisait des allers et retours pour ne pas rester fixe devant la porte. Quand j'ouvrais, pourtant il venait de sonner et j'arrivais tout de suite, il était déjà à l'autre bout du palier, devant l'autre porte, dans son premier aller et retour. Il n'était pas resté sans bouger. Il gardait la cadence précédente jusqu'à en trouver une autre avec moi, la transition devait être douce et progressive, comme les marches des escaliers roulants qui disparaissent dans le sol au fur et à mesure, ou les DJ qui n'arrêtent pas brutalement entre deux disques mais inscrivent dans le morceau qui finit le rythme du suivant, qui s'annonce avant de remplacer le précédent. Pour que les gens ne s'arrêtent pas sur rien, qu'ils trouvent le nouveau tempo sans quitter leurs pensées d'avant, leur fil, leur élan. Comme les fondus enchaînés, les fading, les superpositions d'images successives qui n'en font qu'une.

De loin je le comprenais mieux que de près. Quand j'avais une perspective. Il s'appuyait contre un arbre par exemple, et me regardait de loin appeler un taxi dans la rue, sans bouger. Je montais dans la voiture, il me faisait un petit signe, et attendait que la voiture parte avant de s'éloigner de son côté. Tout ça pour ne pas me dire au revoir, pour ne pas m'embrasser, pour ne pas dire « à demain », rien de tout ça. Ces ruptures devaient être édulcorées, ne pas intervenir quand on les attendait, mais être agencées avec soin, et surtout il ne fallait pas se quitter. Sans cesse il inventait des manières pour s'éloigner, et d'autres pour se retrouver. Quand l'une fonctionnait, il l'utilisait trois quatre jours de suite avant d'en changer. Il trouvait autre chose pour se voir, puis pour se quitter. Ça pouvait être m'appeler pour me faire écouter un morceau et après dériver, ou passer chez moi sans prévenir, prétexter un rendez-vous à côté, ou attendre que j'appelle. Ça pouvait être poser des lapins et aimer que je l'attende. Ou appeler frénétiquement plusieurs fois. Il y avait des séries. Et pour se quitter pareil, dormir là et repartir à midi, partir sans que je m'en aperçoive au milieu de la nuit quand j'étais endormie, partir juste avant que je m'endorme, ou rester là sans bouger comme une forme incrustée. En aucun cas je ne devais partir la première. Au téléphone il disait « qu'est-ce que tu magouilles » pour savoir où j'étais, et souvent quand je lui répondais, il me disait « tu mens ».

– Mais non je ne mens pas.

– Tu t'en rends même pas compte.

– Je ne mens pas, je te dis.

– C'est pas grave, c'est comme ça que t'es.

(Il disait que les autres hommes n'auraient pas pu me supporter, que lui n'avait pas d'ego, ça lui était égal que je sois comme j'étais.)

125

La chanson qu'il voulait me faire écouter sur le disque rayé, blessé comme il disait, par une boucherie, c'était *Signed, sealed and delivered*, une de celles de Stevie Wonder qu'il préférait. Signé, cacheté et arrivé à destination. On la trouvait quelques jours après à la Fnac des Ternes. On circulait dans les allées calmes, on prenait notre temps pour écouter, on regardait dans les bacs. Il m'achetait Gregory Isaac et Beres. On commandait deux disques et un film qu'il avait perdus, les vendeurs l'assuraient qu'ils allaient les trouver et qu'ils l'appelleraient. Bruno n'y croyait pas, les vendeurs mentaient. Je l'assurais du contraire, j'avais déjà commandé des disques, je me moquais de son manque de confiance. On passait une heure formidable dans ces allées, tous les deux, à choisir ces musiques et à retrouver des trucs perdus. Même si les appels promis n'étaient jamais venus.

Je venais de lui dire « tu perds tout ce que tu aimes, un jour tu vas me perdre ». Au lieu de me répondre « non ne t'inquiète pas », il disait « oui » et raccrochait.

Je le rappelais, un quart d'heure après il était là, il venait de sonner, c'était comme d'habitude, la magie opérait sans effort. On écoutait de la musique, j'étais bien, je ne faisais rien d'autre que le regarder. Il me demandait si j'avais repéré tel phrasé de tel instrument, sinon il me le faisait réécouter. On était invités chez des amis à moi, il fallait qu'on parte, il y aurait aussi un psychanalyste et sa femme, des gens qui travaillaient sur l'Afrique, le vaudou, les Antilles, la négritude. Un dîner comme ça ce n'était pas ses habitudes, il le faisait pour moi. Il fallait de l'essence, il n'y avait pas beaucoup de stations ouvertes la nuit. On aurait pu sortir plus tôt au lieu de traîner chez moi. Lui : on arrive quand on arrive. C'était la première fois qu'on sortait ensemble ailleurs que dans un cinéma, dans un restaurant, ou dans la rue.

On roulait, on se serait cru à l'automne, il faisait doux. Il y avait une petite pluie fine. J'avais mon imperméable, des bottes, lui son blouson en cuir, les gants noirs que je lui avais achetés sinon il conduisait les mains nues dans le froid. La station de Madeleine était fermée, on traversait la Seine pour aller à celle du boulevard Raspail, il commençait à pleuvoir un peu plus, il me sentait tendue, la station était fermée aussi on était maintenant rue Saint-Dominique, on allait vers les Champs, il y avait une station ouverte toute la nuit au milieu de l'avenue. Encore plus à l'opposé de là où on allait, dans le douzième.

– On aurait dû prendre un taxi.

– Je n'aime pas mettre de l'argent dans les taxis. Le plein dans un scooter c'est trois euros.

– T'as pourtant été capable de donner un million de francs à un copain qui ne te les a jamais rendus.

– Pourquoi tu me parles de ça ? J'avais vingt ans.

Il venait d'avoir son premier succès, l'ami avait des problèmes avec son fils, l'argent devait servir à l'inscrire dans une bonne école, l'ami avait fait n'importe quoi avec l'argent, Bruno avait vécu ça comme une trahison.

– On aurait dû prendre un taxi Bruno, la prochaine fois il faudra faire autrement.

Il restait calme, il montait juste un peu le ton.

– Faire attention à la route, aux voitures, à la pluie, avec toi en plus derrière ça fait trop.

La station des Champs était ouverte. Il descendait, se servait. On partait enfin dans la bonne direction, vers l'est. Les lumières de Noël étaient encore allumées dans les arbres, avec le cercle de la grande roue au bout de l'avenue, après Concorde on prenait les quais, Bastille, Nation. On s'arrêtait une ou deux fois pour regarder le plan, les autres devaient déjà être dans le salon depuis longtemps.

Je craignais que Bruno ne soit pas à l'aise ou qu'eux ne le soient pas avec lui. On arrivait après s'être perdus

128

et avoir fait des détours, devant la porte je n'avais pas le bon code, je téléphonais, ils s'étaient inquiétés, ils étaient dans le salon à l'étage, ils buvaient un verre.

On entrait dans la cour puis dans la maison. Dans la pièce du bas la table était mise, sous la grande bibliothèque murale qui grimpait jusqu'à la mezzanine. Il y avait une échelle pour accéder aux livres du haut. Avant de prendre l'escalier pour monter au salon, Bruno remarquait une bouteille de rhum vieux sur le bar de la cuisine américaine, il ne buvait jamais ou rarement. Jacques lui disait « prends-la » en rangeant nos manteaux.

Il nous précédait dans l'escalier, Bruno montait derrière moi, il me donnait une grande claque sur les fesses, le bruit de la claque faisait se retourner Jacques d'un air étonné. Je n'expliquais pas, soit il avait compris soit il s'était dit que ce n'était rien. Françoise portait un pantalon corsaire avec une tunique noire à manches courtes. J'avais une robe rouge en laine fine. Bruno portait un jean clair et une chemise *Arrow* dans les jaune beige, large, sur son jean. Le beige était sa couleur préférée. Il avait des mocassins de bateau, que je lui voyais pour la première fois. Jacques avait une chemise bleu marine, rentrée dans son pantalon ceinturé. La discussion avait commencé. On nous présentait aux autres, le psychanalyste buvait du whisky, sa femme aussi. Bruno me montrait un fauteuil à côté de moi en m'interrogeant d'un signe de tête pour savoir s'il pouvait s'y asseoir.

Ils parlaient d'une exposition qui venait d'être censurée. Puis Françoise descendait pour finir de préparer, qu'on puisse se mettre à table le plus vite possible. Jacques nous parlait d'un kiné-guérisseur qui travaillait avec des aimants, il prenait Bruno comme cobaye d'une expérience en rapport avec le pouvoir magique de certaines matières, certaines énergies, les magnétismes, tout ce qui avait rapport avec les ondes. Il appuyait sur le bras droit de Bruno après lui avoir mis un téléphone portable dans la main gauche, et ensuite la main vide. Les ondes supprimaient la force, avec le téléphone dans la main le bras s'abaissait sans résistance. Téléphoner une heure sur un portable c'était comme mettre la tête trois minutes dans un micro-ondes. Il avait acheté sur les conseils de ce kiné telles semelles, tel matelas, sur lequel ils dormaient parfaitement bien. À propos de désenvoûtement, de sorcellerie, de magnétisme, l'Afrique arrivait dans la conversation.

Bruno mangeait des chips bleues, que Françoise avait achetées à la grande épicerie du Bon Marché, Jacques le précisait pour m'inciter à en manger, je ne prenais rien, je ne buvais pas non plus. Bruno se servait un peu de rhum, le psychanalyste reprenait du whisky, sa femme aussi. C'était un type d'une soixantaine d'années, avec les cheveux longs, un catogan. Il portait un costume gris avec une chemise à carreaux et un lacet autour du col. Sa femme était passionnée elle aussi par l'Afrique. Serge citait Franz Fanon, Franz Fanon nous dit que…

Françoise nous appelait. Elle nous indiquait nos places, Bruno était à l'opposé de moi en face de Serge.

En entrée il y avait du foie gras avec de la confiture de figue, un taboulé, et des aubergines, en plat du poisson. Bruno ne prenait que de la confiture, du rhum et des chips. Au lieu d'être timide dans son coin, comme je l'avais craint, il orchestrait toute la soirée, à partir de Franz Fanon qui avait été cité. Le dîner devenait un dialogue entre lui et Serge qui reprenait de tous les plats, Bruno nous faisait rire et changeait de temps en temps l'aiguillage de la conversation. Serge l'orientait sur l'esclavage, les ancêtres des Africains qui avaient collaboré à la traite, les Antillais porteurs de la négritude, et sur qui était vraiment noir. Ceux d'origine africaine cherchaient à se blanchir la peau avec des produits. Serge disait « ne t'inquiète pas, ils sont bien punis, ils font des cancers de la peau ». Puis sur l'islam, pourquoi les contestataires noirs avaient repris l'islam, la religion de ceux qui avaient collaboré à la traite. Bruno avait toujours une bible dans sa poche. Toute la table était en faveur des Noirs et des Juifs, personne ne soutenait l'islam. Tout le monde était d'accord à notre table. Je souriais à tout ce que Bruno disait. Je n'étais pas très bien pourtant. Il y avait des excès. J'étais toujours tendue quand j'avais peur que quelqu'un que j'aimais soit mal compris, que son comportement ou une phrase soit mal interprétée. Mais ça allait, tout le monde riait. Sauf moi quand Serge dérapait : il trahissait une ancienne patiente dont la fille sortait avec Bruno, elle lui disait en séances « ce type, ce type-là, un type comme ça… », sa fille, sortir avec un type comme ça… À minuit et demi ça tournait à vide, on riait moins. Tout le monde envisageait la fin. Bruno voulait rentrer en scooter. Le psychanalyste, malgré son âge et l'autorité acquise auprès de Bruno pendant le dîner, n'était pas clair, d'après lui il pouvait rentrer en scooter malgré l'alcool. Mais il devrait prendre le taxi disait-il en même temps pour me rassurer. Bruno tranchait : je prendrais le taxi, il suivrait en scooter, le taxi n'aurait qu'à rouler à 45 et à ne pas le perdre. Jacques appelait la borne. J'expliquais au chauffeur, il était réticent, j'insistais, il grommelait d'accord, mais en roulant il ne faisait plus attention. Bruno rattrapait les écarts qui se creusaient. À Bastille il répondait par un signe aux fans qui le reconnaissaient. Le chauffeur ne vérifiait pas si le scooter suivait. Les yeux rivés à l'arrière, j'avais peur que la voiture le perde.

Bruno souriait. Il nous rattrapait, il zigzaguait comme il le faisait toujours.

— Il me fait peur votre copain, il zigzague.

— Arrêtez-vous.

Je descendais à un feu.

— Ça va ?

— Oui très bien.

— Mais tu zigzagues.

— Oui parce que je suis content.

Je remontais. On continuait. Ce n'étaient pas des zig-zags de déséquilibre. Le chauffeur devenait désa-gréable, j'avais hâte qu'on arrive. Rue de Rivoli l'écart se creusait. Le chauffeur ne se souciait plus de Bruno. Il nous rattrapait, et me faisait signe de baisser la vitre pour me dire quelque chose, sûrement de demander au chauffeur d'aller moins vite.

— Est-ce que vous pouvez baisser la vitre monsieur s'il vous plaît ?

Bruno se rapprochait. Un feu ralentissait la voiture. Bruno s'approchait lentement. À ce moment-là le taxi freinait brusquement, Bruno se déstabilisait, et le scoo-ter tombait.

— Arrêtez-vous monsieur.

Je descendais en laissant mon sac à l'intérieur. Bruno se relevait, et relevait son scooter. Il n'avait rien. Deux petits mecs rigolaient « ah Gynéco qu'est-ce que tu fais là ? », je leur demandais de nous aider plutôt. Bruno ne comprenait pas pourquoi le taxi avait freiné brusque-ment, juste au moment où il s'approchait. Pourquoi je ne lui avais pas dit de faire attention. Le chauffeur arri-vait vers moi.

– Vous, vous allez reprendre votre sac, et me payer maintenant, moi j'arrête là, je ne veux plus vous conduire.

– Mais si, vous devez monsieur. Il faut que vous alliez jusqu'au bout de la course, et que vous nous preniez tous les deux, il vient de tomber, il ne peut pas continuer, il va laisser le scooter ici et vous allez nous emmener.

– Non non. Vous, vous allez chercher votre sac, tout de suite, et vous me payez. Avec son scooter il a percuté ma voiture.

– Mais c'est faux.

On rangeait le scooter sur le trottoir. Une quinzaine de personnes s'étaient amassées, ils regardaient la scène, prenaient des photos en criant le nom de Bruno et en riant. Il n'avait pas percuté la voiture, il s'était déstabilisé à cause du freinage, il était tombé derrière le taxi, il ne l'avait pas heurté, il était le seul à s'être fait mal. Les badauds riaient.

– Je ne vous paye pas monsieur si vous ne me conduisez pas jusqu'au bout. Il faut que vous nous conduisiez, il est tombé, il est une heure du matin.

Bruno :

– Vous la raccompagnez jusqu'au bout, tenez.

Il lui tendait de l'argent, le chauffeur était reparti vers sa voiture. Bruno me disait d'aller le payer, en me donnant les billets. Le chauffeur voulait appeler la police, il y avait de plus en plus de monde massé sur le trottoir. Je le payais par sa vitre, il encaissait tout en parlant au téléphone, il appelait les flics en prenant l'argent et en me rendant la monnaie. Je prenais mon sac sur le siège arrière. Le chauffeur ne bluffait pas, les flics allaient venir. Bruno et lui commençaient à s'insulter. C'était la même sensation que pendant le dîner, j'avais peur que son attitude se retourne contre lui, qu'il ne soit pas compris, je paniquais. Sur le trottoir les gens rigolaient, prenaient des photos. Je pleurais à moitié, je suppliais Bruno d'arrêter et de venir avec moi, je ne savais plus ce qu'il fallait faire, je l'enserrais dans mes bras en lui disant « calme-toi, tais-toi. Viens ». Je voulais qu'on parte avant l'arrivée de la police. Mais il voulait savoir pourquoi le taxi, arabe, avait freiné juste au moment où il s'approchait. Un garçon sur le trottoir lui conseillait de partir avec moi, les flics allaient arriver, mais il continuait de demander au taxi pourquoi il avait freiné. Le car de la police arrivait. Bruno acceptait par réflexe, mais trop tard, de marcher avec moi vers une petite rue calme. Un policier nous appelait. On se retournait. Les papiers d'identité. Il y avait quarante personnes sur le trottoir. Je reprenais mon calme pour avoir une élocution claire. Bruno n'avait pas de papier. C'était une petite cylindrée qui se conduisait sans papier, il sortait la petite bible qu'il avait toujours dans sa poche. Le flic la prenait, la feuilletait. Je glissais :

– Non non monsieur, ce n'est pas un papier d'identité.

Après une heure de conversations entre les flics et leurs supérieurs par téléphone, ils lui demandaient de venir au commissariat, il montait dans le car, moi dans la voiture de police, le chauffeur allait témoigner aussi. Bruno était assis dans une petite cellule. Il avait 0,7 gramme d'alcool dans le sang. Les flics avaient examiné la carrosserie, elle était lisse, il ne l'avait pas heurtée contrairement aux déclarations du taxi. Les flics disaient que le chauffeur avait appelé pour obtenir des dommages-intérêts quand il avait vu les badauds prendre des photos. Je rentrais à quatre heures du matin.

Bruno partait en garde à vue, j'allais lui dire au revoir à la porte arrière du car :

– Pour la première fois que je vais chez des amis à toi, je passe ma nuit en garde à vue, c'est la première fois que ça m'arrive.

Bruno m'appelait le lendemain matin quand il était libéré.

– Je suis libéré libérez Mandela.

– Ça va ?

– C'est dur.

– Qu'est-ce que tu fais ?

– Là je vais dormir, je te rappellerai après. C'est la première fois de ma vie que je passe la nuit en garde à vue. Si je t'ai rencontrée c'est justement pour éviter tout ça.

Je pensais à lui, je lui envoyais des textos toute la journée.

« Je ne veux plus jamais qu'on te fasse de mal ni que tu t'en fasses à toi-même. J'ai hâte de me blottir dans tes bras. »

« Je crois que tu ne supportes pas l'alcool trop fort. Je voudrais que tu m'autorises à te protéger. Je t'aime. »

« Rappelle-moi vite. »

Je décidais d'acheter Franz Fanon dans la semaine.

Il m'appelait vers six heures et demie. J'étais tellement contente de l'entendre :

– Love.

– Arrête. Je ne veux plus te voir.

– Quoi ? !

– Tu joues un jeu. Tu joues avec moi. C'est la première fois qu'il m'arrive un truc comme ça. Je suis avec toi pour en finir avec tout ce qui est les flics, le mal, le danger, c'est la première fois que je passe une soirée chez des amis à toi, et je finis la nuit en garde à vue. Le taxi a freiné eh bien moi je freine.

– Ce n'est pas possible ! Qu'est-ce qui se passe ? Tu es injuste, je suis de ton côté, je suis restée avec toi au commissariat jusqu'à quatre heures.

– Encore heureux.

– Si j'avais pu t'accompagner après en garde à vue je l'aurais fait, tu ne peux pas me dire ça.

– Non tu joues un mauvais jeu, ça t'amuse, ça te donne des frissons, ou je sais pas quoi.

– Tu peux pas me faire ça, c'est pas possible.

– Je te dirai dans quelques jours, il faut que je réfléchisse à tout ça. Je t'ai fait confiance, j'ai eu tort, tu m'as trahi, j'ai remis ma vie entre tes mains, tu fais n'importe quoi avec ma vie. Ça t'amuse. J'aurais pu mourir, perdre un bras, une jambe. Je roulais lentement heu…

– Heureusement.

– Oui, heureusement.

– Je t'aime. (Je le hurlais.)

– Oui, mais moi plus. (Avant il disait oui mais moi pluss.) On va faire une pause.

– Tu ne peux pas faire ça, ça veut dire que les autres ont vraiment eu notre peau trop vite.

– Tu joues un drôle de jeu.

– Mais quel jeu ? Dis-moi quel jeu tu crois que je joue. (Je pleurais.)

– Je sais pas, tu me veux du mal. Vous avez failli me tuer. Il y a quelqu'un hier qui me voulait du mal dans cette soirée sinon ça serait pas arrivé.

– Tu m'englobes dans ce « vous » qui te veut du mal ?

– Si j'avais été avec des copains jamais un truc comme ça me serait arrivé. J'en ai passé des nuits dehors sur des scooters ou dans des voitures avec des copains, jamais rien ne m'est arrivé, c'est quand même bizarre que ça m'arrive pour la première fois avec toi, en sortant de chez des amis à toi. Je veux arrêter, en tout cas je veux réfléchir plusieurs jours.

– Mais qu'est-ce que j'aurais dû faire ?

– Rentrer avec moi. Comme on était venu. Tu te rends compte le nombre de gens dans Paris qui avaient bu plus que moi et qui ont conduit cette nuit-là ? Je zigzaguais parce que j'étais content. Ben je le suis pas resté longtemps. On arrête, on verra dans quelques jours.

– Ce n'est pas possible, je ne vais pas vivre pendant ces jours. Ne me fais pas ça je t'en supplie, je t'en supplie Bruno.

– On peut se parler au téléphone. (Je respirais !) Tu peux m'appeler demain.

– À demain.

J'appelais Jacques, je lui racontais.

– C'est une réaction qui va passer. C'est normal qu'il t'accuse, c'est classique. C'est pour ne pas s'accuser lui.

Il me parlait de sa « pétrolette », « quand je l'ai vu sur sa pétrolette, lui qu'est quand même costaud, avec toi en plus derrière ». « Qu'est-ce que c'est que cette pétrolette qu'il a ? »

Puis j'appelais le commissariat, je voulais ajouter que le chauffeur parlait au téléphone en conduisant, un détail qui affaiblirait sa plainte.

Le lendemain matin, Bruno me répondait calmement et ne semblait plus m'en vouloir. Mais il ne voulait toujours pas qu'on se voie. Je l'appelais chaque jour en tremblant. En espérant. Déjà qu'il me réponde. Le mercredi, il acceptait de me voir à condition que je vienne dans son quartier, il ne voulait plus prendre son scooter avant longtemps. Il était consigné à la police de toute façon pour l'instant.

– J'avais un petit scooter, c'était pas grand-chose, mais je pouvais aller et venir, je n'avais plus que ça, et maintenant j'ai même plus ça.

On avait rendez-vous au Trocadéro, j'attendais vingt minutes, je pensais qu'il ne viendrait pas. Il faisait froid, il faisait nuit, tout à coup j'apercevais sa grande silhouette qui débouchait du fond de l'esplanade. Il laissait un mètre entre nous.

– Pourquoi tu m'attends en plein milieu devant une boutique de souvenirs ? Tu peux pas te mettre dans un endroit plus discret ? Là sur le côté par exemple ? Non, il faut que tu te mettes juste devant en plein milieu.

– Écoute arrête Bruno, arrête. Tu veux aller par où ?

– Où tu veux.

– Par là ?

– Comme tu veux.

– Ou par là ?

– Comme tu veux. Dépêche-toi avec tes trucs, arrête de chercher des histoires.

– Bon par là alors. Ça va, par là ?

On marchait l'un à côté de l'autre.

Il ne souriait pas, il était distant.

– Tu veux qu'on aille par là ? Vers la rue Raynouard, tu sais la maison de Balzac ?

– Hmm. Non. Viens par là.

On traversait le passage piéton, environnés de bruit, on faisait le tour de la place sans destination précise. Je demandais encore où il voulait aller. On commençait à descendre l'avenue du Président-Wilson.

– Ça va par là ou tu préfères plutôt par là ?

– Qu'est-ce que t'as ?

– Mais rien.

– Si. T'as la même tête bizarre que les petits rebeus au quartier qui cherchent des histoires. Qu'est-ce que tu veux ?

– Mais rien écoute Bruno. Rien. Je suis contente de te voir.

– Moi je suis pas content. Qu'est-ce que tu cherches ? T'as du vice ? C'est ça ?

– Mais qu'est-ce que tu racontes ? Qu'est-ce que tu dis ?

– Ça t'amuse ?

– Mais quoi ? De quoi tu parles ?

– T'es comme les petits au quartier qui cherchent des histoires. T'as la même tête, t'as le même air qu'eux, le même regard. Tu regardes par en dessous. Tu veux me faire avoir des ennuis ? Ça t'amuse ? Ça t'amuse. Tu t'amuses. Tu joues. Tu joues avec mon cœur.

– Mais non Bruno écoute arrête.

– Tu me veux du mal.

Il partait en courant, il courait vite, avec ses grandes jambes il était rapide, je ne pouvais pas le rattraper. Je n'avais pas eu le temps de répondre, mon cœur battait, je courais derrière lui, il courait vite, heureusement il était arrêté par le feu, je le rattrapais au passage piéton, je l'attrapais dans mes bras, je le saisissais à la taille, pour le retenir, le ceinturer, j'avais l'impression d'essayer de contenir un bateau qui prenait le large, que la vague emmenait. Je le ceinturais. Il se débattait, arrachait mes mains. Il me faisait face, me disait :

– Regarde-moi. Regarde-moi bien. Tu m'as regardé, tu me vois là, tu me vois bien. Et bien tu me verras plus jamais.

Et il partait en courant.

Je courais encore derrière lui, je n'avais rien à perdre, c'était ma dernière chance. Je l'attrapais en agrippant son blouson.

— Écoute-moi, mais écoute-moi au moins, laisse-moi au moins te parler, ne pars pas comme ça, je t'en prie, ne fais pas ça, tu ne peux pas faire ça, écoute-moi au moins, laisse-moi dire quelque chose, je t'en supplie. Bruno. Je t'en supplie Bruno. S'il te plaît. Fais quelques pas avec moi. Je veux te parler au moins.

— D'accord je t'écoute, de toute façon après je ferai ce que je veux, après je partirai.

— Si tu veux, mais écoute-moi je t'en prie. Marche un petit peu à côté de moi s'il te plaît. Après tu feras ce que tu voudras.

On descendait l'avenue du Président-Wilson, j'essayais de parler. Mais comment le convaincre que je l'aimais ? Que je ne jouais pas.

Je n'avais que quelques minutes pour trouver les mots justes et le ton, là tout de suite au milieu des bruits de l'avenue.

Il regardait son téléphone. Faisait mine de regarder ses messages.

— Regarde-moi au moins.

— Non je te regarde pas. Mais je t'écoute.

— Écoute Bruno, je t'aime, c'est tout ce que je peux te dire. Je ne te veux pas de mal. Mais je suis quelqu'un qui a peur. Ça fait longtemps. Je me sens menacée. Quand il y a des situations violentes ou bizarres, je réagis mal, alors peut-être que ça donne cet air bizarre, ce n'est pas pour attaquer c'est pour me défendre. Tu analyses mal l'expression de mon visage dans ces moments-là. J'ai peur. C'est peut-être ça que tu vois sur moi quand tu dis que je cherche des ennuis. Quand je ressens ça je ne contrôle pas mon visage.

– Ah bon, c'est ça. T'as peur. Ben fallait le dire. Faut pas avoir peur. C'est pas bon.

– Je sais Bruno. Mais c'est vrai que j'ai souvent peur.

– C'est quand t'as peur que ça tourne mal. Quand tu entends qu'on te parle mal, ou qu'il y a quelque chose qui va pas, il faut commencer par ne rien dire et par rester calme pendant cinq minutes, sans rien faire, sans bouger, et tu vois ce qui se passe, en général au bout de cinq minutes, ça s'est calmé. Si au bout des cinq minutes ça s'est pas calmé, tu vois ce que tu dois faire, mais en général ça s'arrête avant. S'ils sentent que t'as peur, après tu peux plus t'en sortir, ils t'emmènent jusqu'au bout dans leur délire. Il fallait le dire que c'était ça, je comprends maintenant si c'est ça.

– Toi t'as pas peur ?

– Non.

– Jamais ?

– Rarement.

On finissait la promenade vers le pont de l'Alma, il me prenait dans ses bras. On s'asseyait sur un banc, pour observer une scène qui avait lieu sur le trottoir d'en face, et que je venais de lui montrer.

– Tu remarques tout toi, tous les trucs bizarres qui se passent dans la rue. C'est bien. Tu rates rien. Mais il faut pas que les autres le voient. Viens on s'assoit là.

– Quand est-ce que je te revois ?

– Je sais pas, là il faut que je reste chez moi quelques jours. On s'appelle tout à l'heure.

Le soir on s'appelait, on restait des heures l'un avec l'autre, imbriqués, fusionnels au téléphone. Je n'avais eu des coups de fil comme ça avec personne d'autre.

J'écoutais ses disques. « J'ai un problème, j'ai jamais dit je t'aime, j'ai jamais dit je t'aime même à la fille

141

que j'aime. Je t'aime, je t'aime... J'espère qu'un jour ces mots pour toi sortiront de ma bouche. Quand on fait l'amour parfois je te le dis en douce. Est-ce que tu aimes ce que je suis en train de te faire ? Est-ce que tu aimes ma langue sur ta chair ? »

Le jeudi on se parlait encore au téléphone. Longuement. On se disait à demain, on se verrait le vendredi soir. À midi j'appelais.

– Allo, Bruno ?

– Je te rappelle dans cinq minutes.

Pendant trois jours il ne me rappelait pas. Je lui laissais des textos.

« Rappelle-moi je n'arrive pas à te joindre. »

« Je commence à être inquiète. »

« Au secours. »

« Je n'en peux plus Bruno, appelle-moi, donne-moi un signe de vie, de présence. »

Il ne rappelait pas. Alors j'appelais Jocelyn.

– T'as des nouvelles de Bruno ?

– Je l'ai eu il y a environ, je sais pas, et hop euh, une semaine peut-être, ouais, ça doit être ça. Pourquoi ? T'en as toi ?

– J'ai pas eu de nouvelles depuis hier midi, alors qu'on devait se voir.

– Il va t'appeler.

– J'ai laissé des messages il m'a pas répondu depuis hier midi, alors qu'il devait me rappeler dans deux minutes.

– Il est comme ça lui. Tu connais le phénomène. T'inquiète pas, il va rappeler, il doit être dans un de ses délires, tu sais lui c'est *Star Trek* mais après il atterrit, il revient. C'est comme ça qu'il est. Même à moi il fait

142

ça. Je vais l'appeler, je vais lui dire que tu te fais du souci, je vais lui dire que personne arrive à le joindre et qu'il faut qu'il t'appelle. Et moi il va me répondre, parce que moi il sait que quand j'appelle ça peut être grave, il va me répondre parce que un jour je lui ai dit, il sait que ça peut être grave. Et je te rappelle quand je l'aurai eu.

– Demain il y a l'investiture de Sarkozy, je me suis dit que c'était peut-être ça.

– Ah cherche pas. C'est ça. Il en parle jamais à personne quand il est dans ce délire-là, même à moi il m'avait rien dit, je l'ai appris par la télé qu'il soutenait le man. Il en parle jamais à personne quand il fait ça. Cherche pas. Je te dis que c'est ça. Il aime pas parler de ces affaires-là. Je vais l'appeler mais il me répondra peut-être pas s'il est dans ce délire-là. Laisse-le revenir, il va en sortir. T'inquiète pas, lui il est comme ça.

– Mais comme on a eu un problème l'autre jour avec le taxi, je me disais que peut-être il voulait plus me voir.

– Mais non. T'inquiète pas je te dis. Faut pas s'inquiéter avec lui. Il est sur son tapis volant, il va revenir, tu sais le Hollandais volant c'est lui.

Le dimanche je suivais l'investiture de Sarkozy en guettant des caméras qui auraient cadré sur Bruno, mais la télé ne le montrait pas.

Le lundi il répondait enfin au téléphone, après trois jours d'interruption. Je sanglotais en l'entendant décrocher. Il attendait, je lui disais : ne me fais plus ça. On se voyait le soir. J'avais fait comme d'habitude, j'avais acheté les nems qu'il aimait, le gâteau au chocolat, j'avais ma position dans le canapé, face à lui qui mettait la musique. Je devais partir deux jours à Lyon en fin de semaine. Il me demandait le numéro de Léonore, il lui téléphonerait pour voir si ça allait. On se téléphonait de mon hôtel pendant des heures, collés l'un à l'autre, connectés, ne pensant qu'à se retrouver.

Je rentrais de Lyon fatiguée, je voulais rester seule. Florence m'invitait à dîner avec ma fille et Bruno. Je refusais. Bruno téléphonait, il voulait passer. Je préférais qu'on se voie le lendemain. Je parlais de l'invitation de Florence. Il me demandait où elle habitait, me disait qu'il aurait pu y aller avec Léonore si moi j'étais fatiguée. Si ça lui faisait plaisir je voulais bien sortir, je pouvais faire un effort. Il ne voulait pas, ça aurait pu être amusant d'aller là-bas avec Léonore pendant que je me serais reposée. Si ça n'avait pas été dans le vingtième ils y seraient allés. Je disais que, dans ce cas, il pouvait emmener Léonore au cinéma. Il trouvait que c'était une bonne idée. Il rappelait dans un quart d'heure, si elle était d'accord il l'emmenait au cinéma sur les Champs. C'était pour aller voir un film sur les Champs-Élysées, qu'il avait quitté le dix-huitième pour la première fois à vingt ans. Elle était d'accord, il venait la chercher. Il l'attendait en bas, elle descendait, le scooter partait. Deux heures plus tard, j'entendais le bruit du scooter qui rentrait et repartait aussitôt.

Léonore s'asseyait un instant dans le salon. Elle n'avait pas aimé le film. Je lui demandais si ça s'était bien passé avec Bruno. Ils n'avaient pas beaucoup parlé, elle ne semblait pas enthousiaste, elle n'aimait pas sortir le vendredi, elle aimait être chez elle pour le début du week-end, elle aurait préféré rester, elle regrettait. Elle se couchait. J'appelais Bruno. Ça allait, le film n'était pas si mal, il avait beaucoup d'affection pour Léonore, il disait qu'il en avait beaucoup manqué quand il était jeune, il aimait bien son visage.

Le lendemain on se voyait. Il proposait de sortir, alors que d'habitude, surtout le samedi soir, il préférait rester. Finalement on écoutait de la musique allongés dans les bras l'un de l'autre sur le canapé, en se parlant doucement. On se couchait, on faisait l'amour, très doucement, plus doucement que d'habitude, il était plus tendre, plus doux. On dormait ensemble. Il partait le dimanche matin tôt, il avait une émission, il revenait me chercher vers deux heures pour aller au cinéma. À Odéon, il choisissait un film chinois. Il ne regardait jamais le programme à l'avance, il choisissait en fonction du lieu et de l'heure quand on passait devant le cinéma. On mangeait un croque-monsieur, on se promenait au Luxembourg. Il aimait me voir dans cet endroit. On marchait main dans la main dans des rues calmes du sixième. Sur le scooter je lui disais que j'étais heureuse avec lui. Il me demandait si j'étais ironique.

– T'es ironique ?

– Non, pourquoi je serais ironique ?

– Comme ça. Pour rien.

J'étais vraiment heureuse. Il me déposait en fin de journée, il ne montait pas. Il partait. Je montais et je retrouvais Léonore. On dînait toutes les deux face à face dans la cuisine.

Elle avait quelque chose à me dire. Ça ne s'était pas bien passé au cinéma le vendredi. Bruno avait mis sa main sur sa cuisse. Elle ne savait pas quoi faire, au début elle pensait que c'était peut-être juste comme ça, mais la main montait plus haut sur sa cuisse, elle posait son sac sur ses genoux. Il posait sa tête contre la sienne et touchait son sac. Elle avait dit « qu'est-ce que tu fais, là, Bruno ? ». Il lui demandait si elle avait peur de lui. Elle était crispée. Disait qu'elle n'était pas moi. Il lui

145

répondait qu'il avait beaucoup d'affection pour elle, il grommelait quelque chose de vague et qu'il ne faisait rien de précis. Elle pensait s'enfuir, cherchait comment, elle était terrifiée. Elle attendait la fin du film crispée sur son fauteuil. Elle imaginait un plan pour s'évader de la salle dans le noir et revenir à la maison en courant. Mais elle avait peur qu'il la suive. Elle décidait de se contrôler jusqu'à la fin du film. Qu'elle n'avait évidemment pas pu apprécier ni vraiment regarder.

Elle ne m'avait rien dit le soir même, elle hésitait, le samedi elle était avec une copine à la maison, à qui elle racontait ce qui s'était passé, « tu devrais en parler à ta mère ». Elles croisaient Bruno de loin dans la maison avec moi.

Léonore disait « peut-être que son fils et son père s'appellent Bruno, mais moi je ne m'appelle pas Christine », son fils et son père s'appelaient Bruno, Léonore le savait. Je lui disais que j'allais lui parler. Elle ajoutait « en tout cas, je ne veux plus jamais rien faire seule avec lui ». Je lui disais que je comprenais et que ça n'aurait plus lieu. Je restais très… maîtresse de la situation, je ne perdais pas mon sang-froid. Mais je ne sentais plus mes chevilles. Ma priorité était de dire à Léonore que je parlerais à Bruno, que je la protégerais. Je la prenais au sérieux. Je me tenais.

Le sang se retirait de mon visage, mon plexus s'enfonçait comme si on appuyait dessus avec le doigt. Mes jambes s'avançaient dans le couloir vers le salon, je m'asseyais dans le fauteuil devant la télévision. J'avais une sensation de fourmillement dans les mollets, dans les pieds, je me tenais au mur, j'avais mal au cœur, j'avais arrêté mon repas en plein milieu. J'avais eu envie de mourir. Il y avait un film, un dessin animé japonais, dont Léonore me parlait depuis longtemps.

Une maison qui roulait, le dessin cerné de gros traits noirs, les bleus et les verts dominaient. On le regardait, j'essayais d'oublier pendant deux heures. C'était impossible, c'était tout le temps là. Léonore devait aller se coucher, elle avait école le lendemain. J'allais la border dans son lit. Je l'embrassais en lui disant de ne pas s'inquiéter, j'allais dire à Bruno que ça ne devait jamais se reproduire. Elle pouvait avoir confiance en moi, elle le savait. Je l'embrassais, je fermais la porte de sa chambre.

Je me retrouvais seule dans la maison. Je n'avais personne à qui parler, je ne pouvais téléphoner à personne. Je devais supporter seule ces pensées, jusqu'au lendemain matin. Je voyais mon analyste à dix heures tous les lundis. Il fallait attendre et passer la nuit.

J'appelais Bruno, je ne pouvais pas attendre. Je savais qu'il aurait mieux valu lui parler face à face. Je laissais un message « j'ai quelque chose de très important à te dire, d'urgent, rappelle-moi ». Avec une voix assez calme. Mon intention n'était pas de dramatiser, n'importe qui pouvait déraper. Je devais lui dire que ça ne devait pas se reproduire. Je parlerai d'un geste déplacé. Le mieux était de le voir, mais j'étais dans un état insupportable. J'espérais pouvoir attendre le lendemain. Voir mon analyste avant de lui parler. Je ne pouvais pas, je rappelais Bruno. Vers minuit. Je n'arrivais pas à me calmer. Il répondait. Il avait dû avoir mon message, sa voix était plus sérieuse que d'habitude. Pas joueuse du tout. Adulte, lointaine et distante. Presque comme si on ne se connaissait pas. On n'était pas imbriqués, on n'était pas fusionnels là.

Je parlais d'un geste déplacé, je pleurais, je respirais mal. Il ne niait pas les faits. Mais semblait surpris, voire outré de ce que j'induisais, il m'accusait de l'emmener dans mes histoires. Pour l'apaiser, j'ajoutais que je l'aimais. Comme un enfant, autant qu'un enfant, qu'il m'avait beaucoup apporté quoi qu'il arrive, que je ne l'oublierais jamais, qu'il m'avait sauvée, que j'y avais cru, que je l'avais aimé. Que je ne l'oublierais jamais, jamais, jamais. Mais ça, ça, là, ce n'était pas possible.

Il ne disait pas que c'était faux, tout en ne se sentant pas concerné par les interprétations de Léonore, puisque j'ajoutais que ça l'avait gênée. Des interprétations que je faisais aussi. Il faisait « ohh ! » comme si c'était n'importe quoi. Comme s'il était, lui, déçu, surpris. Il disait « tant pis pour elle ». Il allait en parler à un copain et lui raconter ce que j'avais dit. Je pleurais, je lui disais que je l'aimais, sur le ton de quelqu'un qui ne pourra plus le dire, qui va en être privé.

Le lendemain matin, j'appelais mon analyste à huit heures et demie pour savoir si je pouvais passer plus tôt. Plus tôt que dix heures un quart, l'heure de mon rendez-vous habituel. Ce n'était pas possible. À dix heures un quart, je m'allongeais. Comme d'habitude. Je commençais à raconter. Mais je lui demandais, je n'avais jamais fait ça, si je pouvais le regarder. Après son accord, je m'asseyais sur le divan et me retournais vers lui. Le voir me paralysait, je disais « je me ré-allonge parce que je n'arrive plus à parler ». J'en racontais le maximum, jusqu'au coup de fil à Bruno. Je disais « à aucun moment il n'a dit que c'était faux », l'analyste disait « encore heureux » il se levait. Je lui demandais si je pouvais revenir dans l'après-midi. Ça ne m'était pas arrivé depuis longtemps de faire ça. Cette semaine-là j'y allais tous les jours, quelquefois deux fois par jour, et en plus je téléphonais. Je décidais de ne plus voir Bruno.

Le soir à la maison j'avais des vertiges, je ne gardais pas toujours mon sang-froid devant Léonore. Je lui disais que j'aimais Bruno, que c'était terrible ce qui arrivait, il devait être fou, ça existait les fous, il ne fallait pas leur en vouloir. Je me berçais de cette idée-là. On dînait. On mettait la télé. Bruno apparaissait à l'écran.

– Y a Bruno.

Ça se passait mal pour lui, il se faisait allumer et se défendait mal. Il avait son visage pris en faute, douloureux. Léonore ne regardait pas. Pour répondre à une question il s'adressait à la caméra : Quoi qu'on dise sur toi, t'es ma salope à moi, je suis love de toi. Je le prenais pour moi. C'était l'extrait d'une de ses premières chansons, il me parlait. Je le savais. On n'était que tous les deux à le savoir.

Je comprenais mieux que le dimanche il m'ait demandé si j'étais ironique en lui disant qu'il me rendait heureuse. Il devait se demander si Léonore m'avait parlé.

Je ne voulais plus le voir, je ne l'appelais plus. Il m'appelait en numéro masqué vers la fin de la semaine, sans laisser de message, puis tous les jours. Je ne répondais pas. Au bout de quelques jours je décrochais, il ne parlait pas, je n'entendais rien au bout du fil. Je laissais passer le week-end, je réfléchissais en séances, peu à peu j'évoluais, je le rappelais. Après un rapprochement entre « m'imposer quelque chose » et « mains posées », il n'y avait eu que des mains posées. À partir de ça, la situation n'était peut-être pas condamnée, pas irréversible. J'appelais un lundi.

– C'est moi.

– Oui je sais. Ben dis donc t'avais disparu.

– Tu sais très bien pourquoi. Une chose comme ça ne doit plus jamais se reproduire, tu dois considérer que tu es comme le père de Léonore.

– Comme le vrai père alors.

– Tu m'as appelée plusieurs fois cette semaine ?

– T'es sûre que c'était moi ?

– Non.

Je lui arrachais des garanties. Il avait fait une erreur, il n'y avait pas de fatalité, les erreurs étaient pardonnables, l'être humain était peu de chose, il fallait être humble. Mais je mettais du temps à l'accepter de nouveau dans la maison la nuit. Ça évoluait lentement. Il ne disait plus « l'enfant » à propos de Léonore mais « ta fille ». Il n'entrait plus dans sa chambre au moment des devoirs. Il avait l'air gêné. Leurs rapports devenaient distants et méfiants. Il ne la faisait plus rire. Désormais elle avait son avis, bien distinct du mien, qu'elle ne contestait pas. Bruno ne savait plus sur quel pied danser. Il essayait de gagner du temps, il travaillait beaucoup à cette période, il y avait de fait une pause. Le soir après son travail on se parlait longuement.

Il me demandait de lui raconter ce qui s'était passé exactement avec mon père pour ne plus être pris là-dedans, avant de revenir me voir. Il ne voulait pas lire ce que j'avais écrit là-dessus, il s'en fichait, il voulait que je lui dise, moi, maintenant. Il me posait des questions crues « il t'a violée ? » « comment ça s'est passé ? » « t'avais quel âge ? » « la dame elle est aveugle ? ». Je n'avais jamais parlé de ça en direct à personne. Pour Bruno c'était une affaire ordinaire comme il peut en arriver à n'importe qui, il y en avait dans son quartier, et surtout c'était passé. « C'est fini maintenant tout ça. » Personne ne m'avait dit ça avant. « C'est fini maintenant tout ça. » « C'est passé. » Il estimait m'avoir suivie dans mon délire, il avait pris la porte dans la figure. Je me disais : au fond ce n'est pas lui qui a proposé d'emmener Léonore au cinéma, je me disais aussi : pour Noël, pourquoi j'ai pensé en ouvrant les sacs que le maillot de bain était pour moi et le parfum pour Léonore ? Les deux devaient être pour moi. J'allais avoir la confirmation plus tard. Les deux étaient pour moi. Il n'avait pas offert à Léonore un parfum qui s'appelait *Chérie*. Il ne lui avait rien offert. C'était donc moi qui avais instillé ce poison, dans ma tête, dans la sienne, dans celle de Léonore. En disant à Bruno bêtement, je me détestais : « le maillot de bain c'est pour moi et le parfum pour Léonore ? ». Je me souvenais de ma voix haut perchée, et de son oui pas très sûr. Je m'en voulais. Je m'en voulais d'autre chose aussi : de toujours prendre la faute sur moi.

Le bloggeur continuait sa parodie : « Christine était donc sortie dîner, samedi soir, avec son chéri Gynéco. Rien à redire, jusque-là. Il ne faisait pas trop froid dehors, ce dernier samedi. Samedi soir, ça donne des envies de boire plus que de coutume. Que de raison. Que de coutumation. De se trémousser aussi, davantage qu'à l'ordinaire. La vie d'écrivaine est si morne, si terne par les temps qui courent. Doc avait un peu, comment dire, forcé sur le rhum. Le rhum et peut-être autre chose. Car il faut plaindre toutes ces écrivaines dont les compagnons ne se limitent pas au seul rhum, mais qui abusent aussi d'autres excitants. Bref. Le chanteur ne tenait plus debout. La condition des femmes en ce triste siècle est pleine de noirité. Et même de noirisme. Jugez plutôt : Doc, beurré comme un Lu, hèle un taxi pour Christine, qu'il suit à scooter. Le voici, zigzaguant rue de Rivoli, sorte de paparazzi tournoyant autour de sa Diana à lui, le taxi pile. Et Doc rentre bille en tête dans l'arrière-train du véhicule… L'affaire, me direz-vous, friserait le banalisme, si Doc ne la racontait avec des accents churchilliens : "J'avais bu du rhum vieux chez des amis écrivains." Du rhum vieux, attention. Du haut de gamme. Les écrivains, pense Doc, ça se mouche dans la soie et ça pète dans du velours. Mon Dieu, quelle horreur que cette vie ! Quelle hideur ! Quelle hiditude ! Quelle affreuse chose que de voir sa vie pétarader comme le scooter du Doc pour venir s'encastrer finalement dans le cul du taxi ! »

Un après-midi, la pièce était baignée de lumière. Je m'asseyais dans le canapé avec une feuille sur les genoux, il marchait de la fenêtre au couloir, il regardait de temps en temps par la vitre ce qui se passait dans les appartements d'en face. Il me demandait :

– Comment on peut berner quelqu'un avec la culture ? Comment je peux mentir à une fille qui connaît rien de la culture ? Comment je peux l'utiliser ? Une fille qui connaît rien de tout ça. Les chanteurs, les auteurs, les précurseurs, tout ça. Une fille qu'aurait juste été à l'école comme ça. Comment je peux lui faire beaucoup de mal avec tout ça. Comment je peux l'intéresser à Sodome et Gomorrhe, Salo, Laclos. Comment je peux abuser d'elle.

Pendant que Bruno parlait en quadrillant la pièce j'écrivais :

Fais-moi voir ce qu'est Proust et tout ça

Emmène-moi à la chapelle Sixtine

Emmène-moi à Venise à Rome

J'y suis allé à douze ans en colonie de vacances et j'y suis pas retourné depuis

Emmène-moi voir le film *Lolita*

Regarde avec moi des films en noir et blanc avec des voix bizarres

Fais-moi lire des livres d'il y a 300 ans avec des mots que personne comprend plus maintenant

Sauf toi parce que t'es amoureuse de tout ça

Je pensais : Quand j'ai rencontré mon père, moi aussi j'avais juste été à l'école. Je voulais apprendre, mes habitudes étaient mauvaises, mes réflexes, mon éducation, à cause du bain culturel dans lequel je n'avais pas baigné. Parfois je ne faisais pas la négation, il m'arrivait de dire « des fois », il m'arrivait de dire « par contre », je disais aussi quand j'oubliais quelque chose « j'ai complètement oublié » alors que ça n'avait pas de sens. Si j'avais oublié c'était bien sûr *complètement*. Sortir dehors etc. je ne le faisais pas, mais je devais constamment me surveiller. Moi dont l'entourage de ma mère disait : qu'est-ce qu'elle parle bien ! Ah oui, qu'est-ce qu'elle parle bien ! Ah ça !! Belle preuve qu'on avait là !

Raconte-moi ce qu'il y a dedans

Dis-moi, lis-moi, raconte-moi

Emmène-moi voir tout ça

Fais-moi découvrir Philippe Garrel, Antoine Doisnel, Valmont et Tourvel

Dis-moi qui c'est

La princesse de Clèves

Emmène-moi là-bas mais reste avec moi

Je m'ennuie si t'es pas là

Je saurai pas me promener seul dans les rues

De la Recherche du temps perdu

Si j'ai pas ta main dans la mienne

Emmène-moi voir tout ça

Fais-moi découvrir Anna Karina avec Godard, Sartre avec Beauvoir, Scott avec Zelda

Je veux découvrir ce qui te paraît si évident à toi

Quand tu dis : mais oui c'est ça je comprends

Donne-moi tes yeux, ta bouche, ta voix, ta peau et tes doigts

Pour toucher ce qui me touche et que je ne connais pas

Seul j'ai l'impression que j'ai pas le droit.

Il marchait de long en large dans la pièce, de la fenêtre au canapé, du canapé à la porte puis de la porte au canapé. J'étais assise, je notais, ça pourrait devenir des chansons. On avait fait un texte à partir d'une question qu'il se posait encore :

Pourquoi la première fois t'as pas voulu m'embrasser devant eux ?

T'as pas voulu ou t'as pas pu ?

Quand ils me voient avec toi

Quand ils nous trouvent ensemble

Quand ils comprennent qu'on s'aime

Tu te demandes ce qu'ils disent comme si on n'avait pas le droit

Ils disent qu'on n'est pas du même milieu

C'est un mot de gangster

Quand ils entendent le mot amour ils sortent leur dictionnaire

T'inquiète pas, laisse-les faire

Qu'est-ce que c'est que ce vocabulaire ?

Ils disent qu'on est un couple improbable

Pour nous pas de cristallisation à la Stendhal

Si on s'aime vraiment ils n'atteindront pas notre cœur

Je savais pas que l'amour était contrôlé par leur mafia

Qu'il y avait une ligne jaune entre toi et moi

Une malédiction pour que nos salives se mélangent pas

Ils disent que ça durera pas

C'est écrit dans leur marc de café, dans leur boule de cristal

Je suis persona non grata chez eux
Ils ont le droit de s'aimer qu'entre eux
Il faut un gilet pare-balles
Il faut montrer patte blanche
Faut avoir lu quels livres ?
Dans quelle édition ?
Dans quelle traduction ?
Ils disent qu'ils ne parient pas un kopeck
Sur notre histoire qu'ils n'y croient pas
Dans mes battements de cœur y a des bookmakers
Quand ils me voient mettre ma main dans tes cheveux
Quand ils nous sentent amoureux
Quand ils comprennent qu'on s'aime
Tu te demandes ce qu'ils pensent comme si ça avait
de l'importance
Ça n'en a pas pour moi quand je suis avec toi si j'ai
le droit.

Avoir le droit revenait tout le temps. Notre première dispute c'était déjà ça, à propos d'un sandwich. On avait faim, on voulait déjeuner, on était chez moi. Je mettais des assiettes sur la table, il préférait manger debout, assis sur l'évier, appuyé à la fenêtre ou au mur, j'aimais être assise avec une assiette devant moi.

Il mordait dans son sandwich je n'étais pas encore assise, je lui reprochais de commencer avant moi. Il croyait que je lui reprochais de ne pas partager le morceau de pain qu'il avait pris et dans lequel il avait mis un morceau de fromage, chez eux il n'y avait pas d'accusation plus grave. Il quittait la cuisine en disant qu'il n'y reviendrait jamais. Il le jurait. Partait à l'autre bout de l'appartement, dans la pièce qui donnait sur la rue, le balcon, la fenêtre, je le suivais. Il voulait partir, je ne comprenais pas. Je ne l'accusais pas, c'était juste pour commencer de manger en même temps... Il avait cru que je l'accusais de manger sans en offrir, il me disait « je t'ai demandé, je t'ai dit "t'en veux ?" ». Commencer en même temps était sans importance chez lui. Sans partager, sans insister malgré les refus, l'était. Il me disait de venir voir sur Internet d'où il venait. Il ne trouvait pas tout de suite. Je m'énervais. De nouveau il menaçait de partir. Il cherchait la secte Abdulaï. À 18 ans il en avait fait partie, les membres avaient pour but d'éliminer physiquement leurs ennemis. Voilà, à 18 ans, avec qui il traînait. Il voulait que je me rende compte. Et que je ne l'accuse plus jamais de ne pas partager la nourriture. Surtout qu'il l'avait fait, il avait proposé. Plus jamais il ne mettrait les pieds dans la cuisine. J'insistais pour qu'il y retourne avec moi. Il me disait « ne me fais pas me parjurer ». Je me glissais dans ses bras. Il reprenait le couloir qui y menait, mais s'arrêtait au bout. Il n'entrait pas dans la pièce, il stationnait dans l'embrasure de la porte :

– Je vais te faire comme on fait aux petits du quartier quand on veut les embêter.

Alors de toute sa voix et en tapant du pied il me faisait « bouhh » en avançant d'un pas vers moi. Je partais en courant et en pleurant à mon tour de l'autre côté de l'appartement. Il me rattrapait en me disant que c'était pour rire. Il riait, m'attrapait dans ses bras.

– C'est pour rire. C'est comme ça qu'on fait aux petits du quartier.

On ne sortait qu'à la nuit tombée, on entrait dans un musée pour voir un tableau, par exemple *L'Origine du monde* à Orsay. Quelques jours plus tard à la radio, un chroniqueur que je connaissais, avec toute une bande de garçons sûrs de leur logique, l'agressait. Ils le passaient à leur ping-pong verbal culturel, ils riaient entre eux et se comprenaient. Ils étaient amis. Ils se connaissaient, riaient tout à la joie de se connaître et de connaître les mêmes choses. Sans se poser la question de leur mépris. Bruno ne répliquait pas. Le chroniqueur ajoutait « Doc Gynéco soutient Sarkozy, mais Bruno Beausir en ce moment qu'est-ce qu'il fait ? ».

– Parfois en fin d'après-midi je vais à Orsay voir le tableau *L'Origine du monde*…

– De Courbet oui. (Ils ponctuaient ravis, pays de connaissance, Lacan l'avait chez lui, etc., derrière un panneau de Masson.)

– Oui. Mais je me demande pourquoi il a pas peint plutôt le trou du cul du monde, j'aurais bien voulu le voir ce tableau-là, je l'aurais acheté, même si ça avait coûté très cher. Ça m'aurait vraiment intéressé de le voir s'il l'avait fait. Dommage qu'il l'ait pas fait. J'aurais donné tout ce que j'ai pour le voir et si j'avais eu les moyens je l'aurais acheté. Ah ça oui…

La petite bande riait, sans savoir sur quel ton elle devait le prendre.

L'émission se terminait, il demandait un dernier mot, on lui accordait.

– C'est une dédicace personnelle.

– Très bien. Allez-y.

– C'est de Proust.

– Oh !!

– « La vraie vie, découverte, éclaircie, c'est la littérature. » Et il veut évoquer l'affaire Dreyfus quand il dit ça. Alors tu vois je te fais passer un message, je te dis qu'on peut s'engager, et pas être que dans le romantisme.

On rentrait un soir sur les boulevards, un car de flics nous arrêtait, je croyais que c'était à cause d'un feu, d'un couloir de bus ou d'un sens interdit. Ils lui demandaient de se garer, ils éclataient de rire après une ou deux questions, ils voulaient juste des autographes et rigoler. Pendant qu'ils plaisantaient, j'étais assise sur le scooter derrière, sous la pluie, avec mon casque, j'attendais. Les gens qui passaient, en voyant un petit groupe, s'arrêtaient, s'agglutinaient, jusqu'à ce que je dise à l'oreille de Bruno « bon ça suffit maintenant on y va, il pleut ». Quand on était à pied et que des gens le retenaient, je le tirais par le bras en avançant.

Il aimait avoir une mission, il voulait être l'enfant du peuple, il aimait la France, son quartier, et les maisons de variété française, il rêvait d'y être intégré.

« En intégrant l'une des plus grandes maisons de disques à l'époque, j'ai ouvert la porte à un style de rap intelligent, je voulais que les jeunes ne prêtent plus attention à la violence et que, par la musique, ils intègrent la société. Mais je restais seul dans ce style, tous voulaient jouer aux durs, alors qu'ils étaient dans les plus grandes maisons de disques. Ils disent venir de la rue, être "street", tout cela est faux. La rue a un code d'honneur qu'ils n'auront jamais. Il suffit une seule fois d'être au mauvais endroit au mauvais moment pour se retrouver en prison. Ils ont un don pour s'inventer des histoires d'armes, de vols, de gangsters. Pure fiction, comme dans les films hollywoodiens. » Il parlait des rappeurs qui ont des postures, les faux durs, qu'il n'avait jamais rencontrés dans la rue, et qui ne parlaient même pas créole. C'était du mensonge, de la pose, ça le révoltait.

Une soirée avait été difficile pour lui après un concert entre des rappeurs et Johnny. Il la décrivait dans son livre :

« Toutes les erreurs qui se sont produites dans la journée sont mises sur mon dos. Ils veulent que l'entourage de Johnny ait une mauvaise opinion de moi. Ils veulent me faire craquer, me pousser à bout. Je ne dis rien, mais mes pieds ont du mal à se contenir sous la table. Je garde les poings serrés, je ne veux rien répondre. Ils se montrent plus méchants avec moi qu'ils ne l'ont jamais été, et cela devant Johnny et son entourage proche. Cela fuse de tous les côtés, tout ça parce que j'ai pensé qu'il fallait laisser Johnny prendre les devants, lui qui nous avait fait la faveur et pris le risque d'avoir chanté avec des rappeurs. Je veux l'en remercier en faisant le mieux possible, le laisser sur le devant de la scène et ne pas tirer la couverture vers l'un de nous. Cela est très très mal pris. Ils commencent par me reprocher d'être trop gros, je dois jurer à Johnny que je ne boirai plus d'alcool, avant ou pendant un concert, mais seulement après. Toute la soirée n'est que reproches. J'essaie de me contenir au maximum, et eux accentuent la charge. Mon respect pour Johnny me force à tenir bon. Ils me déstabilisent. Je suis pourtant persuadé d'avoir été parfait. Ils mettent toute la faute aux yeux de Johnny sur mon magnifique dos. Moi je reste discret dans mon coin. Cette soirée a été la plus pénible de ma vie. Je me pose, pour la dernière fois, la question de savoir s'ils sont vraiment des amis. Cela fait beaucoup de mal quand on est blessé et que cette blessure est infligée par des amis. Nous devons chanter le titre en direct. Les préparatifs ont lieu. Mes habits sont livrés dans ma chambre, où je préfère rester dîner. Mon téléphone sonne lorsqu'on a besoin de moi. Tout est prétendument calculé au millimètre. J'attends patiemment, en souffrant, isolé, sans personne pour me soutenir. »

Je l'imaginais seul dans sa loge. J'aurais voulu être là, avec lui. J'avais le cœur étreint comme si ç'avait été mon petit enfant seul dans la cour abandonné par ses copains. Mon petit enfant qu'on avait accusé d'être trop gros, et qu'on avait critiqué auprès de quelqu'un qu'il admirait. Heureusement ensuite l'affaire s'arrangeait et se terminait bien pour lui. Il repartait dans le *jet* de Johnny. Au retour à Paris ils enregistraient tous les deux « Je suis né dans la rue ».

Il aurait aimé que l'art vienne de la rue. Un jour il pensait que ça allait arriver, les truqueurs seraient écrasés. La rue pour lui ce n'était pas un folklore, il me parlait toujours d'un de ses copains qui avait des carences alimentaires avait dit le médecin. Carences alimentaires. Le mot lui était resté, il était inscrit dans sa tête pour la vie. Le mot l'amusait, et qu'il y ait un mot pour ça l'amusait, qu'il y ait un mot froid.

Depuis le taxi et le cinéma avec Léonore, le rythme était devenu plus chaotique. Parfois il me posait des lapins. Ça commençait un mercredi après-midi. La campagne électorale avait démarré, si le cabinet de Sarkozy appelait, il ne voulait pas les décevoir, il ne me prévenait pas, il ne voulait pas me dire où il allait, il me posait un lapin. Il prétendait qu'il n'avait peur de rien sauf de moi. Il avait eu peur aussi des prostituées avec qui il était sorti, ou des filles qui faisaient du porno, toutes celles qui avaient en elle « du vice » et qui ne s'en rendaient même pas compte. Parfois il avait l'impression que je lui voulais du mal. Il était secret, méfiant. Il s'attendait à tout, il se savait différent des autres et s'attendait à ce qu'on le lâche. Les lapins étaient ce qu'il appelait « les petits rendez-vous » alors qu'il m'en proposait un grand que je n'étais pas capable d'attendre.

Je lui envoyais un texto : « À propos de ta peur, n'écoute pas les autres, les réputations, au début tu te fiais

161

à ton feeling et on était heureux. » Un matin je réussissais à le rassurer en laissant sur son répondeur une phrase chantée par lui, que j'avais prise sur un de ses disques, « j'ai quelque chose à te dire quand même, ne vois-tu pas toujours que je t'aime ». Une heure plus tard je lui envoyais par texto « je suis place de Varsovie ». Je n'y étais pas, mais j'aurais pu y aller très vite, c'était à côté de chez lui. Il me rappelait détendu, content, il voulait me retrouver, mais on l'appelait sur une autre ligne. Je sortais déjeuner, dans le quatorzième, quand il me rappelait, j'entendais sonner, je ne pouvais pas répondre, c'était un déjeuner de travail. En sortant j'écoutais :

« Je suis en bas de chez toi ».

Puis :

« Je suis en haut, je suis devant ta porte, écoute. » Il faisait retentir la sonnerie pour que je la reconnaisse. Comme preuve qu'il disait vrai. Qu'il était là. Il pleuvait, il avait attendu une heure devant ma porte. Il n'avait pas sa clef. Je le rappelais trop tard, il allait revenir en fin d'après-midi, il n'était pas venu. Ça faisait huit jours qu'il me posait des lapins et qu'on n'arrivait pas à se voir.

Textos divers que j'envoyais à cette période :

« Je voudrais te parler. C'est dommage que cette soirée passée avec toi soit suivie d'une journée sans nouvelle. »

« Tu devais m'appeler ce matin à ton réveil. »

« Crois-tu que nous arriverons à nous comprendre un jour ? »

« Je t'ai laissé deux ou trois messages car je crois toujours qu'on peut communiquer et que tu es là. Mais qu'en est-il en réalité ? »

D'autres, que je n'envoyais pas :

« Je me sens seule, triste tout d'un coup. Pourrais-tu m'appeler ? »

« J'aimerais que tu sois là. »

« On s'appelle trois fois par jour et tout d'un coup je n'ai plus de nouvelles qu'est-ce que ça veut dire ? »

« Un seul mot vrai dans tes messages d'hier : c'est dommage. Je suis tout à fait de ton avis. »

« C'est encore une de tes vengeances ? Pourquoi tu me fais souffrir ? Tu trouves ça drôle, pas grave ? »

Extrait de son premier livre : « Il y a un événement qui a fait naître en moi des troubles, alors qu'à la base je suis sain et naïf. Je ne m'en suis pas rendu compte tout de suite, mais c'est à cause d'une fille précise que je suis comme ça avec les autres, sans y penser. C'était cette fille arabe avec laquelle je sortais. Au quartier, les Rebeus faisaient les malins, comme ils le font toujours aujourd'hui. Donc mon challenge, c'était d'avoir un pain rebeu (un pain étant une créature féminine). J'ai pris une meuf rebeu au quartier, pour montrer que j'avais le contrôle. Mais le pain rebeu, il est parti ! Et avant ça, ses frères étaient venus sonner à ma porte. Moi, j'ai aimé ça. Je leur ai dit : "Barrez-vous" à travers la porte ; ils voulaient leur sœur, alors qu'elle était dans mon pieu. Elle est partie parce qu'ils allaient la voiler, ou lui faire je ne sais quoi. Je l'ai sauvée, en quelque sorte. C'était ça l'intérêt dans cette fille, lui donner sa liberté, mais quand elle est partie, j'étais triste, quand même. Même si j'avais fait mon taf. J'étais impliqué avec elle. Elle est devenue une amie. Je la vois toujours. Elle dit que c'est moi qui lui ai fait du mal, mais elle sait que c'est le contraire. Elle ne sait sans doute pas qu'elle m'a fait ce mal qui fait que je me venge sur les autres, mais même moi je ne le sais pas. Je ne veux pas le savoir. »

Et puis, on reparlait. On devenait proches en une minute, mon angoisse, ma peur de ne plus le voir fondaient. Je gardais les messages que j'aimais jusqu'à ce que le téléphone les efface je les réécoutais.

Lundi 11 h 02 : Allo. Rappelle-moi.

Vendredi 2 h 05 : Je m'endors. Bonne nuit, les petits.

Vendredi 18 h 40 : Tu vois tu réponds jamais quand je t'appelle et tout ça. Bon. Tant pis.

Samedi 23 h 31 : T'es méchante. Réponds. Je viens ou je viens pas ?

23 h 35 : Bon ben j'sais pas, là il est 22 heures, si tu dors à l'heure des poules. Bon ben je sais pas je t'appelle dix fois. Bon bon.

23 h 54 : Bon je sais pas, tu veux pas répondre à ton téléphone. Ou si tu dors eh ben bonne nuit si tu dors. Si tu boudes, t'es naze, faut quand même bien… respirer un peu. Bon je sais pas si tu boudes ou si tu dors. C'est dommage. Bon je suis dans la nature, j'ai bientôt plus de batterie va falloir que je trouve un endroit, pour me poser, essaye de sortir plutôt, de ton rêve, ou de ton délire, je sais pas. Salut.

0 h 01 : Allo. Rappelle-moi.

0 h 02 : Réponds-moi rappelle-moi. Tu m'emmerdes hein. Méchante. Taspech.

0 h 03 : Allo. Bon. À plus tard.

0 h 04 : Bon ben laisse tomber toi.

La première fois que je dînais avec Marc en juin, je lui parlais un peu de Bruno. Je lui racontais une ou deux choses marquantes, dont la fois au salon du livre où il arrivait devant mon stand, main dans la main, et sourire aux lèvres, avec une blonde qui s'appuyait des deux coudes à ma table, elle était russe, elle me disait : en Russie on s'embrasse sur la bouche en me tendant ses deux petites lèvres bien gonflées, et en se penchant vers moi, avec tout un troupeau de photographes derrière elle. Marc me répondait que j'avais été prise dans le système, ça n'évoquait rien d'autre pour lui. Alors, je ne lui racontais pas la suite.

J'étais affolée, je rougissais, je blêmissais. Je quittais mon stand, me cachais dans un cagibi qui servait de réserve, pour ne pas être photographiée comme ça. La nuit je ne dormais pas, j'en passais la moitié au téléphone, avec des gens de Toulouse qui connaissaient Bruno, pour savoir ce qui se passait avec cette blonde. C'était un coup de l'attaché de presse, il ne se passait rien. Mais ils me parlaient d'une brune. Une employée à eux. Qui n'aurait pas eu de raison de venir à Paris sinon. Ils se remémoraient une phrase bizarre de cette brune, une voiture dans une direction, un taxi, Bruno en train d'ouvrir une porte, un recoupement, un hôtel, une voix étrange, un silence inexplicable de la fille, une gêne, une hésitation à répondre. Le lendemain j'appelais Bruno « tu es là dans une demi-heure ou on ne se voit plus jamais ».

Je téléphonais à Luigi, je pouvais me fier à ce qu'il me dirait, il était au courant de presque tout. Je lui faisais comprendre qu'il devait me dire la vérité, que j'aimais Bruno, que c'était important qu'il me dise la vérité, parce qu'avec lui je me sentais capable d'aller loin. Je lui racontais ce que disaient les gens de Toulouse : la brune avait dîné la veille chez Luigi et sa femme avec Bruno. C'était faux, il ne s'énervait pas. Il semblait avoir l'habitude des fantasmes sur Bruno. Il avait déposé la fille à une station de taxis et Bruno chez lui, dans la voiture Bruno était assis devant avec ses grandes jambes et elle derrière.

Bruno arrivait. On éclaircissait encore, je lui donnais la version des gens de Toulouse et celle de la brune. Il disait : elle ment, ils mentent. Il me conseillait de ne plus donner mon téléphone. Et me parlait de Jocelyn qui ne savait plus où habiter. À Garges il se bagarrait, il fallait qu'il déménage, il ne pouvait pas trouver d'appartement avec dix années de prison sur son dossier et un RMI comme revenu. Il risquait de retourner en prison ou de se faire tuer.

– J'ai peut-être une idée. Il y a une ancienne chambre dans les combles… Mais c'est un grenier, ça ressemble pas à une chambre… C'est sale.

– Jocelyn c'est un soldat, tu te rends pas compte, il a l'habitude, si tu fais ça, tu lui sauves la vie.

– C'est vraiment crade, c'est pas entretenu depuis des dizaines d'années.

– C'est un petit Renois qu'a rien.

– J'ai honte c'est sale, c'est crade.

– La honte est un bon sentiment.

– D'accord. Viens alors, je vais te montrer.

Il y avait deux chambres, l'une avait un petit lavabo. Jocelyn réparerait les toilettes de l'étage.

– D'accord, appelle-le. Mais il faut que ce soit discret, j'ai pas le droit de faire ça, il faut pas que la propriétaire l'apprenne, elle est mauvaise, elle me virerait.

Il me passait Jocelyn, je lui disais :

– Mais tu sais c'est sale.

– Si tu le fais avec le cœur c'est ça qui compte, et puis t'inquiète pas, je peux faire du ménage, c'est rien ça.

Il voulait bien venir voir. Après vingt minutes de RER, dix minutes de métro, et quinze minutes à se perdre dans les rues près de chez moi qu'il ne connaissait pas, il était là et visitait.

– J'aime bien les endroits comme ça moi, on dirait que c'est hanté… Non mais ça c'est rien, je peux le réparer… on peut toujours trouver un endroit pour prendre une douche… c'est juste pour quelque temps… ça c'est rien… non ça va… ça ça va… y a de l'eau c'est bien… fais voir les toilettes… c'est rien ça il suffit de réparer… y a un escalier pour entrer sans passer par chez toi ben c'est bon, je serai discret tu m'entendras pas… dès que tu me le demandes je serai prêt à m'en aller… que ta propriétaire, elle te fasse pas des ennuis à toi… j'amènerai personne ici, ça sera un secret entre nous trois.

Je lui montrais l'entrée de l'escalier de service dans la cour. Mais il repérait une petite caméra accrochée au mur.

– Qu'est-ce que c'est ça ?

– Je sais pas, j'avais jamais vu.

– Ils ont mis une caméra ?

– Je savais pas, je viens jamais dans la cour.

Son visage changeait, la méfiance, il hésitait à venir. Il avait un sourire différent. Une ou deux semaines passaient. Finalement il s'installait. Ses autres solutions n'étaient pas bonnes, habiter chez une fille qui au bout de deux semaines lui faisait des crises de jalousie, il préférait partir, poser ses affaires là, pouvoir y dormir tranquille. Je ne l'entendais pas, il y avait quelquefois de la lumière. On prenait un verre un jour sur la place à côté, en terrasse assis chacun sur une chaise en osier. Je me coinçais le doigt dans la chaise en m'asseyant.

– Aïe, je me suis coincé le doigt dans la chaise.

– Quoi ? Tu t'es coincé le doigt dans la chatte ?

– Non j'ai pas dit ça. J'ai dit « je me suis coincé le doigt dans la chaise ».

– Ah bon, je croyais dans la chatte.

Son téléphone sonnait, il me montrait l'affichage, Bruno l'appelait. Il était avec Charly, ils avaient eu un problème. Quand il raccrochait Jocelyn me disait que, évidemment, Charly était incapable de protéger Bruno.

– T'as vu comment il est bâti ? Tu le connais Charly ? Tu l'as déjà vu ? Il est bâti comme… tiens, comme le truc là…

Il me montrait un des cônes rouge et blanc qui signalaient les travaux, tout étroits, qui empêchaient les voitures de se garer sur le trottoir.

– … voilà comme le truc-là, voilà comment il est bâti. Ou comme le lampadaire-là. Tu l'as déjà vu ou quoi ?

– Oui.

– Et t'as pas remarqué qu'il ressemblait à Fernandel, on dirait Fernandel en noir, toujours en train de rire, t'as pas remarqué ?

– Tu sais je le connais à peine hein, je l'ai vu une fois. C'est vrai qu'il sourit beaucoup.

– Et t'as pas remarqué qu'il est bâti comme le lampadaire-là ? Et pourtant il saute sur tout ce qui bouge.

Charly était un musicien qui travaillait avec Bruno depuis longtemps, on allait à une fête ensemble. Pendant vingt minutes, il mettait la musique (on avait demandé l'autorisation avant), je dansais avec Bruno. Personne ne leur parlait, on ne parlait qu'à moi. Sauf quand quelqu'un venait dire à Charly de laisser la place maintenant. Ça suffisait James Brown, Stevie Wonder, Marvin Gaye et Bob Marley. Des étudiants de Sciences po reprenaient donc les manettes. On partait peu de temps après en ayant à peine mangé un ou deux sandwichs, du pain pita et des cacahouètes. Charly était pressé de rentrer, sa copine l'attendait.

À la première fête où on était allés ensemble, plusieurs personnes dansaient en cercle, dont Bruno, moi, des gens que je connaissais, d'autres que je ne connaissais pas. Tout à coup je l'avais vu se mettre au milieu du cercle, plonger par terre, et faire une danse au sol sur les bras. Tout le monde admiratif. Et lui solide qui tenait le coup sur ses bras, et riait. De son rire que je ne peux pas oublier.

Le jour où je l'emmenais à la Comédie-Française, à la sortie je ne le trouvais plus. C'était la première fois qu'on se revoyait après une éclipse de trois semaines et une série de lapins. Presque tout le monde était parti, les lumières s'éteignaient, les portes du théâtre venaient de fermer. Je pensais qu'il avait filé, un nouveau coup. Je l'appelais, il était sur messagerie. J'appelais constamment. Il avait dû prendre un taxi et rentrer chez lui, je regardais encore, personne, je m'apprêtais à rentrer aussi, j'appelais encore, ça sonnait cette fois, mais toujours pas de réponse. Je me dirigeais vers les taxis, je longeais le théâtre en partant : je le voyais à l'intérieur, les portes étaient bloquées, il poussait la porte en verre, il me répondait au téléphone, il me voyait à travers la vitre. J'allais à l'entrée des artistes, pour le faire libérer. Il était tard, il me proposait de dîner. On était bien, j'aimais quand il m'invitait dans un restaurant un peu vide, le soir tard ou au milieu de l'après-midi. Puis on rentrait. Ça aurait pu reprendre exactement comme avant. On en avait envie. Il disait : j'aimerais bien.

On reparlait des nems du début, de la Fnac des Ternes, de Nice... le magasin de la Chinoise avait fermé...

On marchait dans une rue près de chez moi. Côte à côte. Une fille nous dépassait, elle marchait devant nous, à quelques pas, c'était bientôt l'été, elle était en jupe, en T-shirt, c'était une Noire, avec des fesses rondes, fermes, qui se balançaient sous sa jupe en coton clair. Il les regardait, il me faisait :

– Humm.

– T'aimes bien ?

– Oh non ça va le cul des Noires tout ça j'ai vu je connais.

Jocelyn passait de temps en temps. Un jour il me parlait de ses amours. Il n'avait pas l'habitude de caresser les femmes. Il leur donnait « des rounds ».

– Je lui ai donné un round.

Ou :

– Elle a goûté un gâteau qu'elle aurait pas dû goûter.

Il avait fait dix ans de prison parce qu'il était violent, si on l'agressait, si on lui « parlait mal » il ne se contrôlait pas. Il ne pouvait plus s'arrêter « c'est ça qu'est chiant ». Il n'avait jamais volé ni dealé, mais il pouvait envoyer quelqu'un à l'hôpital avec plusieurs jours d'arrêt de travail, il ne supportait pas les insultes, « nique ta mère » « fils de pute » il prenait les mots au pied de la lettre. Il aimait protéger, faire peur, remettre de l'ordre. Pour que les enfants se sentent en sécurité et que les commerçants puissent travailler. Dans une station-service, un de ses copains qui se faisait insulter par des Arabes lui avait mis une arme dans les mains, il ne s'en était pas servi mais ça lui avait coûté cher en nombre d'années, même si l'arme était restée pointée vers le bas, elle ne visait que le sol. Il faisait de l'humour avec la procureur pendant qu'il était jugé.

– Monsieur Renne vous voulez vous faire justice vous-même ?

– Vous savez madame le juge, moi mon père il m'a toujours dit de jamais attaquer en premier mais si on t'attaque il me disait contre-attaque, je vais pas me laisser tuer, sinon je serais déjà mort madame le juge, et même plusieurs fois, si on m'attaque je sais pas si vous connaissez *L'Empire contre-attaque*…

– Vous faites de l'humour monsieur Renne ?…

– Je vous réponds madame la procureur, je vous dis comment ça se passe c'est tout, si vous me posez la question…

Il avait travaillé dans un supermarché. En quelques semaines les chiffres de vol chutaient, le chiffre d'affaire augmentait. Il faisait la sécurité, rassurait le gérant, dissuadait les voleurs. Il en était fier. Il rapportait des bonbons aux enfants, et des produits sur le point d'être périmés. Il y avait rencontré une femme, une belle femme. Il avait pris un appartement avec elle, elle avait déjà des enfants. Il me parlait un peu d'elle, elle lui demandait d'être plus doux, plus câlin. Il faisait des efforts. Il la caressait, il promenait sa main sur son corps. Mais il se voyait faire, il avait envie de rire. En baladant sa main sur ce corps il se moquait de lui-même. Il ne riait pas tout haut, mais il ne pouvait pas s'empêcher en voyant sa main flatter la cuisse, le ventre, le dos de la fille, comme s'il flattait un chien, une brave bête, d'avoir envie de rigoler. Intérieurement. Il me disait « je te jure, je pouvais pas, ça me faisait trop rire. Il aurait fallu qu'elle soit patiente, je pouvais pas changer du jour au lendemain. Il faut du temps ». Il n'était pas contre. Mais il aurait fallu plus longtemps. Tout petit chez lui il avait vu son père manier des mitraillettes, ça lui arrachait un sourire, malgré lui ses yeux brillaient. Son père n'était pas resté longtemps vivre avec eux, il ne savait pas s'il était toujours vivant. Il avait eu une petite fille avec cette femme, qu'il n'avait pas le droit de voir, il me montrait la photo, elle lui ressemblait, il l'appelait la photocopie. Serge, le psychanalyste spécialiste de l'Afrique, me donnait pour lui le téléphone d'une association qui essayait de résoudre les problèmes des pères qui ne voyaient pas leurs enfants. Régulièrement Jocelyn téléphonait à une fille de Marseille qu'il n'avait pas encore rencontrée, il ne savait pas ce que ça lui faisait mais il sentait son cœur qui battait quand le numéro s'affichait. Il attendait son arrivée, disait qu'il avait des sentiments pour elle, que quel que soit son physique il l'accepterait.

Bruno avait des frères et sœurs, son père avait quitté la maison, parmi ses frères et sœurs il était le seul à avoir eu un père blanc. Il avait une sœur adoptive indienne, avec qui il avait fait l'amour à dix-neuf ans, ç'avait été sa première femme. Quand il me disait « chez nous on fait pas ça » à propos de mon père, je lui faisais remarquer que lui aussi c'était de l'inceste avec sa sœur.

– T'occupe pas de ça. Elle en avait envie j'en avais envie, un point c'est tout.

On changeait de sujet. Il était incapable de s'asseoir à une table, il n'aimait pas aller au restaurant, encore moins dans les cafés, « les cafés c'est pas ma culture », sa culture c'était partager pas offrir, et ne jamais manger un sandwich sans en proposer la moitié. Au début il m'avait dit « je ne sais pas vivre », « tu m'apprendras ? ». Ça voulait dire « je ne sais pas partir à deux en vacances », « je ne sais pas être avec quelqu'un », « j'en ai marre de me laisse aller ».

Quand Marc embrassait mon cou en sortant du restaurant, deux jours avant son départ en Corse pour un mois, on passait devant le banc où Bruno s'était fait apostropher par un clochard, un soir qu'on rentrait chez moi. Le clochard lui disait « – Arrête de faire ta star. – Quoi ? Je t'ai dit bonjour. » Un peu plus haut, il y avait un autre banc, on y était restés assis une demi-heure un soir d'hiver Bruno et moi. J'avais rendez-vous avec lui, il était injoignable à l'heure prévue. Je finissais par donner rendez-vous à une amie, après avoir essayé d'appeler Bruno plusieurs fois. Elle me conseillait de retourner chez moi mettre un mot, « je suis au restaurant, au Carré », au cas où il viendrait. On commandait nos plats. Je courais mettre un post-it sur la porte. Au moment où je redescendais la rue, Bruno la montait, il arrivait sur son scooter. Avec son casque, ses locks qui sortaient de chaque côté, et son imperméable orange à bandes jaunes fluorescentes, comme celui des types qui font les travaux.

– Tu vas où ? Tu t'en vas ?

– Je vais au Carré.

– T'as rendez-vous avec qui ? Avec un mec ? Tu t'en vas parce que tu savais que j'allais venir ?

– Non. Mais tu devais m'appeler plus tôt. Je peux pas t'attendre comme ça tout le temps sans savoir si tu vas venir ou si tu vas pas venir.

– Ben je suis là. Mais il y avait foot. Tu vas où ?

– J'ai rendez-vous au Carré avec une copine.

– C'est qui ?

– Sylvie.

– C'est laquelle ?

– C'est la psychanalyste. Celle que tu as vue à la fête, la rousse.

– Vas la chercher et dis-lui de venir.

– Non on a commandé. Viens, toi.

– Non moi je vais pas là-bas. Je rentre pas dans ce café. Les cafés c'est pas ma culture.

– Écoute Bruno, fais un effort, viens pour une fois.

– Non j'y vais pas. Dis-lui à elle de venir.

– Je peux pas je te dis, on a commandé. Elle m'attend. Les plats vont arriver.

– Va leur demander qu'ils te les mettent dans un truc en plastique pour les emporter, et puis vous les mangerez chez toi.

– Écoute Bruno, arrête, non. Je vais pas faire ça.

– Pourquoi pas ?

– Parce que c'est trop compliqué.

– C'est toi qui es trop compliquée.

– Écoute Bruno viens dans ce café. C'est quand même plus simple. Arrête tes caprices.

– Non je veux pas entrer là. Je t'attends sur le banc. Vas-y. Je t'attends.

– Pendant que je mange ? Mais je vais pas manger en dix minutes. Je vais expédier mon plat comme ça ?

– Dans ce cas je m'en vais, c'est pas grave, on se voit demain.

– Bon d'accord je vais leur demander qu'ils mettent les plats dans un sac en plastique. T'es chiant je te jure.

– Je t'attends.

– Tu m'attends hein t'es sûr ? Tu t'en vas pas ?

– Je t'attends.

Il s'asseyait sur le banc, mettait son walkman sur ses oreilles, je courais sur le trottoir. J'entrais dans le restaurant. J'expliquais à Sylvie. Elle demandait à la serveuse si on pouvait stopper les plats. Je m'apprêtais à sortir pour rejoindre Bruno sur le banc pendant qu'elle payait la bouteille d'eau. À ce moment-là une femme brune, que Sylvie m'avait fait remarquer tout à l'heure parce qu'elle écartait les cuisses sous sa robe, se levait et se précipitait vers moi, elle me suivait dehors.

– C'est mon mari que vous avez dragué dans le métro. C'est le monsieur qu'est dans le restaurant avec moi.

– J'ai pas dragué votre mari. Arrêtez.

– Je voulais vous parler, vous savez je vous ai écrit, je ne sais pas si vous avez reçu ma lettre.

C'était une brune aux cheveux bouclés, ronde, très en chair.

– Écoutez, j'ai pas dragué votre mari dans le métro, d'accord ? Vous arrêtez tout.

– Non non d'accord, je veux bien. Vous savez, vous lui avez touché le bras. C'était mon mari, c'était à Villiers.

– Oui c'est ça : je lui ai touché le bras. J'ai pas le temps de parler.

– Admettons. Est-ce qu'on pourrait se voir toutes les deux ?

– J'ai pas le temps là, je suis pressée, il y a quelqu'un qui m'attend là sur le banc. Il faut que je me dépêche, je suis pressée.

– Mais quand est-ce qu'on pourrait se voir toutes les deux pour discuter ?

– Je suis pressée je vous dis, je ne veux pas discuter avec vous, j'ai autre chose à faire, on m'attend dehors, il faut que je parte.

Je partais vers le banc en courant. Je rejoignais Bruno, il avait toujours le walkman sur les oreilles. La fille me suivait, elle venait elle aussi jusqu'au banc. Elle insistait. Je m'asseyais contre Bruno. Elle était poisseuse, elle avait un sourire sexuel. Elle me touchait l'épaule. Je tremblais. Bruno se levait. On était tous les trois près du banc. Sylvie sortait du restaurant.

– On attend ta copine et on s'en va. (Il ajoutait tout bas à mon oreille :) Mais il faut pas qu'elle voie où tu vas sinon elle va te suivre.

Tout d'un coup je trouvais le ton, je parlais à la femme comme si elle avait été un chat qui a volé du poisson, je trouvais le ton, la voix, le mépris nécessaire, la morgue, pour qu'elle se détache. Ça marchait, elle faisait demi-tour, la queue entre les jambes. Je lui faisais des petits signes de la main, je lui faisais :

– Au revoir, au revoir. Au-re-voir, au-re-voir... Au... re... voir...

Je m'éloignais à reculons, en agitant la main dans sa direction, au-re-voir, comme à un élève envoyé au coin, puis je me retournais et je partais avec Bruno, dans l'autre sens. Sylvie remontait la rue avec nous, elle donnait rendez-vous à quelqu'un d'autre pour aller dîner ailleurs. On passait maintenant devant l'autre banc, le clochard disait à Bruno : Arrête de faire ta star.

Il n'aimait pas quand on lui disait ça, il mettait un point d'honneur à toujours dire bonjour. Les gens le connaissaient, tout le monde l'avait vu à la télé, même ceux qui ne connaissaient pas ses chansons, il mettait un point d'honneur à répondre à tous ceux qui lui disaient bonjour dans la rue, au moins par un sourire et souvent « ça va ? », c'était sa manière d'être poli et respectueux. Libre à lui de prendre les rues de préférence où il n'y avait personne quand il avait le choix. Il n'aimait pas être assis dans les cafés, mais il aimait se promener, marcher dans les rues, ça, oui, c'était sa culture, dans la rue il savait se comporter. Il détestait qu'on le reprenne sur la façon de se comporter dans la rue.

– Arrête, je t'ai dit bonjour. T'as pas entendu, je t'ai dit « bonjour, ça va ? ».

Sylvie prenait sa voiture. On passait la soirée chez moi. Il regrettait qu'elle soit partie, je me trompais de penser qu'il voulait toujours être seul avec moi. Ma culture à moi c'était de penser que les gens préféraient être à deux. Bruno me demandait comment j'avais fait avec la fille pour trouver ce ton du au revoir.

Dans le métro quelques jours avant j'avais vu un homme qui lisait mon livre, il ne le lâchait pas, il était à la fin, son regard était fixé sur les pages. Mon cœur battait, j'avais envie de lui dire quelque chose. C'était un homme brun, chétif, avec un air triste. Il y avait plein de monde dans le métro. Je descendais à Villiers. Juste avant l'ouverture des portes, je posais ma main sur son bras, il levait la tête, je lui souriais, il souriait aussi, c'était tout, je sortais de la rame comblée.

Dans la semaine qui suivait, je recevais au courrier une enveloppe rouge, avec « personnelle » écrit dessus en lettres d'imprimerie.

« Madame,

C'est de mon mari, alors qu'il vous lisait, que vous avez touché l'épaule hier dans le métro, vers "Villiers" je crois. C'est moi qui lui ai offert votre dernier livre dans une superbe besace Lancel. Je lui ai parfois dit que vous et lui vous ressembliez physiquement. Qu'en pensez-vous ? Je serais heureuse, qu'en pensez-vous, de vous rencontrer, seule, dans un lieu public. J'ai la chance de ne pas vous avoir encore lue, bien que j'en aie le désir. Par ce carton, dans cette attente…

Martine Lapp »

Je retrouvais un mot griffonné, qui datait de Nice. On s'était arrêtés à la brasserie du cours Jean-Jaurès. Il était quatre heures. On était seuls. C'était un endroit que je connaissais bien, on y allait avec Claude quand on vivait à Nice. Là j'étais à côté de Bruno, on était bien, je décidais de lui écrire, j'étais à côté de lui, et de lui faire lire tout de suite.

« J'ai aimé voir *Catch a fire* avec toi. J'aime être avec toi, dans la maison, le matin, j'aime ta manière de te lever, de traîner, de commencer la journée, de sortir. Tu m'emmènes en douceur, ce n'est jamais forcé, et toujours dans le rythme. J'aime la phrase "ne laisse jamais personne dire que tu es différent de moi". Tu es patient quand je ne comprends pas ce que tu veux dire, je te remercie pour ça. Tu m'emmènes là où personne ne sait que je suis, alors que j'y suis depuis toujours. Merci. C'est comme si tu les empêchais de dire que je suis différente de toi.

Rien n'équivaudra jamais pour moi à tes yeux qui ressemblent à ceux de ma photo de petite fille.

J'entends des choses très brutales concernant nous ensemble, le gag. Je ne peux pas m'empêcher de craindre que parfois pour toi ce soit ça aussi.

Wailer, c'est un gémissement, *like a moan feeling*. Mais qui ne fait pas mal. Je ressens ça avec toi. C'est-à-dire que je n'oublie rien, tout ce qu'il y a eu avant. Je n'oublie pas tout ce qu'il y a en dehors de toi. (C'est pour ça que j'ai pleuré plusieurs fois après avoir fait l'amour, parce que je me souviens du reste.) Moi aussi, avant, j'ai été "séduite" par des gens qui l'avaient plus ou moins "préparé". Comme toi je me suis fait prendre, comme toi j'ai été déçue de voir qu'ils mentaient sans s'en rendre compte. Ça vient de là la peur que tu me mentes.

Ils mentent tellement qu'ils ne savent même pas que la vérité existe. Tu es le premier que je rencontre et qui sait qu'elle existe.

Je t'aime (moins que toi, puisque tu veux toujours aimer plus).

Je t'embrasse.

Je vais écrire tout ce que je pourrais te… »

C'était sur un bout de papier froissé.

Colette m'appelait, il était quatre heures. Son fils de trente-cinq ans était mort le matin. Presque l'âge de Bruno. Après avoir raccroché, je n'avais qu'une idée en tête : joindre Bruno. Je lui laissais des messages désespérés, j'appelais Luigi. Bruno enregistrait en studio. Après plusieurs messages affolés, en pleurs, comme s'il était mort, il m'appelait. Il me prenait de haut, pour me remettre dans la réalité. Au lieu de me consoler il m'engueulait.

On était sur le canapé dans le noir. J'entendais le bruit d'un briquet qu'on déclenche. J'étais nue au-dessus de lui qui était allongé sur le dos, j'étais à quatre pattes dans l'autre sens, je ne le voyais pas. En entendant le bruit de la flamme, je pensais qu'il voulait brûler mes poils. J'avais peur. Je sautais par-dessus le canapé en criant. Je m'éjectais, je me retrouvais debout sur le parquet. Je m'étais fait épiler dans l'après-midi, il trouvait peut-être que ce n'était pas assez, c'était peut-être pour me punir de ne pas avoir fait une épilation intégrale. Je sanglotais, debout, nue.

– Mais t'es folle. Qu'est-ce que tu fais ?… T'es folle ?

Il se levait, il était face à moi.

L'épilation intégrale brûlait le clitoris quand on arrachait la cire, je ne pouvais plus parler, je n'arrivais pas à me raisonner.

– Je voulais te voir. Je voulais m'éclairer avec le briquet.

Il me prenait par les épaules pour me rasseoir sur le canapé. Je me débattais. Je m'échappais dans le couloir.

J'allais prendre un verre d'eau dans la cuisine, je revenais dans le salon, je restais dix minutes avec lui. Puis j'allais me coucher dans mon lit, sagement, et seule, il regardait un film dans le noir, *M le Maudit*. Je tremblais encore un peu. J'aurais presque fermé la porte de ma chambre à clef.

Sur le canapé, quand j'avais senti qu'il essayait d'attraper quelque chose par terre, je lui avais demandé ce qu'il faisait. S'il m'avait dit, au lieu de « rien rien », « j'attrape le briquet, je veux te voir », je n'aurais pas eu peur. Mais il ne me disait jamais ce qu'il faisait. Si on lui posait une question il reculait le moment de répondre, de dire la vérité, jusqu'à la dernière limite, tant qu'il pouvait inventer ou laisser du silence il le faisait. Tant qu'il pouvait laisser supposer il prenait le risque d'une interprétation déformée. Il aimait les énigmes, surprendre, voir ce que produisaient ses expériences sur l'esprit des gens. Il tentait, il n'aimait pas répondre normalement. Le lendemain matin l'écran était éteint, la télécommande abandonnée sur le canapé, il était parti dans la nuit. Il n'aimait pas rester seul dans une pièce trop longtemps, il n'aimait pas quand j'allais dormir. Il aimait la nuit, mais la partager, en faire quelque chose. Se promener, lire, regarder la télé, agir, faire de la musique, s'endormir quand il n'y avait plus d'énergie, d'épuisement. Mais pas pour préparer le lendemain, pas pour être en forme après.

Il était grand, fort, large, il prenait de la place. Je pensais tout le temps à lui depuis qu'on se connaissait, comme si toutes les forces de mon crâne avaient basculé sous son poids, qu'on faisait un seul corps, certaines positions renforçaient l'impression, je ne l'éprouvais pas seulement quand on faisait l'amour, pour moi la séparation était inconcevable. Autour de moi les gens continuaient de penser que ça ne durerait pas, Fabrice qui n'aurait pas parié un kopeck sur cette histoire, et maintenant Mathilde qui venait de me dire que les contraires s'attiraient mais que ça ne durerait pas. Alors que je ne lui demandais pas. Je connaissais Bruno depuis un an. On était dans un café, on parlait de son travail, elle avait un spectacle le soir même, que je devais aller voir, et tout à coup, alors que je ne lui en parlais pas :

– Ça va avec Bruno ?

– Oui.

– Tu fais des projets avec lui ? Tu penses que tu vas rester avec lui ?

– Si j'ai le courage oui.

– Moi je crois pas.

– Tu crois pas que j'aurai le courage ?

– Non, je crois pas que tu vas rester avec lui. Vous vous êtes rencontrés parce que les contraires s'attirent, mais vous êtes trop différents, vous ne resterez pas ensemble. Les différences ça attire mais ce n'est pas durable.

Le soir je restais chez moi plutôt que d'aller voir son spectacle, qui ne pouvait pas être bien, vu ses raisonnements. Je n'avais pas réussi à lui dire : c'est de mon amour que t'es en train de parler là.

Il arrivait à la maison avec Charly un dimanche après-midi sans prévenir, Charly allait sur le balcon, on s'enfermait dans la chambre, on parlait, on avait fait l'amour, ça prenait un certain temps, puis on rejoignait Charly sur le balcon. J'avais laissé un message en début d'après-midi sur le portable de Bruno lui disant à quel point il me manquait, et que je me sentais seule. À la fin du message il y avait un ou deux sanglots. En l'écoutant Bruno avait dit à Charly : viens on passe voir Christine.

Nos modes de vie étaient différents, on n'arrivait jamais à se retrouver. On n'y arrivait pas. Il n'y avait pas eu de rupture réelle, mais un éloignement de fait. Lui il considérait qu'on était ensemble. Moi aussi encore un peu. On avait fait l'amour huit jours plus tôt encore. Ç'avait été mieux que les fois d'avant où je l'avais trouvé brutal, rapide. Là on était restés plusieurs heures après à parler tous les deux dans la nuit. J'aurais voulu qu'on se voie beaucoup plus, j'étais toujours en manque. J'aurais voulu qu'il me donne plus.

– Je ne peux pas.

Ça signifiait : ce n'est pas possible, c'est le maximum, je ne peux pas plus.

Il avait l'impression que je ressassais depuis dix mois la même chose, le fait de savoir s'il m'aimait. Il disait que ça l'étouffait. Il ajoutait :

– En nous voyant je voudrais que les autres voient l'éternité.

Dans le lit à ce moment-là, on était côte à côte, nos deux têtes posées l'une contre l'autre, on ne se regardait pas. Les regards partaient sur deux axes qui s'évasaient à partir du même point, comme si le cou était commun, le menton, la joue, mais le regard, en dehors, personnel. Le reste de la semaine on s'était ratés, et on ne s'était pas revus depuis. On s'était parlé au téléphone. Il était spontané, impulsif, dans l'instant, moi j'avais besoin de m'organiser. Il y avait toujours un détail d'emploi du temps qui n'allait pas, ou la communication, la batterie coupée, le manque d'unités.

– Mais si ça va.

Moi je ne trouvais pas, je continuais de me sentir seule. Quand je devais aller quelque part, j'y allais seule, il n'aimait pas sortir avec les gens que je connaissais. Les rares fois où il était venu ça s'était mal terminé. Il s'y sentait mal. Il passait toujours le disque avec le refrain en boucle qui répétait *I don't want to be hurt, be hurt, be hurt, I don't want to be hurt, by any of those friends*. Assis sur le bras de mon fauteuil, avec une dizaine de personnes tout autour, il passait ce morceau en me caressant le dos d'un air lointain, ne pensant, d'après lui, qu'à la musique. Et d'après les autres, qu'à moi. Une amie m'avait dit « qu'est-ce qu'il est sensuel », un ami « il est d'une poésie… », un autre « il est hors catégorie » et un autre « on voit qu'il plane ». Alors qu'il ne planait pas, il entendait tout et jugeait.

J'avais fait ce rêve : J'étais avec un homme, on faisait l'amour. Je lui demandais de me laisser tendre le bras vers mon carnet, pour noter ce qu'on était en train de faire. Ça le gênait. Je le trouvais ridicule, moi il fallait que je le fasse.

J'en avais fait un autre, ça faisait plusieurs fois, je rêvais d'un homme qui m'embrassait longuement et qui était tendre, avec qui j'étais bien, cet homme n'était pas Bruno, il était de mon âge ou plus âgé, il était blanc. Il me caressait. Dans le rêve je savais, et c'était ça qui me faisait souffrir, que cet homme n'était pas Bruno. Je n'avais pas encore rencontré Marc. Je notais le rêve dans le carnet près de mon lit, plus tard je le lisais à Bruno.

– Pourquoi tu dis que c'est pas moi, parce qu'il était blanc ?

Je ne l'avais pas vu depuis plusieurs semaines. On avait rendez-vous devant l'église. Je me demandais s'il y serait jusqu'au dernier moment, il arrivait, c'était le printemps, il faisait beau, j'avais un jean, une chemise noire et un blouson en daim léger, il arrivait au loin, avec son jean bleu clair et un T-shirt rayé bleu ciel, blanc et bleu marine, les cheveux libres sous son casque. Il faisait chaud.

– Viens on va se balader.

Je ne savais pas où on allait.

– On se balade.

– Où on va ?

– On se balade. On se promène.

On roulait longtemps, on longeait les quais de la Seine.

– Où on va ?

– Chez un copain. Y en a pas pour longtemps. Après on fait ce que tu veux.

Je me serrais contre lui. Je touchais sa peau. On arrivait dans un quartier d'immeubles, dans le douzième, des années soixante ou soixante-dix, un hall avec des portes en verre fumé, un ascenseur à portes coulissantes en métal gris. Il ne savait plus l'étage. On montait. Il frappait à une porte. Charly ouvrait, il avait mal à la tête, il nous disait d'entrer. Une femme brune, blanche, grande, sortait de la cuisine, elle avait l'air énervée, elle venait de passer la serpillère :

– J'aurais voulu vous recevoir avec du caviar et du champagne mais ce n'est pas possible, c'est pas le jour.

Bruno éclatait de rire : ah la gauche caviar, tu vois !…

Dans son rire il entraînait Charly, qui se plaignait de sa migraine et se tenait la tête à moitié allongé sur le divan. Elle me disait de m'asseoir où je pouvais. Je poussais du linge à repasser, je m'asseyais sur un fauteuil dont le dos était collé à un canapé. Le balcon donnait sur une cour avec d'autres immeubles. L'appartement me rappelait mon enfance, le quartier aussi. Le balcon, la hauteur des plafonds, les cloisons dans la pièce, le plan des chambres, la soi-disant porte de séparation entre le jour et la nuit. Des petits enfants n'arrêtaient pas de débouler, tous plus beaux les uns que les autres. On m'annonçait leurs prénoms au fur et à mesure, en me disant de l'une qu'elle aimait beaucoup les livres. Ils étaient beaux, ils ne se disputaient pas, ils ne faisaient que rire. Le plus petit allait dîner. Verre d'eau, tranche de pain, assiette, table face au mur. Manque de place. Horizon. Pas d'importance. Charly sur un canapé, mal à la tête. Bruno :

– Mais non t'as pas mal. C'est rien.

– Si, j'ai eu mal toute la journée.

– Mais non t'as pas eu mal.

La femme en avait marre, elle me tendait un verre d'eau. Faire bonne figure n'était pas son problème. L'exaspération. Charly sur le canapé, mal à la tête. Elle, la propreté, la tranche de pain, l'organisation, en avoir marre. Se disputer, se faire la gueule, mais les enfants radieux. Je n'imaginais pas Charly avec une femme comme ça avant, je savais qu'il avait une copine ailleurs, dans un autre quartier, pas loin de chez moi, Bruno l'appelait « la fille sexy ». Avec la grande brune du douzième, j'imaginais bien l'espoir qu'il avait dû y avoir entre eux, apparemment déçu. Elle n'était pas tellement différente de moi. J'aurais pu être elle, elle aurait pu être une copine de fac que je retrouvais des années après. Elle n'avait pas l'air, elle, de penser qu'elle aurait pu être moi, la gauche caviar dans mon fauteuil, je n'avais rien à dire, je ne disais rien. Mais je ne me sentais pas mal. Je savais que je n'étais pas la gauche caviar, je connaissais depuis longtemps ces balcons, ces canapés, ces fauteuils, ces cloisons, et ces fausses séparations jour nuit. J'étais presque née dedans. Je savais que ça n'empêchait pas de s'installer avec fougue quelque part, et de se mettre à croire à un nid douillet.

Puis on repartait. Charly nous accompagnait en bas. Conciliabule entre eux près du scooter, je n'approchais pas. Charly, le mal de tête, la plainte. On repartait. On allait chez moi. Je ne me souviens plus après.

On m'avait commandé un texte sur le *je*. Je lisais le début à Bruno, il me téléphonait plus tard.

– Prends un papier. Note : W, O. Plus loin E, S. Plus loin W, A, R. Plus loin S, O, deux L, plus loin I, C, H, plus loin W, E, R, D, E, N. T'as noté ?

– Oui. Wo es war soll ich werden.

– Voilà.

– Qu'est-ce que c'est ?

– Ce que t'as dit. Wo es war soll ich werden. Comme tu le dis, redis-le.

– Wo es war soll ich werden.

– Tu le dis bien. J'aime bien comme tu le dis.

– Oui mais dis-moi ce que c'est.

– C'est une phrase.

– C'est une phrase de qui ?

– C'est une phrase de moi que je te dis à toi.

– Mais pourquoi ?

– Tu m'as pas dit que tu devais faire un truc sur le *je* bientôt ?

– Si.

– Ben voilà.

Je cherchais le soir sur Internet, c'était une phrase de Freud, traduite par Lacan, commentée sur des dizaines de pages. Où *c'*était *je* dois advenir. Où *Ce* était, *Je* doit advenir. Plusieurs traductions existaient. Bruno, avec son bac G et sa réputation d'imbécile, au milieu de toutes les phrases possibles, me donnait celle-là, *Wo es war soll ich werden*. Depuis *Je est un autre* il avait raison, bien sûr c'était la phrase à explorer. Je lui demandais comment il l'avait trouvée.

– Ah ! je suis fort hein.

Marc commençait à m'intéresser juste avant l'été. Pour empêcher une dérive, au début j'essayais de retrouver Bruno.

– J'aimerais bien qu'on retrouve le tout début quand tu me faisais écouter de la musique debout à côté de la chaîne, tu te souviens, pourquoi on ne le fait plus ?

– Moi aussi, j'aimerais bien.

Est-ce que ça voulait dire « j'aimerais bien on va s'y employer » ou « j'aimerais bien mais ce n'est plus possible, c'est parti… on ne retrouvera plus ça, c'est derrière ». Comme s'il m'avait parlé des premiers pas d'un enfant, d'une première époque enfuie, merveilleuse. Qui appartenait désormais au passé.

– Qu'est-ce que tu veux dire ? Tu dis ça dans quel sens ? Je ne comprends pas.

– Mais si tu comprends très bien.

Au téléphone, ça durait des heures, j'étais épuisée, je ne pouvais pas raccrocher, j'aurais eu l'impression de lui couper les vivres, j'avais l'impression qu'il me tenait en laisse dès que les phrases faiblissaient. Les phrases, le souffle, et tous nos petits mots de passe.

– Attends.

Il me mettait un morceau dans l'oreille, de la musique au téléphone ça grésillait, il fallait que je dise ce que j'en pense. Si j'avais un rendez-vous il me retenait encore plus. Il prolongeait jusqu'à la dernière limite sans que j'ose rien dire, puis me lâchait d'une manière brutale « va à ton rendez-vous tu vas être en retard » et il raccrochait sans dire au revoir. Il éteignait son portable. Au moment où j'étais centrée sur lui au maximum. Ça me rappelait une de ses phrases du début :

– Il faut que tu me mettes au centre, les filles aujourd'hui elles ont des mecs juste pour en parler avec leurs copines c'est pas plus important que leur nouveau sac.

Ça repartait, et par instants, des éclats revenaient, des petits détails, que je trouvais merveilleux… Ses demi-tours dans une pièce minuscule, sa façon de marcher et de parler en même temps. La danse de ses pas. L'inclinaison de la tête, les yeux vagues, la voix haute. On était dans la cuisine, c'était le début de l'été, il marchait de long en large, juste avant d'arriver au mur, il faisait un demi-tour serré sur lui-même, j'essayais de l'imiter quand il faisait changer d'axe ses deux pieds en parallèle avant de pivoter. On discutait depuis une heure. Le jour baissait. Il voulait faire l'amour, je ne voulais pas. Je voulais réfléchir avant, je voulais savoir si on restait ensemble, ou s'il valait mieux se quitter. Je ne voulais pas me réattacher physiquement si rien ne pouvait changer. J'avais besoin de plus de stabilité. Même si son demi-tour, en faisant virer ses pieds en parallèle, me faisait rire jusqu'au tréfonds de moi-même. Jusqu'au plus secret. J'étais consciente que je l'aimais, mais vivre comme ça… toujours suivre ses impulsions, ne pas pouvoir prévoir, réserver, être sûre. À la fin j'avais un catalogue de manques. Malgré, entre la porte et la fenêtre, pendant qu'on parlait, ses deux grands pieds qui le faisaient tourner comme une toupie, ou comme le tramway de San Francisco qui à son terminus, avec l'aide d'un grand baraqué qui le pousse avec son dos, souvent un Noir, tourne à 180° sur lui-même, attirant les touristes autant que le pont suspendu de Sausalito. Il me prenait, arrêtait son aller et retour, me mettait dos à la fenêtre, essayait de baisser mon pantalon pour introduire sa queue, en m'immobilisant contre le mur et la fenêtre. Ou alors j'étais à mon bureau, il la sortait et la mettait devant ma bouche.

– Bruno non, non, je te dis. Pas maintenant. Pas comme ça.

– Si.

– Non Bruno, je ne veux pas. Pas comme ça.

– Allez, juste un petit peu.

– Non Bruno je veux qu'on réfléchisse, je veux qu'on sache ce qu'on fait.

– Prends un papier, écris ça : « Donner à une personne la solution à un problème la laisse dans son ignorance. » Maintenant écris ça : « La vie n'est pas un jeu. »

– Pourquoi est-ce que tu veux que je note ça ? Tu me l'as déjà dit.

– Tu notes ça et tu réfléchis. Et quand t'auras réfléchi, tu me rappelles.

Je restais en ligne, j'insistais pour qu'il m'explique : il m'apportait l'amour, et je restais dans mon ignorance, je ne voyais pas que mon problème était résolu, je m'enfermais dans des détails d'emplois du temps, de délais et de lieux pour vivre. Il disait que je l'étouffais, je doutais trop, je ne tenais pas compte de ses sentiments, je demandais trop de preuves, d'assurances, je jouais, je faisais semblant de douter, son sentiment restait bloqué comme s'il ne l'avait pas exprimé, comme s'il n'avait servi à rien. « Tu me fais mal. » « Tu m'étouffes. »

On se retrouvait place du Trocadéro dans un café-restaurant. On restait assis deux heures sur la banquette en osier, avec chacun un écouteur dans l'oreille, on écoutait des chansons et des maquettes en cours. La serveuse venait prendre la commande :

– Un whisky s'il vous plaît.

– À midi ?

– Non. Pardon. Un double whisky.

Les gens lui parlaient comme à un enfant. Elle me regardait puis revenait avec son plateau le visage vexé. Il signait des autographes, on était collés par l'épaule. Après, ç'avait été une balade dans les rues de plusieurs heures, avec des arrêts sur des bancs. Je lui racontais la prédiction de Mathilde deux jours plus tôt au café Beaubourg, qu'on était attirés par nos différences mais que ça n'allait pas durer, que les contraires s'attiraient mais que pour rester ensemble il fallait plus de points communs.

– Qu'est-ce que tu lui as répondu ?

– Rien.

– Rien ? T'as rien dit ?

– Non, qu'est-ce que tu voulais que je réponde ?

– C'est de mon amour que tu parles. C'est tout. T'avais que ça à dire, je te l'ai déjà dit.

– J'ai rien dit mais je suis pas allée à son spectacle le soir.

– Je vois pas le rapport. Et sinon t'as voté pour qui dimanche ?

– J'ai voté Royal.

Il avalait sa salive en silence. J'aurais voulu voter comme lui, j'avais honte, je me mettais à sangloter sur le banc de l'avenue Foch où on était assis. Des petites filles passaient en trottinette, avec des petits carrés courts et des robes en flanelle grise.

– Je ne pouvais pas trahir mon groupe.

– Ton quoi ? Ton groupe ?

– Non c'est pas le bon mot. C'est pas mon groupe.

– C'est le mot que t'as dit. T'as vu les petites filles qui passaient ben c'est ça Ségolène Royal elle est de ce groupe-là, toi aussi alors. C'est ça ton groupe.

– Non ce n'est pas mon groupe, c'est toi mon groupe.

– Non moi je suis pas ton groupe.

– Si, t'es mon groupe. Je t'aime. Tu veux que je te jure de voter Sarkozy pour le deuxième tour ? Je n'ai pas pu dimanche, mais dimanche prochain si tu veux je le ferai, tout ce que j'ai pu faire, c'est ne dire à personne que je votais Royal, mais je n'ai pas pu faire autrement une fois dans l'isoloir.

– Donc tu vois que tu es dans ton groupe, comme tu dis. C'est toi qui l'as dit.

– Non je ne suis pas dans ce groupe Bruno tu le sais.

– En tout cas il est pas bon pour toi ton groupe, regarde dans quel état ça te met.

J'étais en larmes, sur le banc.

– C'est parce que j'ai vu ta déception, quand je t'ai dit que j'avais voté Royal. J'ai vu que je t'avais déçu.

Son visage s'était éteint. Comme si je venais d'avouer que mon amour avait des limites. Ce n'était pas comme l'amour de Beth, dans *Breaking the waves*. On se promenait, de nouveau on était bien, le moment de se séparer n'en finissait plus. La balade se prolongeait au gré des rues et des tournants. On était près de chez lui, assis dans un jardin. Impossible de partir. Ces heures étaient magiques. C'était le mot. Il y avait eu le petit problème à propos des élections, sinon tout avait été merveilleux. Le déjeuner, la musique, les bancs, les discussions, être ensemble. Je me sentais bien avec lui. La fois où il s'était appuyé contre un arbre en me regardant partir, aussi, à moitié caché. Dans le taxi j'avais tapé un texto « pense à moi ». Je n'avais pas encore rencontré Marc, c'était deux mois avant.

Le dimanche suivant, le premier mai, on décidait de se promener encore, il faisait beau. Pendant le déjeuner je lui demandais comment il était avant, quand il était petit, ou adolescent, quel petit garçon il était. On retrouvait notre magie, elle marchait vraiment. On avait le walkman, les écouteurs, on était collés sur la même banquette. Et on ne ratait rien non plus du spectacle sous nos yeux. Il était comme moi, il regardait autour.

– J'essayais de croire à quelque chose de plus fort que chacun de ces milieux. C'est en étant en retrait de tous les cercles que j'essayais. La vie que je voyais autour de moi, j'avais pas envie de la vivre. Ni celle du serveur qu'est là, ni celle du monsieur avec la fille, la seule que j'avais envie de vivre, la tienne, si je te vois écrire. Toutes les autres, je peux pas, le pompiste, le papa, la maman, le bébé dans son berceau, le camionneur… Comme il me suffit de voir pour savoir, je vais pas perdre mon temps dans tout ce qui m'est proposé. Je vois tout de suite si c'est bon pour moi ou non.

Je lui demandais ce qui avait changé dans sa vie depuis qu'il m'avait rencontrée si quelque chose avait changé.

– J'ai plus à faire aux femmes habituelles, aux jeux habituels. Là j'entre dans (…) et j'aime ça.

– Dans quoi ?

Je n'avais pas entendu, je ne savais pas ce qu'il avait dit. Il ne répétait pas. Quand je disais que je n'avais pas entendu, il estimait que j'avais très bien entendu, et quand je disais que je n'avais pas compris que j'avais très bien compris.

Je crois qu'il avait dit « j'entre dans un truc complexe ».

On parlait, après avoir écouté des maquettes avec chacun un écouteur dans l'oreille, comme la dernière fois. On commandait, on observait un peu nos voisins à la table de gauche, une jeune femme et un vieil homme qui la draguait.

La fille avait entre 25 et 30 ans, l'homme entre 75 et 80. Il parlait bien. Il avait une petite moustache fine, sa peau était très tachée, rouge, violette, jaune. Les poches sous les yeux très marquées, les mains très maigres. Il portait une alliance. Il était grand, mince, élégant. Mais antipathique. La fille avait les cheveux longs, brune, un visage mat, ses traits, son nez, sa bouche, n'étaient pas fins, mais ils avaient beaucoup de charme, un charme naturel. Elle avait une peau de pêche. Elle ne faisait pas pute. À part peut-être son T-shirt noir moulant, pas décolleté mais très moulant, le pantalon moulant aussi était noir, l'ensemble de l'allure était sobre s'il n'y avait pas eu le string en dentelle qui dépassait, et la conversation, la situation.

En entrée elle prenait des crevettes, lui des asperges. Il lui en faisait goûter. Elle en prenait une qu'elle trempait dans sa crème. C'était un premier rendez-vous. Ils se vouvoyaient. Vers la fin, après le dessert, la table débarrassée des assiettes, et avant le chèque qu'il remplissait pendant qu'elle était aux toilettes, il lui lançait un *tu* ou deux. Il lui prenait les mains, avant, pas en même temps que le tutoiement. Il lançait un ou deux *tu*, échappés, sous-titrés « tu sais bien ce qu'on va faire » « ne crois pas que je vais me fatiguer longtemps, jouer longtemps à te vouvoyer ». Elle exposait sa situation, souriait peu, elle jouait la confidence plus que la séduction, le corps et les vêtements, elle avait certaines difficultés, elle parlait de sa famille, au début il lui demandait si elle avait travaillé tard la veille. Minuit. En plat il prenait des coquilles Saint-Jacques. Puis, fraises des bois pour les deux. Il disait « je pourrais vous aider ». Elle était saine. Pendant qu'elle regardait la carte, son regard à lui s'attardait sur ses seins, moulés par le T-shirt en stretch assez court. Sa manière triste de parler de ses ennuis faisait vraie relation.

C'était la première fois que je voyais des tractations en direct, Bruno me disait « on est en 2007 ». Il avait toujours vu des putes dans son quartier, droguées pour la plupart. Il avait l'habitude des putes, des maquereaux, des flics, des tractations, des gens debout dans la rue, ou allongés par terre.

« La prostitution, les maquereaux et les prostituées m'ont toujours fasciné. Depuis tout jeune, j'ai été habitué à les voir arpenter la rue de long en large. Pour passer le temps, nous les embêtions sur le chemin qui menait au terrain de foot. Leur univers m'a toujours beaucoup intéressé. Une fille arrivait sur le boulevard, et en quelque temps elle se dégradait. Ces filles ne croyaient plus en l'amour. Je regardais leur manège avec les clients. J'ai même eu l'impression que le sexe ne les intéressait pas. »

Suivait un petit scénario qu'il avait écrit, qu'il ne trouvait pas bon mais que moi j'aimais bien. J'aurais voulu écrire comme ça.

Extérieur pont porte de La Chapelle – Jour

Sombre sous le pont excepté à l'extrémité où le jour apparaît. Et une paire d'yeux qui scrutent les voitures.

Ce sont les yeux de Claire, une jeune prostituée d'environ vingt-cinq ans.

Elle tourne la tête et regarde la circulation dans les deux sens avec l'espoir qu'une voiture s'arrête. C'est l'heure de pointe, les voitures affluent sous le pont panoramique, elles passent à vive allure devant elle. Elle est debout sur le trottoir à l'entrée du pont, elle partage son territoire avec quelques clochards. Une voiture l'accoste, un homme au visage énigmatique l'interpelle de sa fenêtre.

Il la klaxonne et lui fait signe avec l'index d'avancer. Elle marche lentement, elle l'allume.

Homme : Eh, viens voir ! *(L'allure nonchalante également.)* Ça va chérie ?

Claire : Très bien. T'es flic peut-être ?

Homme : Non. Pourquoi ? Tu l'es toi ?

Claire : Non. *(Le sourire en coin, sexy et rassurante.)* Tu cherches une rue ?

Homme : C'est combien ?

Claire : T'as combien sur toi ?

Homme : Ça dépend de ce que tu proposes.

Claire : 100 francs la pipe, 200 l'amour. *(Sentant qu'il en veut plus.)* Je fais aussi du sado-maso.

Homme : C'est tout ?

Claire : Comment ça, c'est tout ?

Homme : Je veux te défoncer la pastille. *(Sur un ton sérieux et grave, avec sa voiture qui avance au pas.)* Si je pouvais, je le ferais. Putain ! *(Il part en trombe.)*

Claire : Petit con !

Elle voit la voiture s'en aller, elle regarde autour d'elle dans la rue. La circulation ralentit, elle se confie à la caméra.

Claire : Seigneur, vous avez entendu le langage de ce type ! J'peux déjà imaginer comment il m'aurait traitée en privé. C'est vrai, s'il a pas de manières ici dans la rue… penses-tu, il en aura encore moins lorsque je s'rai déculottée.

Elle regarde un clochard qui vomit près d'elle. Depuis sa flaque il la voit.

Clochard : Quoi ? Qu'est-ce que tu regardes ?

Claire : Tu pourrais trouver des chiottes, non ?

Clochard : Et toi un lit ?

Claire : J'essaye mais y a des loques qui font fuir le bizness. Et j'désigne personne.

Clochard : C'est combien ?

Elle traverse la rue. Il vomit encore en la regardant partir, toujours allongé sur le sol. Il s'essuie la bouche.

Clochard : J'allais pas te demander de m'embrasser.

Retour sur Claire qui est maintenant sur l'autre trottoir.

Claire : Berk ! Quelle horreur. Je rêve. J'aurais dû aller tapiner ailleurs.

Une voix sortie de nulle part : T'aurais pas un franc ou deux ?

Claire : NON !

Elle se retourne. Un visage de métis la fixe, il la regarde comme s'il allait se jeter autour de son cou. C'est un rasta man aux pieds nus.

Doc Gynéco : Pour c'que tu veux je marche sur des bouts de verre.

Claire : Quoi ?

Doc Gynéco : Suis-moi, j'ai un truc à te montrer.

Il casse une bouteille de vodka vide sur le trottoir, aligne les morceaux de verre, prend sa respiration, se recentre sur lui-même en marmonnant. Claire imagine le pire. Mais les yeux fermés, il lève un pied nu au-dessus des bouts de verre.

Claire : Ne fais pas ça.

Doc Gynéco (*Sur le point de poser le pied.*) : Tu me déconcentres.

Claire (*Elle fouille son sac.*) : Non, non. Non, arrête ne fais pas ça. Tiens, prends ça, d'accord ?

Elle lui tend un billet de 50 francs.

Va voir le type là-bas, il dégueule ses boyaux, vous pourriez monter un show.

Il lui dit merci et s'engouffre sous le pont.

Elle pousse un soupir de soulagement.

Claire : Trêve de connerie, c'est pas génial ici, faut être sincère.

On avait déjeuné à Invalides en écoutant de la musique au walkman, on partageait les écouteurs, on suivait les tractations à la table à côté entre la pute de 25 ans dont le string dépassait, et le type de 75 qui avait fini par lui prendre les mains. Puis on avait parlé de nous, de la chance qu'on avait de se connaître. C'était le premier mai. Depuis deux heures, on se promenait dans les rues calmes du septième. Pour discuter on s'asseyait sur un banc, puis se baladait. On parlait de nous, du fait de vivre ensemble, de notre amour.

– T'as dit « j'entre dans un truc complexe » ?

– Au début je savais pas, c'était comme une expérience, c'est après que je me suis rendu compte que c'était fort entre nous.

Il était cinq heures et demie, on allait traverser l'avenue Bosquet, il voulait rejoindre la rue derrière le musée du quai Branly, qui allait vers la tour Eiffel dans la direction de chez lui, moi je lui proposais de m'accompagner à un taxi ou à une station de métro, en allant vers la Seine.

Je cherchais comment prolonger. Mais un type d'une cinquantaine d'années, qu'on n'avait pas vu, brun, le crâne dégarni, méditerranéen, interpellait Bruno, à dix mètres :

– T'as pas honte toi de voter Sarkozy, Kharlouch, t'as oublié que t'es un Négro ?

Bruno, à moi, tout bas :

– Tu vois, à force de ne pas savoir où tu vas et de ne pas regarder droit devant toi, tu vas me faire avoir des ennuis.

On faisait demi-tour. On prenait la rue calme derrière le musée.

– Comment t'as fait pour ne pas répondre ?

– C'est les mots qu'il a dits, Kharlouch.

– Qu'est-ce que ça veut dire ?

– Ça veut dire fils d'esclave en arabe. Et il a dit Nègre.

– Il a pas dit Nègre, il a dit Négro.

On n'en parlait plus. Mon téléphone sonnait. C'était Florence qui proposait de passer me chercher, je lui disais de venir derrière le quai Branly, elle raccompagnerait Bruno en voiture, moi j'irais boire un café avec elle, ça me ferait un sas de décompression avant de rentrer, et Bruno ne serait plus à pied dans la rue. Sa grosse Mercedes avec toit ouvrant approchait. Florence adorait conduire, elle était toute petite, toute maigre.

J'insistais pour qu'il monte devant, avec ses grandes jambes. Il ne parlait pas. Il était silencieux, moi aussi. On ne racontait pas kharlouch à Florence. La voiture traversait la Seine. Je ne disais rien. Je respirais le muguet qui était à côté de moi sur la banquette. Je faisais sentir le bouquet à Bruno. On arrivait devant chez lui. Il ouvrait la portière.

Bruno : Qu'est-ce que vous allez faire, vous allez où ?

Florence : Au bord de la mer.

Moi : Tu veux venir, viens si tu veux venir. On ne va pas au bord de la mer, mais si tu veux on peut aller quelque part, dans un café du bois de Boulogne ou à l'île de la Jatte, sauf si tu veux rentrer chez toi te reposer, comme tu veux.

Bruno : Non je veux bien me promener.

Florence avait besoin d'essence. Il y avait une station pas loin. Elle s'arrêtait, elle sortait de la voiture. Je sortais aussi, je cherchais des toilettes. Bruno aussi sortait de la voiture.

– Pourquoi tu sors ?

– Pour prendre l'air.

On remontait dans la voiture. Bruno signait un autographe à la station, je prenais une photo de lui et du garagiste. On repartait sans connaître le chemin, on se perdait, il sortait une flasque d'alcool, il avait dû l'acheter à la boutique, il était sorti pour ça.

Il en avalait, puis la rangeait dans sa chaussure. La panique me prenait : il allait prendre le volant, faire une embardée, il allait perdre le contrôle, on allait avoir un accident, on terminerait dans le fossé, la voiture écrasée, tout ça allait mal finir. Je devais le rassurer pour éviter ça. Je m'avançais vers lui. Je lui caressais les épaules, la nuque, le visage. J'avais peur de l'étouffer, mais peut-être que s'il me sentait là tout près, il boirait moins. Je m'efforçais de rester proche. Je lui caressais le visage. J'avais hâte qu'on arrive, qu'on sorte de la voiture. Que tout ça finisse. Je m'étais retrouvée comme ça déjà avec lui, la gorge nouée par la peur du faux pas. On s'arrêtait au bord de la Seine, on regardait l'eau appuyés à une balustrade. On reprenait la voiture. Bruno ne voulait pas rentrer chez lui tout de suite. D'un côté j'avais envie de rentrer chez moi, seule, de me changer, de mettre des grosses chaussettes, et de m'allonger devant la télé, mais je ne pouvais pas le laisser seul, et ne pas saisir l'occasion de rester encore avec lui. Il connaissait un restaurant sur une île, au bois de Boulogne, romantique, auquel on accédait en bateau. Il m'y avait déjà emmenée cet hiver.

Florence et Bruno décidaient de faire un jeu comme si je n'étais pas là, de parler comme si je n'étais pas en face. Ils inventaient rapidement des règles, le sketch démarrait : il avait donné rendez-vous à Florence ici.

– Tu sais pourquoi je t'ai donné rendez-vous ?

– Non. Pourquoi ?

– Je suis venu te parler de Christine. Je voudrais lui demander quelque chose mais je ne sais pas comment faire.

– Ah bon ? Qu'est-ce que c'est ?

– Devine.

– Je ne vois pas.

– Je voudrais me marier avec elle, mais j'ai peur de lui dire, j'ai peur qu'elle veuille pas.

– Pourquoi ?

Une de ses copines lui disait « c'est une histoire qui marchera pour une fois parce qu'il y aura pas que le Q y aura aussi le QI ». Dans son livre il écrivait, à propos des gens à qui il n'était pas destiné au départ : « Avec une grande satisfaction, je parle à ceux auxquels on n'a pas envie que je parle. Je m'invite à leur table, je m'instruis avec eux de ce qu'ils me cachent, de ce qu'ils veulent bien me dire, de l'appréhension qu'ils ont, de leur inhabitude au partage, puisque tous les goûts sont dans la nature. Ces goûts, quels qu'ils soient, ne s'échangent plus, mais restent le jardin secret de quelques privilégiés. Ils vantent leur savoir personnel en ignorant celui des autres. »

Je me rendrais compte plus tard à quel point c'était vrai.

Il aimait bien me lire des petites phrases au téléphone. Ça durait longtemps, il en trouvait toujours une de plus, « attends encore une, juste une ».

« Pour garder ma place, si durement acquise, j'ai dû montrer ma classe. »

Ou une phrase de chanson : *It can be beautiful if you draw no line once you enter my world, you can have what's mine, I give you all the strength you need. The air I breathe, I share.* Souvent c'étaient des phrases qu'il m'avait déjà dites, qu'il réintroduisait dans le circuit avec leur poids de nostalgie.

« Les filles adorent les décolletés, elles adorent, et elles croient que nous on adore aussi. »

« Peut-être qu'elles croient que je suis attiré par de la bidoche à fast food, rapide, facile et abordable. »

À propos de la scène entre la fille de 25 et le type de 75, ou des prostituées de son quartier :

« Ce sont des affamées sexuelles. Elles sont nées pour ça, le monde ne peut que les rejeter, dès le départ le code d'une passe est inscrit dans leurs gènes. Moi aussi j'ai mon idée de la génétique. »

Et puis, mais là il avait retiré vite, se rendant compte de ce qu'il disait, c'était tout de même un peu gênant pour ma fille :

« Je cherche une vierge, tu sais pas où je pourrais en trouver. »

« J'ai pas la frousse de mourir c'est vrai. »

À propos des gens qu'il connaissait depuis toujours, ou depuis longtemps :

« Souvent j'avais honte de ne plus me sentir à l'aise avec eux, de ne plus avoir confiance, et de me rendre compte que de jour en jour je les acceptais moins. Tout cela me fit longuement réfléchir, j'en étais profondément affecté, je ne trouvais pas de solution, je n'étais plus comme eux, et ils me le faisaient bien voir. » Juste après avoir dit ça il éclatait de rire. Moi :

– Ça te fait rire ?

– Non.

– Ben si, ça te fait rire, tu ris.

– Sur le coup c'était marrant.

À propos de moi :

– Le fait d'être avec toi, ça veut dire que je peux plus les voir comme ils sont.

– Pourquoi ?

– Eux, pour eux, des gens comme toi ils peuvent pas être avec des gens comme moi. Ils pensent qu'il y a des castes.

– Comme en Inde ?

– Pire qu'en Inde.

– C'est quoi des gens comme moi, et c'est quoi des gens comme toi ?

– Des gens comme nous ça peut pas être ensemble.

Il détachait bien les mots, je-te-rappelle, il mettait les négations, il n'employait pas de mot vulgaire, il n'avait pas d'accent populaire, sauf s'il s'énervait, taspech, tu m'emmerdes, il raccrochait, salut. Parfois il crachait par terre, en marchant dans la rue ou en scooter. Il pouvait faire l'amour derrière une porte d'immeuble, à la va-vite en surveillant la minuterie de l'escalier, il soulevait ma jupe, ou baissait mon pantalon, ou mes collants en se plaignant que je n'aie pas de bas, ni de string, il allait vite. Parfois beaucoup trop vite. Il aimait la sodomie parce que c'était serré, moi je n'aimais pas, je n'y étais pas habituée, ça me faisait mal, la seule fois où on était entrée dans une pharmacie pour acheter du lubrifiant ensemble, il avait perdu le tube et n'en avait pas racheté. Il ne croyait pas que je puisse avoir mal. Il ne prenait jamais en compte la douleur. L'important c'était d'être en vie. À propos de la femme qui dormait dans ma rue sur une grille pendant tout l'hiver, en rentrant un soir j'avais dû dire quelque chose sur le froid ou la pluie, bref exprimer ma pitié, il disait mais non elle est bien, elle est sur une grille, dessous il y a de la chaleur. Il évacuait la pitié. Il ne se plaignait jamais d'être mal assis, dans une position inconfortable, mal installé, il aimait dormir par terre, sur un canapé ou sur une moquette, avec les pieds qui dépassaient d'une vague couverture mal enroulée. Comme chez moi au début sur le matelas au sol, dans la petite pièce dont la peinture s'écaillait, quand je voyais sa tête posée sur le gros oreiller orange et bleu, ses cheveux dans tous les sens qui dépassaient du drap ramené sur ses joues, les locks habituellement rangées sous le bonnet répandues en désordre. Cette petite chambre était sur le chemin de la cuisine, je passais devant pour aller faire le thé, le matin quand je me réveillais. S'il n'avait pas fermé la porte je le voyais. Il bougeait à peine, ses yeux étaient entrou-verts, encore collés, ça ne le dérangeait pas d'être réveillé, je ne l'avais jamais entendu dire que je le dérangeais. Il souhaitait que je fasse ce qu'il appelait *son* livre, comme une muse pouvait avoir *sa* chanson, il espérait que ce livre allait dire la vérité, Proust, pour lui, n'avait pas dit la vérité, et pour une fois au moins il lui resterait quelque chose d'une histoire, d'habitude il ne lui restait rien.

Il allait peut-être aller à Cannes pour le festival quelques semaines plus tard, il y allait chaque année.
— Tu m'emmènes ?
— Si tu veux. Mais ça va pas te plaire.
Deux jours plus tard au téléphone :
— Écoute ça : « Je vais aller à Cannes, je ne sais pas pour combien de temps, je veux inviter Christine, il paraît qu'il y aura toutes les stars, elle a envie d'y aller avec moi. Je serai comme d'habitude le seul homme de couleur, le seul Noir.

« Au fond peut-être qu'elle n'est pas amoureuse de moi, elle veut y aller pour se donner une image de racaille. Souvent les bobos aiment traîner avec des racailles pour changer leur image. Elle dit que je suis intelligent, ce qui l'intéresse c'est peut-être de voir que je suis différent des gens de ma condition. Pourquoi elle y va pas avec un autre rappeur ?

« On va monter les marches, on va aller dans une soirée. Elle est blonde, elle fait 1 m 80, elle est riche, pourquoi ne pas y aller avec elle ? J'ai rien à perdre.

« De toute façon je reste pas longtemps, deux jours, après je reviens à la vie normale. »

– Attends, je t'interromps. C'est quoi la vie normale ?

– « La vie normale c'est celle d'un garçon qui est aimé de tous, de tes copines, de ton psy, de ta maman, un Julien Sorel des temps modernes. »

– Attends, moi aussi je te réponds sous forme de texte.

J'improvisais en direct :

– « Bruno va aller à Cannes. Il a l'habitude. J'ai peur d'y aller avec lui. Il ne s'en rend pas compte. Il croit que je ne l'aime pas vraiment, que je fais une étude de sa condition. Il ne sait pas si je suis vraiment amoureuse. Ça me rend triste. S'il savait... J'ai peur d'être moins belle que les filles avec qui il aurait pu y aller, de me sentir mal, pas à ma place, alors que lui sera à l'aise, j'ai peur d'avoir honte de moi, de me sentir moche. J'ai peur qu'il me trompe, qu'une fois sur place il se moque de moi, qu'il sorte avec une autre, que ce soit l'enfer, et que à peine arrivée je n'ai qu'une envie, repartir. En fait j'ai pas envie d'y aller, la raison qui me pousse à y aller c'est de le surveiller. Je n'ai pas envie qu'il y aille seul, j'ai peur qu'il fasse des bêtises. »

Je pleurais un peu en disant ça.

– « Quand elle se met à pleurer, j'ai l'impression d'être un salaud qui fait souffrir les filles. Je me fous du physique en vrai ! »

– Comment ça « je me fous du physique en vrai » ?

– T'as très bien compris.

– C'est quoi ? Je me fous du physique, virgule, en vrai ? C'est ça ?

– Je me fous du physique en vrai, point d'exclamation. C'est tout.

Il continuait. J'entendais mal, il devait être sur son balcon, j'entendais les bruits de voiture. D'après le rythme de ses phrases, il semblait retrouver tout ça sur des papiers épars, des textes notés il y a longtemps, ou récemment, ou qu'il inventait peut-être sur le moment.

– Tiens écoute ça : « Je me demande comment mes parents m'ont fait. Je pense que c'est parce que je suis né que mon père est parti. »

– Je croyais que ton père était parti quand t'avais quatorze ans.

– Et alors ? Écoute : « J'ai besoin d'être entendu. Tu me demandes jamais ce qu'il faut. Tu ne poses jamais les bonnes questions. » Tiens et puis ça aussi, mais tu vas pas être contente : « Ma meuf est un bouquin. La regarder c'est comme lire ça fatigue les yeux. »… Humm. Ça va ?

– Oui.

– Y a un autre truc mais ça je peux pas.

– Vas-y.

– « Elle refuse de sucer. Elle refuse de prendre la bite dans sa bouche. Si je peux pas le faire dans sa bouche, j'irai le faire dans la bouche d'une autre. À ce moment en fermant les yeux je penserai à elle. »… Je peux écrire ça ?

– Oui tu peux. (Peut-être que ce n'était pas moi, ou qu'il transposait la sodomie, je ne lui demandais pas.)

– C'est pas grave ?

– Non. Continue.

– « Il faut que j'arrête de me laisser aller, je dois prendre soin de moi. Il y a du vrai dans ce qu'elle disait, des fois je buvais comme un trou, il faut quand même tirer quelques satisfactions de la vie. » Écoute ça : « Plus j'y pense et plus j'ai envie de changer de vie, j'ai envie de trouver une maîtresse, voilà j'adorerais avoir ça. »

– Une maîtresse, comment ça une maîtresse ?

– Une meuf. Enlève maîtresse, mets une meuf.

– Mais je comprends pas, pourquoi t'avais dit une maîtresse ? De quoi tu parlais ? De qui ? La meuf c'est la mère de tes enfants et la maîtresse c'est moi c'est ça ? C'est ça ? Dis-moi. Ou la maîtresse c'est encore une autre ?

– Non. Ma meuf pour l'instant c'est toi.

– Pour l'instant ? Pourquoi tu dis pour l'instant ? Je t'ai déjà dit que je supportais pas quand tu dis pour l'instant. Pourquoi tu dis pour l'instant ?

– Écoute : « Je me sens mieux, y a rien de personnel, c'est une sorte de vengeance, voilà c'est tout. »

Je ne répondais pas. Je laissais le silence s'installer. Je ne comprenais pas vraiment. Il reprenait :

– Des fois je me venge un peu sur toi. Mais c'est pas contre toi. Je me venge des autres filles qui m'ont fait souffrir, c'est tout. Il y a rien contre toi. C'est juste que je me sens mieux après.

– Oui mais c'est à moi que ça fait mal d'entendre ça.

– Écoute ça : « Quel est le menu du jour ? Asperges, crème, inceste, un homme vieux avec un tout petit zizi, je voulais les suivre jusqu'à leur hôtel. »

C'était le menu de la fille de 25 ans et de l'homme de 75. Quand le type avait dit à la fille « je pourrais vous aider », moi je n'avais pas pensé au tout petit zizi du type, mais à ses mains, à ses vieilles mains, et à ses vieilles lèvres, sur la chair de la fille.

– Tu étais amoureux de ces filles, qui t'ont fait souffrir ? Si elles ont pu te faire souffrir, c'est que tu les aimais ?

– Elles te le font croire d'une façon bizarre et malsaine, elles s'arrangent pour que tu sois attaché à elles.

– Comment ?

– Je sais pas. Faut leur demander à elles. C'est des trucs de meuf. Écoute ça : « Elle m'a acheté un livre, c'était la première fois qu'on m'offrait un bouquin, des fois j'ouvre le bouquin rien que pour penser à elle. »… « J'adorais être avec elle. Elle a même réussi à me faire voir des pièces de théâtre. Elle pouvait rendre intéressants les trucs les plus barbants. »… Et y a ça aussi : « Je veux pas voir la hargne sur son visage, sa vie doit être bien moche, je ne sais pas ce qui s'est passé pour qu'elle soit dans cet instant. Elle se sent humiliée, elle veut humilier aussi. »

– Pourquoi tu me lis ça ? Tu veux vraiment me faire mal ? Tu crois pas que ça suffit ?

– C'est pas toi c'est une autre.

On était restés presque deux heures au téléphone, je ne voulais pas que ça se termine, j'avais l'impression de tout comprendre, d'être avec lui, d'être lui. Je me sentais proche – dans un rapport intense. Je lui demandais si c'était pareil avec les autres. Il me disait : Mais sois un peu logique.

Après avoir raccroché j'étais fatiguée comme toujours quand je le quittais. Au bout de cinq minutes je ressentais déjà le manque, et je m'en voulais d'avoir été fatiguée en sa présence. Je n'aurais pas dû faire attention aux petites agressions, ça m'épuisait de les relever puis de les désamorcer, comme un fruit qu'on décortique pour vérifier qu'il n'est pas abîmé, un colis abandonné autour duquel on met un cordon de sécurité sachant qu'il n'est pas piégé, par une discipline automatique.

Il m'avait lu aussi :

– « Je suis dans le quartier de Paris qui se visite pour son architecture, près de son squat, Le Carré, où il y a des gens de toutes nationalités et qui sont considérés comme des touristes. Un clochard me dit "arrête de jouer ta star". Je m'attendais à "t'as pas une pièce ?". »

Tout de suite après, sans avoir fait de pause :

– « Je fais de la musique et des textes pour mon public. Ma bourgeoise me dit "tu passes trop à la télévision" mais elle regarde tous les soirs. L'hypocrisie j'aime pas ça. La télévision c'est le bouquin de ceux qui ont pas le temps de lire. »

Moi aussi j'aurais pu faire des petites phrases à moitié biographiques pour jeter le trouble dans sa tête. J'aurais pu faire du mystère :

« Tout le monde peut dire qui a été son premier amant, et à quel âge il a fait l'amour pour la première fois. Moi je ne peux pas. »

Ou :

« Certains lui avaient dit que je n'avais pas été violée par mon père mais que je l'avais cherché, que je l'avais voulu. Quand on lui disait quelque chose comme ça, il ne savait pas trop quoi répondre, ça l'affectait. »

À seize ans, je sortais avec un Indien de Madras, sa peau était noire, son nez était fin, sa peau était bistre plus que café au lait, ses yeux étaient très noirs, le blanc ressortait, ses cheveux noirs étaient coupés court, on ne voyait pas l'aspect dru. Il était grand, élancé, il portait des costumes. Il avait quatorze ans de plus que moi. Il était ingénieur chimiste dans une usine allemande à Reims, Henkel, responsable du contrôle qualité. C'était mon premier amant, celui qui m'avait déflorée, la seule règle, négociée entre moi et mon père, était la préservation de la petite membrane de l'hymen. La sodomie, les pratiques annexes, les combines, arriver à tout en douceur l'intéressaient beaucoup plus que la violence. L'ingénieur chimiste s'appelait Jean, aucun signe de ses origines ne se ressentait. Il était tamoul. Son frère médecin habitait la même ville. J'attendais en bas de l'immeuble dans la voiture quand il allait lui rendre visite. Ce n'était jamais long. J'étais une adolescente, on me faisait attendre facilement. Je n'avais rien d'autre que l'école. J'avais de la patience, je ne piquais pas de crises. J'attendais sur le parking que Jean ait fini avec son frère médecin, un peu plus âgé que lui. Une fois, dans la rue, je l'apercevais, Jean ne me présentait pas. J'avais l'habitude qu'on ne me présente pas. Je ne me vexais pas. Jean ingénieur chimiste, son frère médecin, Jean grand et mince toujours en costume gris clair, occidental, Henkel, juste un petit roulement de r léger, un vocabulaire pas très recherché, les mots essentiels, mais jamais de faute de français, jamais de faute grave. Pourtant, alors qu'il n'avait pas de pudeur particulière, qu'il était libéral, adorait le sexe, en parler, la nudité, être nu, se balader nu, quand il allait aux toilettes là il fermait soigneusement la porte à clé. Un jour il m'expliquait pourquoi. Il ne voulait pas qu'on le voie, parce qu'en Inde, petit, enfant, il n'y avait que des WC à la turque, il n'avait jamais réussi à en perdre l'habitude, pour la position des jambes. Il ne s'était jamais accoutumé à la position européenne, assis sur la lunette, il n'aurait pas pu pousser, il m'avouait qu'il gardait la position accroupie encore maintenant perché sur la lunette dans ses toilettes fermées à clé, il restait perché, il n'avait jamais pu s'habituer à une autre position qu'accroupi, il faisait attention de ne pas glisser à l'intérieur de la cuvette, son équilibre était moins stable, pour toutes ces raisons ça l'aurait gêné d'être vu. À part ce détail qu'il ne confiait à personne, c'était un ingénieur chimiste européen, la trentaine, vivant à Reims, frère médecin, aimant les films qui sortaient, français ou américains, les restaurants, les meubles, les fesses des femmes, et qui m'avait dit en découvrant mes seins, ton père devait beaucoup te caresser le gauche, il est plus gros, il devait se tenir plutôt à ta droite dans le lit, non ?

Je présentais Jean à mon père, pour qu'il lui dise d'arrêter, moi j'avais échoué. Quelques jours plus tard, sur le ton des choses qu'il fallait que je sache, mon père me disait que « sur le marché des amants un Noir vaut moins qu'un Blanc ». Que c'était une évidence, c'était presque son rôle de père, éducatif, de me prévenir. Je le racontais à Bruno. Il me disait : ah bon, que sur le marché des amants ? Je savais pas qu'il y avait que sur le marché des amants, ça va bien alors.

– Tu rentres quand ?

– Dans quelques jours. Tu dormiras à la maison ?

– Bien sûr. Allez à tout à l'heure.

J'étais à Deauville, je venais d'avoir Bruno au télé-phone. J'allais rentrer à Paris, Léonore allait partir chez son père. J'allais passer deux jours à Avignon, puis je rentrais à Paris définitivement. J'y serais tout l'été. Ça me faisait du bien de lui avoir parlé.

Marc faisait du bateau, il se sentait loin. J'avais noté notre dernière conversation pour savoir quoi en penser, et je la relisais :

– Je suis loin là.

– T'es loin ?

– Oui je suis loin. Je suis bien. Il fait très chaud. Je suis loin de tout. Je suis loin, loin. Je suis loin, parce que je suis loin. Je suis loin de toi aussi.

– T'es loin de moi ?

– Oui.

– C'est agréable !!

– Mais c'est vrai que je suis loin. Y a neuf personnes dans la maison. Être avec des gens tout le temps ça prend. Ça prend beaucoup.

– Je ne sais pas. Moi je ne sais pas ce que c'est que d'être avec neuf personnes tout le temps, je n'ai jamais su.

– Oui oui je sais. Mais moi j'ai besoin de ça. J'ai besoin de jouer au tarot avec mes copains. Tout à l'heure on va faire du bateau.

– T'as vu que j'avais appelé ?

– Oui j'ai vu. Hier soir quand le téléphone a sonné tout le monde a dit « c'est qui ? ». On était en train de jouer aux cartes. Là j'aime pas ce que je suis en train de faire, j'ai dû m'éloigner pour t'appeler. Et là je vois quatre personnes qui me font des signes, c'est pas bien ce que je fais.

– D'accord.

– Mais je sais que c'est là. C'est suspendu mais c'est là, juste, j'empêche les choses d'émerger.

– T'as tout effacé en quelques jours ?

– Non ce n'est pas effacé, j'ai dit « j'empêche les choses d'émerger ».

– Y a une différence ?

– Ah oui y a une différence. Effacer c'est effacer après y a plus rien, là j'ai dit « j'empêche les choses d'émerger » mais elles sont là, ce n'est pas effacé, pas arrêté, c'est comme un glaçon, quand tu plonges un gla-çon dans l'eau il va remonter à la surface dès que tu ne le maintiendras plus au fond, c'est une loi physique. Je veux pas fuir. Notre lien existe, il est là, mais je ne sais pas ce qu'on en fera.

– Pourquoi tu dis que tu ne sais pas ce que c'est que ce lien et que tu ne sais pas ce qu'on en fera ? Tu veux que je sois ta meilleure amie, comme Élisabeth Mausen ?

– Non, Élisabeth elle est lesbienne. C'est évident que nous y a autre chose. Je ne sais pas pourquoi je dis que je ne sais pas ce que c'est ce lien. En plus, quand je t'entends comme ça...

– Ah bon, alors pourquoi tu dis que tu ne sais pas ce qu'on en fera de ce lien... tu dis ça comme ça, en passant ?

– Je dis ça parce que je suis incapable de dire ce qui va se passer, mais ce lien j'y tiens.

Je notais :

Important : être bien avec Bruno. Je soulignais important, pour bien l'ancrer dans ma tête. Le mettre en priorité.

Bruno me rappelait l'après-midi, il avait fait une chanson sur moi, il me la lisait au téléphone. Garçon manqué, trop souvent déçu par les hommes, garçon manqué... il y a pas de hic j'ai la bonne technique... j'aime sans compter même si la femme d'aujourd'hui ne sait pas aimer sans compter... mon amour s'est imposé à toi... t'es tombé sur le plus doux des voyous... je t'aime... sous ton baggy t'as mis ta guêpière...

– J'aime bien « le plus doux des voyous ».

Je rentrais à Paris un vendredi, Bruno m'avait dit qu'il m'attendrait peut-être à la maison le soir. J'aurais préféré me reposer seule et ne le voir que le lendemain... je glissais la clé dans la serrure :

– Voilà le pain.

Le pain c'était moi. Le pain pour eux c'est leur femme, leur copine. Bruno venait de m'entendre glisser la clé dans la serrure. Il aimait avoir la clé, ouvrir, allumer la télé, l'ordinateur, passer de la musique, manger, se mettre à la fenêtre, sortir, aller et venir, être loin de son appartement parfois trop rempli, avoir un endroit où il pouvait être tranquille, faire ce qu'il voulait, passer un coup de fil, commander une pizza, inviter un ami.

Il était avec Jocelyn, ils étaient chacun sur un canapé en train de regarder la télé. J'aurais préféré être seule mais j'étais contente qu'il soit là. J'allais poser ma valise dans mon bureau, je venais les voir dans le salon. J'embrassais Bruno, je lui caressais le visage et les cheveux. Il était huit heures du soir. J'aurais aimé sortir dîner. Il n'avait pas faim, il venait de manger des chips. Il était allongé sur un canapé, il regardait *Un coupable idéal* en DVD avec Jocelyn. Son casque était posé sur l'autre canapé. Celui où Jocelyn était assis. Lui aussi regardait le film mais moins concentré. Il s'arrêtait pour me parler. Je prenais le casque pour le mettre dans l'entrée. Je voyais la clé coincée dans la doublure par un élastique, je ne savais pas qu'il la mettait là. Je n'avais plus envie qu'il ait la clé. En posant le casque dans l'entrée, je la reprenais sur une impulsion. Je la cachais dans un petit porte-monnaie que je glissais au fond d'un sac sur une chaise à côté de la porte. Le cœur battant, comme quand on vole.

Quand je retournais dans le salon, Bruno était sur le balcon, il regardait dans la rue, je le rejoignais, Jocelyn venait de parler d'un concert à Genève la semaine prochaine.

– Tu ne m'as pas dit que tu allais à Genève, tu m'avais dit que tu restais à Paris tout l'été.

– Je pars un jour. Je sais pas pourquoi Jocelyn t'a dit ça, je pars à 18 heures et je reviens le lendemain matin.

– Et je peux pas venir avec toi ?

– Non parce qu'il faut que je répète et que je m'occupe de tout le monde, faut que je fasse le patron, tu viendras une autre fois.

– Mais j'ai envie de te voir chanter.

– Une autre fois.

Il ne s'était aperçu de rien, il penserait qu'il avait perdu la clé, de toute façon il perdait tout. Jocelyn partait. On restait tous les deux. Je me réveillais au milieu de la nuit, l'écran de télé grésillait, Bruno était endormi sur le canapé, je le suçais. Il me retournait, il me mettait à quatre pattes, je retournais dormir après. Le lendemain matin, dans l'entrée, il était sur le point d'ouvrir la porte pour partir. Il passait la main à l'intérieur de son casque, pour vérifier que la clé y était, en la touchant avec les doigts. Après un moment de surprise, puis l'air de s'interroger, il fouillait dans ses poches.

– Qu'est-ce que tu as perdu ?

– Rien rien.

Il avait son petit visage pris en faute que je connaissais bien. Il ne voulait pas m'avouer qu'il avait perdu la clé. Il retournait dans le salon. Il soulevait les coussins du canapé.

– Qu'est-ce que t'as perdu ? Qu'est-ce que tu cherches ?

– Rien.

Je n'insistais pas plus. Il descendait l'escalier. Je le regardais.

– Attends attends.

Je me précipitais vers lui.

– Je t'aime je t'aime.

Je n'étais pas fière de moi. Je le rejoignais au milieu de l'escalier. Je me glissais dans ses bras. Je me serrais contre lui. Je lui demandais quand il allait revenir. Je le serrais fort. Comme à son habitude il me répondait « à tout à l'heure ».

Pendant tout ce mois, à part le coup de fil de Deauville, je m'étais forcée à ne pas appeler Marc. Mais j'avais repris la clé en pensant à lui, sinon je ne l'aurais pas fait. Sans rien dire à Bruno, en lui disant au contraire que je l'aimais, qu'il était mon amour, mon seul amour, et c'était vrai je ne mentais pas, je me détachais, je comptais les jours avant le retour de Marc. Moins vingt et un, moins vingt, moins dix-neuf, moins dix-huit. On en était à moins dix. J'appréhendais la longueur du mois d'août, le vide. Ma mère allait venir quelques jours pour que le mois passe plus vite. Marieck me parlait d'un voyant qui était tout près de chez moi. Je ne voulais pas tomber là-dedans. J'envoyais un texto : « Est-il possible de te parler avant ton retour, peux-tu m'appeler ou me dire par texto mais pas le silence car ça blesse. Je voudrais proposer quelque chose. En attendant je t'embrasse. » Une heure après il me rappelait de sa voiture.

– Tu disais que tu voulais me proposer quelque chose ?

– Oui. Quand tu vas remonter à Paris, tu seras seul dans ta voiture ?

– Non. Pourquoi ?

– Parce que je serais bien allée chez une amie dans le Sud, deux ou trois jours, et on aurait pu remonter ensemble.

– Non j'aurai deux de mes enfants et la personne avec qui je vis. On sera plein. On sera quatre dans la voiture.

– Tu es toujours loin ?

– Oui. Loin de tout. Je suis loin physiquement. Et pas que physiquement.

– Loin de moi aussi ?

– Loin de toi aussi. Je vais bien, je suis bien, ma vie va bien, ma vie est bien, les vacances se sont très bien passées, je me suis senti bien, ça m'a fait beaucoup de bien, je ne sais pas si c'était à cause des gens avec qui j'étais, ça aurait pu ne pas, mais ça s'est bien passé, alors que ça aurait pu ne pas.

– Donc tu as tout recouvert.

– Oui sûrement, c'est vrai que j'ai recouvert. Peut-être parce qu'il a fait très beau, très chaud et que je me suis senti loin. Mais tout ce que je t'ai dit avant de partir était vrai. Je t'ai tout dit. À aucun moment je ne t'ai menti. Tout ce que je t'ai dit sur toi et moi était vrai, mais je ne vois pas très bien pour aller où.

– D'accord. Tu as vraiment bien recouvert, bien refermé.

– Non je ne ferme pas. Je pourrais fermer, si je fermais je te dirais « on ne se voit plus ». Alors que je pense qu'on va se revoir quand je vais rentrer à Paris.

– Tu te souviens que tu m'as dit que tu étais tombé amoureux de moi quand même, en juillet, ou t'as oublié ? Tu l'as dit juste avant de partir, tu t'en souviens ? Tu m'avais même dit « c'est important pour moi ce qui se passe » ? Tu t'en souviens peut-être pas.

– Non, tout était vrai. Je te l'ai dit.

– Non, c'était faux. Si c'était vrai, tu n'aurais pas pu recouvrir à ce point-là. C'était faux.

– C'était vrai, tout était vrai, quand je te l'ai dit tout était vrai. Cela dit, je ne sais pas si je l'ai dit exactement comme que tu viens de le dire, je ne sais pas si j'ai dit « tomber amoureux ».

– Ah si. Ça, excuse-moi, mais si. Tu as dit « je suis tombé amoureux de vous », c'était ça la phrase exacte. « Je suis tombé amoureux de vous Christine. » J'en suis sûre. Je m'en souviens très bien. Je peux même te dire où tu l'as dit, à quel endroit précis dans la rue, à quel niveau sur le trottoir. Elle était peut-être fausse, mais c'était ça la phrase exacte. C'est pas grave, tu as dû

te tromper. Ça arrive. Dans ce domaine on ment tellement.

– Non je ne me suis pas trompé. Je ne mens pas. Tout
ce que j'ai dit est vrai. De toute façon je ne le renie pas,
c'est vrai, je suis tombé amoureux de toi, maintenant
est-ce que je le suis toujours, ça je ne sais pas.

– Tu rentres quand ?

– Le 16.

– Tu m'appelles quand ?

– Le 16.

– C'est dangereux de recouvrir.

– Pour qui, pour toi ?

– Non. Pour toi, pour nous. T'as recouvert par peur
de vivre quelque chose avec moi, et parce que de toute
façon tu es bien dans ta vie.

– C'est sûr que j'ai peur de vivre quelque chose avec
toi. Et dans tout ce que tu dis tu touches très juste, pourquoi ne pas le dire. Mais je ne peux pas dire qu'elle je
ne l'aime pas, puisque je l'aime. Les vacances auraient
pu casser quelque chose mais ça n'a pas été le cas. Je
l'aime.

– Je ne suis pas surprise de tout ce que tu dis. On
aime plus encore la personne avec qui on est quand on
risque de la perdre, de la trahir ou de lui faire du mal.

– Pas plus, non.

– Si moi je crois. Plus.

– Peut-être toi avec Bruno ça s'est passé comme ça,
mais moi non.

– Tu veux revenir en arrière ?

– Non si je voulais revenir en arrière je te dirais on
ne se voit plus, or je ne te dis pas ça. En plus quand je
t'entends comme ça… je sens bien qu'il y a quelque
chose… c'est indéniable…

– Oui je sais, on est bien.

– Oui. On est bien.

– Ben oui.

– Oui bon on se dit « on est bien on est bien », mais moi j'ai la gorge serrée depuis tout à l'heure, j'ai une angoisse qui ne me lâche pas quand je pense à toi. Je sais que ça existe, mais je ne peux pas dire que mes vacances se sont mal passées, ou que ma vie actuelle ne va pas, ou que je ne l'aime pas, puisque ça va bien, encore une fois ça aurait pu ne pas.

– Ne massacre pas tout.

– Je te le promets.

– Je veux dire, ne massacre pas nous, quand je dis « tout » c'est ça que je veux dire, je veux dire « nous », ne massacre pas nous.

– Oui j'ai bien compris. Je te le promets.

(Le début avait été tendu, mais là il y avait une douceur dans nos voix, dans la façon de nous adresser l'un à l'autre. Une envie de rire même.)

– Ce qu'il y a entre nous, c'est comme un sentiment de fraternité, il ne faut pas le perdre, c'est rare. Je crois que c'est ça qu'il y a entre nous et qu'on le sent, là, maintenant… C'est ça qu'on sent là maintenant, tu crois pas ?

– Si. Je crois. C'est rare, c'est très rare. Moi je n'ai pas rencontré ça souvent dans ma vie. Le sacrifier maintenant ce serait *the end of life*. Moi non plus je ne veux pas le perdre.

– T'as dit quoi ? T'as dit *the end of life* ?

– Oui c'est ce que j'ai dit. J'ai parlé anglais.

– Mais c'est un sentiment de fraternité avec du désir.

– Oui je sais t'inquiète pas. Ça je sais.

– Et ça non plus tu veux pas le perdre ?

– Je ne sais pas. Je t'appelle quand je rentre. Je t'embrasse. Fort. Très fort.

– Moi aussi.

Les derniers mots avaient été dits avec intensité. Je raccrochais bouleversée. Je ne savais pas comment faire. J'appelais Marieck. Je voulais le numéro de téléphone du voyant. Je prenais rendez-vous.

Je rappelais Bruno, pour lui dire que j'avais les clés, qu'il les avait oubliées à la maison. Je lui demandais s'il l'avait fait exprès, et si c'était un acte manqué, pour le détourner d'imaginer que c'était moi qui les avais prises. Puis je parlais de Genève.

– Je suis contente que tu ailles chanter tu sais.

– Moi aussi je suis content. Si tu savais !

– Je pense à toi.

– Je t'appelle quand je rentre.

Quelques jours après dans le journal, le matin, j'étais dans mon lit : « Doc Gynéco hué, le rappeur a dû interrompre un concert à Genève après avoir fait face à une "mini émeute" pour son soutien à Nicolas Sarkozy, portant une banderole "Sarko facho, Gynéco collabo", plusieurs dizaines de spectateurs ont conspué le chanteur, vendredi soir, avant de jeter des projectiles dans sa direction. Les organisateurs ont arrêté le spectacle au bout d'une demi-heure. » Je me levais, faisais le tour de mon lit, me rasseyais dedans, je n'arrivais plus à respirer. J'étouffais. J'imaginais Bruno sur scène face aux gens en train de lui balancer des projectiles. C'étaient des pommes de terre. Être obligé de se protéger avec son bras, de se détourner, être obligé de s'interrompre, d'interrompre ses chansons, ses chansons qu'il me lisait au téléphone. Être obligé de se protéger le visage avec son bras pour ne pas recevoir une pomme de terre dans l'œil. Il était si content d'aller chanter. Luigi me disait « il faut relancer la machine Bruno ». (J'apprenais par

Jocelyn, plus tard, que c'étaient des pommes de terre. Jamais Bruno ne m'aurait donné ces détails.) Ses chansons qu'il me lisait au téléphone. Ses textes. Et moi sur un ton de reproche, qui lui avait envoyé comme texto juste avant son départ pour Genève : « Comme on sera heureux le jour où tu me donneras des preuves de ton amour, tes paroles seront vraies, tu ne joueras plus, on ira quelque part, tu auras envie de me faire plaisir, de m'emmener avec toi et de m'accompagner, tu me cajoleras. Je serai ton amour, tu ne seras plus seul, et moi non plus. On sera deux. » J'en retrouvais un autre, stocké dans les archives : « Je n'aimerais pas vivre sans toi. Sans toi la vie ne serait qu'un jeu décevant. » Je les effaçais tous les deux. À peu près en même temps sur Internet j'apprenais que le jour où j'avais appelé Bruno de Rome sans lui parler, pour compenser l'appel de Marc qui ne venait pas, il avait reçu le matin une tarte à la crème en plein visage, sur un plateau de télé. L'auteur du geste disait « Doc Gynéco avant c'était un petit bonhomme sympathique, il est devenu odieux, avec ses yeux de veau, ses yeux idiots. » Et moi le jour même, qui l'appelais à minuit sans parler au bout du fil, il avait dû penser que c'était un coup de fil anonyme lié à tout ça. C'était moi. J'avais honte. J'avais la gorge serrée, prise dans un étau. J'avais de la peine, je l'aimais, je ne me sentais pas à la hauteur de ce que j'éprouvais. J'avais envie d'appeler Marc. Je ne le faisais pas, il fallait tenir, plus que huit jours avant son retour.

Sur Internet, il y avait une photo de Bruno, où il avait les yeux hagards, et un sourire ébloui, qui me bouleversaient. Ses yeux étaient des soleils trop brillants pour ce monde, trop fous, trop beaux, trop à part.

Je faisais un rêve qui reprenait l'idée du puzzle et des chaises musicales. Une pièce se détachait de l'ensemble, une photo de classe avec des gens assis, debout ou montés sur des bancs. La pièce qui se détachait devait être sacrifiée à moins qu'une autre se détache et sauve la précédente. Mais la toute dernière pièce qui serait désignée serait vraiment condamnée, elle ne pourrait pas échapper à la mort, sauf si une autre encore après elle était tirée au sort et l'exonérait. Sinon elle serait fusillée. Les condamnés changeaient à chaque nouveau tirage, mais tôt ou tard un dernier condamné serait exécuté car il n'y aurait plus de nouveau tirage au sort. Ce ne serait pas infini. Les pièces du puzzle n'étaient pas en carton découpé mais des rangées de personnes par groupe. Chaque pièce comprenait une petite brochette de deux ou trois. Des petits groupes de gens vivants. Le tout dernier morceau désigné était le mien. J'allais être condamnée. Mais coup de théâtre, un autre était désigné après, celui de Bruno, le groupe de Noirs, cette fois il n'y en aurait pas d'autres, c'était le dernier tirage au sort. Une fois de plus c'était le groupe de Noirs qui allait mourir, pas le mien qui avait été désigné juste avant. J'aurais été fusillée sans ce nouveau tirage. Le petit groupe de Noirs allait l'être. Je me réveillais angoissée. L'image était en couleur, les gens souriants, vivants, innocents.

Le courrier s'était empilé sur mon bureau pendant mon absence, je tombais sur la note détaillée du téléphone, Bruno avait été seul dans l'appartement deux jours en avril, pendant que j'étais à Vienne, il avait appelé une quinzaine de putes, la note détaillée reproduisait tous les numéros qu'il avait passés, le premier était celui de Charly qui regarderait le foot avec lui, et ensuite quinze téléphones de putes. Ou dix-huit, vingt. Je les avais tous composés les uns après les autres, la plupart répondaient en direct, des voix sucrées mais affirmées, décidées, séductrices, mais fermes, ayant vécu. À part un petit « allo » qui se réveillait, et un accent anglais dans les brumes. Sur un répondeur il y avait Calinouche, sur un autre Stéphanie ou Marcia la Portugaise. Le temps d'appel était court, sauf un de quarante-cinq minutes. Il y avait des conversations de nuit, les mêmes numéros étaient essayés plusieurs fois. Et puis le mien, mon numéro, clôturait les autres. Après m'avoir eue il n'avait plus appelé, il avait dû aller dormir.

Tout le mois d'août j'essayais de travailler. Quand ma mère était à Paris, je déjeunais et dînais avec elle tous les jours. Je lui parlais de Marc avec un nœud dans la gorge, obsédée par son retour. Par ce qu'il allait me dire. Le 16 j'attendais son appel, il n'appelait pas. Le 18, j'appelais. Il était à l'extérieur, dans la rue, c'était un samedi, il devait être au marché.

– C'est Christine, j'ai des choses à te dire.

– Tu peux me rappeler dans une heure ?

– Oui.

– À tout à l'heure.

… Je rappelais :

– J'ai des choses importantes à te dire.

– Maintenant si tu veux.

– Tu devais pas m'appeler le 16 dès que tu rentrais ?

– J'allais le faire aujourd'hui ou demain, faut pas exagérer, j'ai deux jours de retard pendant lesquels j'ai travaillé. Ne le prends pas sur ce ton. Si tu le prends sur ce ton ça n'ira pas. J'ai beaucoup de travail.

– Toi, ne le prends pas sur ce ton, ça fait un mois que je t'attends, il y a des choses dont tu dois prendre conscience.

– Je peux venir dans ton quartier si tu veux.

– Je croyais que tu n'avais pas le temps ?

– Je peux déjeuner.

– Tu veux que moi je m'approche de ton quartier ?

– Je peux me déplacer.

– Il n'y a rien à manger chez moi, mais…

– Je serai là dans une demi-heure.

Il arrivait. J'étais contente de le voir.

– Oui, j'ai des choses à te dire. Importantes. J'ai eu un été difficile. J'ai été très seule. Je me suis éloignée de Bruno, je lui ai repris les clés, je l'ai fait parce que je pensais que tu étais là. Or quand je t'ai appelé, tu m'as dit que tu étais loin. J'ai eu chaque fois l'impression de te déranger. Tu as joué avec moi. On ne joue pas avec les gens. La déclaration que tu m'as faite avant de partir, je pensais qu'elle avait des conséquences. Or toi tu n'es pas dans ce que tu dis. Il y a quelque chose de faux dans tout ce que tu m'as dit. Je voulais te dire que les paroles sont des actes et que je ne suis pas un jouet mais une vraie personne. Voilà ce que j'avais à te dire. Que j'étais une vraie personne.

— Laisse-moi te dire juste une chose, je suis désolé d'avoir provoqué ça. Je ne me doutais pas. Mais juste une chose, écoute-moi : je n'ai pas joué avec toi. Est-ce que tu veux bien me croire ? Je ne joue pas. Tout ce que je t'ai dit était vrai. Et reste vrai.

— Si, tu as joué. Sinon tu ne te serais pas comporté comme ça. Tu aurais fait attention un peu à moi. Tu ne t'es pas du tout soucié de comment ça se passait pour moi. Tu as fait ta déclaration et puis tu es parti en vacances te reposer tranquillement, avec quelqu'un d'autre, sans m'appeler une seule fois.

Ma voix déraillait, j'étais au bord de pleurer. Il était ému. Il sentait qu'il vivait quelque chose. Ça lui faisait un peu peur, mais ça l'attirait. Il y avait de l'émotion, peut-être de l'amour, une impression de vivre. Ça palpitait. Ce n'était pas lisse.

J'essayais de lui faire prendre conscience que je n'étais pas un moyen pour se donner l'impression d'être amoureux, ou pour tester qui on est. Je ne lui disais pas que j'avais compté les jours, je lui faisais comprendre.

— Excuse-moi. Je ne savais pas… Mais en tout cas je n'ai pas joué. Crois-moi. S'il te plaît. Tout était vrai et reste vrai mais ça m'angoisse, je n'y peux rien, je ne peux pas assumer ce que je t'ai dit.

— Pourquoi tu me l'as dit alors ?

— C'était une nécessité.

— Si tu ne pouvais pas assumer il fallait te taire. Une nécessité pour quoi ? Pour t'en débarrasser ? Et me laisser seule avec ça sans m'appeler de tout l'été, sans m'appeler du tout, après m'avoir dit tout ce que tu m'as dit. Tu t'en souviens au moins ?

– Mais tu ne m'avais rien dit, toi. Je ne savais pas que ça te faisait ça.

– Parce que moi je ne parle jamais la première. Je ne peux pas. Si je t'ai laissé parler, c'est que j'avais envie d'entendre ce que tu avais à me dire. Je pensais que je pouvais tomber amoureuse de toi, évidemment, tu le sais. Mais toi, si tu savais que tu aimais cette femme et que tu ne pourrais pas assumer tes paroles, tu aurais dû ne rien me dire.

– Je suis vraiment tombé amoureux de toi et je le suis toujours je crois bien. Mais il y a quelqu'un d'autre, que j'aime.

– Occupe-t'en alors. Et arrête de raconter n'importe quoi aux gens qui sont sur ton chemin.

– Quand je t'ai rencontrée, avec elle ça s'est dégradé, et puis ça s'est consolidé pendant les vacances. Même si ce que je ressens pour toi n'est pas effacé.

(Consolidé !)

– Arrête avec ça, ça n'existe pas. Je n'y crois pas. Si tu aimes cette femme, occupe-toi de cet amour et laisse-moi tranquille. Je ne suis pas un jouet.

– Mais enfin les choses sont beaucoup plus compliquées. Je ne t'ai pas appelée pendant les vacances mais j'ai pensé à toi.

– Pourquoi tu ne me l'as pas dit ?

– C'est vrai je ne te l'ai pas dit. Je n'ai pas pensé à comment ça se passait pour toi. Je pensais surtout à moi, à ma vie.

– Écoute. Tu aimes cette femme, c'est bien, tu es bien avec elle, tu as de la chance.

– Oui enfin…

– Tu as passé un bon été avec elle, c'est bien. Alors ne m'emmène pas dans des trucs faux.

– Ce n'est pas si simple je te dis, ce n'est pas faux. Crois-moi. Mais je ne vais pas lui dire que je la quitte.

– …

– Je ne vais pas lui dire que je la quitte là maintenant.

– C'est pas tout à fait pareil « je ne vais pas lui dire que je la quitte », et « je ne vais pas lui dire que je la quitte là maintenant ». En trente secondes tu dis deux phrases contradictoires.

– Oui, sans doute je suis contradictoire. Mais je vais te dire quelque chose : quand on s'est parlé là dernière fois au téléphone, j'ai mis une heure a…

– À quoi ? Quoi une heure ? Arrête, je t'en prie arrête, tu vas me faire rigoler. Une heure !!

– Très bien alors je ne dis rien. Si ça te fait rigoler.

– Bon excuse-moi. Vas-y, je t'écoute. Mais moi j'aurais bien aimé n'avoir gâché qu'une heure cet été. Mais vas-y je t'écoute.

– … j'ai mis une heure avant de pouvoir retrouver les gens avec qui j'étais, je ne pouvais plus parler à personne.

– Une heure mon Dieu arrête, tu vas me faire pleurer, tu veux que je te dise combien de temps moi j'ai mis à ne pouvoir parler à personne, et à avoir la gorge serrée cet été, à ne pouvoir parler de rien d'autre, je suis allée jusqu'à reprendre les clés de Bruno. Tu vois ce que ça veut dire ?

– Et bien sûr c'est de ma faute !… Sans moi tu ne l'aurais pas fait peut-être ?

– Non je ne crois pas. Justement pas.

On était dans l'entrée, il allait partir, la porte était ouverte. Mais il ne sortait pas.

– Écoute Christine je ne supporte pas l'idée qu'on ne se voie plus.

J'étais appuyée contre le mur :

– Parfois j'en peux plus. J'en ai marre de ma vie parfois, je t'assure.

– Je comprends. Oui. Mais nous c'est comme ça qu'après on peut lire de beaux livres.

– Ne me dis pas ça. C'est horrible.

– Mais le reste c'est la médiocrité. Tu ne te rends pas compte. Tu devrais t'en foutre.

– Ne dis pas ça je t'en prie. Je pensais que tu pourrais m'aider à vivre ma vie. Parfois j'en ai marre de vivre ma vie. D'être moi. (Ma voix déraillait de nouveau.) Je pensais que tu pourrais m'aider à supporter d'être moi. Je n'en peux plus parfois. Je pensais que tu m'aiderais. (Je parlais bas, atone.)

– Moi aussi j'ai cru. J'ai été prétentieux, j'y ai cru. Je pourrais peut-être t'aider mais pas comme ça. (Il me prenait dans ses bras.) Je ne peux pas. Je n'assume pas. Il faudrait peut-être que je fasse un travail, que je voie quelqu'un.

– Oui ça sûrement.

– Depuis le temps que je veux faire un travail d'analyse.

– Oui mais il suffit pas de dire qu'on veut le faire, c'est comme le reste.

– En tout cas ce qui me paraîtrait vraiment insupportable c'est qu'on ne se voie plus du tout.

– On peut être amis. On se verra. On est bien ensemble, on se verra, on sera amis, ça sera bien aussi.

– Je ne sais pas si on en est encore capables. Je me connais.

Je lui demandais qui était cette femme, ce qu'elle faisait. Il refusait de me le dire.

Il partait au milieu de l'après-midi. Les illusions de mon été s'écroulaient. L'horizon du 16 n'existait pas. Je cherchais quelqu'un à appeler, à qui parler. J'appelais tous ceux que je pouvais, mais ça ne me calmait pas. Dès que je reposais l'appareil, l'angoisse remontait. J'appelais Charly, que je connaissais à peine, je l'avais vu deux fois. Ma voix trahissait que ça n'allait pas.

– C'est Christine.

– Ça va ?

– Non pas trop. T'as des nouvelles de Bruno ?

– Non. Pas en ce moment.

– Tu me dis la vérité, t'es sûr que t'as pas de nouvelles ?

– Bien sûr. Pourquoi je te mentirais ? Et toi t'en as ?

– Aucune.

– Il va te rappeler Bruno. T'inquiète pas.

– Tu crois ?

– Bien sûr. Pourquoi il le ferait pas ?

– Parce qu'il voudrait plus me voir.

– Pourquoi ? Bruno il t'aime.

– C'est vrai ?

– Bien sûr. Pourquoi je te dirais ça ?

– Je sais pas.

– Qu'est-ce qui se passe ?

– Ça va pas. (Je le disais en pleurs.)

– Tu veux que je vienne chez toi ?

– Je veux bien oui.

– Je peux être là dans dix minutes si tu veux.

– Je te rappelle dans dix minutes. Donne-moi ton fixe.

Il rappelait, il venait, on parlait, je faisais des pâtes, il les trouvait bonnes. Vers une heure du matin il partait. Je m'endormais calmement.

Le lendemain j'étais calme. J'appelais Marc. Il n'y avait aucun problème, on n'allait pas se perdre, on allait vivre une amitié. Je la souhaitais intense, forte, et qu'on se voie souvent. Il me parlait de ma voix, du rythme de mes phrases, du bien-être qu'il avait à être avec moi, là, à parler avec moi, et de quelque chose de très rare qu'il éprouvait, qu'il voulait laisser évoluer, sans dire ce que ça allait devenir. Je reprononçais les mots amis, amitié, ne pas faire l'amour.

J'avais eu Bruno au téléphone, brièvement, je l'avais réveillé, il disait qu'il m'aimait, qu'il allait rappeler, que je lui manquais, qu'il ne savait plus où il était lui-même, qu'il était fatigué, il dormait. C'était comme si j'avais dormi avec lui, je l'avais appelé « mon amour ».

Je partais enfin, une amie m'invitait dans sa maison au bord de la mer. De l'aéroport, j'appelais Charly pour le prévenir, je serais absente quelques jours.

– Tu rentres quand ?

– En début de semaine prochaine.

– Tu vas où ?

– Chez une amie. Et toi, qu'est-ce que tu fais aujourd'hui ?

– Je vais chercher ma copine, elle arrive à la gare cet après-midi.

– T'es content ?

– De quoi ?

– De la voir ?

– Oui. C'est la vie. Non ?

– Si.

Je ne ressentais plus du tout ce que j'avais ressenti quelques jours plus tôt. Avec Marc, même une amitié n'était pas souhaitable, je n'allais pas me sacrifier et jouer les confidentes. Il ne disait même pas le nom de la femme. J'allais dire à Marc : « Quelle nécessité de se voir ? Il n'y en a pas. Ou alors, sois honnête, avoue que c'est pour voir comment tout ça évolue. »

J'étais dans l'avion. Quand j'avais eu Bruno au téléphone le matin, j'avais aimé, j'adorais être avec lui la nuit, l'appeler « mon amour ». Marc, j'avais failli lui dire « je t'aime » en raccrochant mais jamais il n'atteindrait la tendresse extrême que j'avais pour Bruno. Il m'attirait, mais ça ne durerait pas forcément. Il me décevait déjà. Être amoureux tout en aimant quelqu'un d'autre, la contorsion me déplaisait. Gérard avait raison c'était de la branlette. Ce qui ne m'aurait pas déçue, ç'aurait été qu'il vienne vraiment. Je n'avais qu'une envie c'était de lui dire au revoir. Il avait créé un truc pâteux entre nous. L'avion allait atterrir bientôt. J'espérais qu'il y aurait du soleil, et que je pourrais profiter de l'été. Marc avait protégé sa vie, alors que moi j'avais repris les clés de Bruno, je n'avais pas travaillé, j'avais compté les jours, j'avais attendu.

J'étais à Giens, je venais de me lever, c'était ma première matinée ici, je prenais mon petit-déjeuner, j'avais la mer devant les yeux, et le bruit des bateaux de pêcheurs qui vendaient le poisson au port le matin. J'étais dans mon lit, avec mon plateau à côté de moi et mon petit carnet sur mes genoux. La veille sur la terrasse j'avais parlé de Marc à Sylvie. Elle ne le trouvait pas sympathique d'après ce que je disais. Vers six heures du matin, je m'étais réveillée, je m'étais masturbée pour essayer de me rendormir, je me faisais un film avec lui qui me touchait, dans mon scénario il me parlait de cette femme avec qui il vivait, de ses seins, en termes vulgaires.

Il reconnaissait qu'il n'avait pensé qu'à lui, à ses sentiments, à ce qu'il éprouvait. Et il continuait. Le dimanche, avant de raccrocher il m'avait dit « on se voit bientôt, et souvent », on était vendredi, je n'avais pas d'appel. Pour savoir qui était la femme, je disais à Sylvie que je devrais engager un détective privé. Une fois elle l'avait fait elle. Je lui avouais qu'à mon retour à Paris j'avais rendez-vous avec un voyant. Elle l'avait fait aussi.

J'allais au port chercher du poisson, puis les journaux. Je lisais un article de Marc. Il y avait des mots comme « salutaire », « tant d'autres », « en particulier », « dangerosité », « on aurait pu, on aurait dû », « dénoncer ». Un style bien à lui, avec le commentaire toujours latent. Au dîner, Sylvie m'interrogeait sur mon père, mon frère.

Marc prétendait vouloir m'aider. J'aurais été curieuse de savoir comment. Sylvie disait que d'après le portrait que j'en faisais c'était un obsessionnel très névrosé, constricté comme le sphincter, il fallait le réveiller pour qu'il monte sur la marche du podium, une fois qu'il y était il disait « je suis content d'être sur la marche », mais faire plus pour l'instant lui était impossible. Bruno c'était différent. Bruno était comme ça. Bruno c'était Bruno. Charly m'avait dit qu'il réapparaîtrait. « En temps et heure » c'était une expression de Bruno. Avec cette histoire de clés, il avait dû me sentir absente. Est-ce que Marc se souvenait de sa dernière phrase « on se voit souvent et bientôt », ou même « être là l'un pour l'autre » ? Si rien n'avait de conséquence, s'il voulait juste que je le remarque, je l'avais fait. J'allais retrouver Bruno, je savais que c'était possible. La douceur de sa voix la dernière fois au téléphone le prouvait. Avec

Marc j'aurais été d'accord pour une amitié engagée, tendre, quelque chose qui compte. Peut-être qu'il retardait son appel parce que l'amitié ça ne lui disait rien. On était samedi matin, il était huit heures et demie, la cloche de l'église venait de sonner. Le temps était magnifique. Je mettais une robe verte pour descendre au port. Acheter du poisson et prendre un café avec Sylvie. La vie était belle.

Je dormais peu. J'écrivais le matin. Je lisais devant la mer. Il faisait beau. J'étais enfin bien. Dès que je sentais que je replongeais, un petit nuage, je passais un coup de fil à Charly. Dès que mon moral baissait. L'entendre me rassurait. On se parlait, même une petite minute, et quand je raccrochais ça allait. Je lui demandais s'il allait bien, « j'en ai un petit peu marre » il me répondait, d'habitude il disait toujours « oui, très bien ». La fois d'après de nouveau il disait très bien.

La veille de mon retour à Paris, j'avais pensé à Marc toute la nuit. Je m'étais réveillée vers 4 h 30, j'avais rêvé de lui. Il me semblait qu'on faisait l'amour, en tout cas c'était érotique.

Ou peut-être qu'il se disait : je ne vais pas l'appeler parce que je ne vais pas la perturber plus. Je n'ai rien à lui offrir. Mieux vaut la laisser tranquille.

J'étais installée au soleil, il était huit heures, le soleil n'était pas trop fort, j'étais en maillot de bain, je mettais de la crème. Puis je descendais au port avec Sylvie. On rentrait. Je reprenais ma position. Elle allait passer des coups de fil pour essayer de savoir qui était « la femme qu'il aimait », Sylvie sortait de sa chambre avec le nom. Je voyais très bien qui c'était ! On allait arrêter là.

Le soir, je n'arrivais pas à dormir. C'était encore la pleine lune. Je pensais à Marc. Et à elle. Qu'ils soient ensemble, je ne trouvais pas ça exaltant, ils n'étaient pas un couple attirant. J'essayais de dormir. Je pensais à lui, en étant bien, en pensant à nous, lui et moi, au fait que nous allions être ensemble, en plein milieu de la nuit ça me semblait évident. Naturel. Je ne l'avais pas fait depuis deux ou trois jours, je voulais me caresser en pensant à lui, mais son image à elle s'interposait et donc je n'y arrivais pas. Leur image n'était pas attirante. Elle, je ne la trouvais pas jolie, les yeux un peu exorbités, son style femme, toujours maquillée, elle avait toujours du rouge à lèvres et elle paraissait plus âgée qu'elle ne l'était en fait, les cheveux frisés sur une bouille un peu ronde. Même si elle semblait bien faite, mince, les jambes, des talons hauts tout ça. L'ensemble n'était pas sensuel, la voix, si je me souvenais bien, était criarde et mal posée. Comme son visage m'apparaissait, je n'y arrivais pas. Les caresses, les mouvements étaient bons, mais rien ne me faisait basculer. Son image pas excitante empêchait le délire que je recherchais, avec son style bonne femme je ne pouvais pas partir à fond. Je ne savais pas comment il faisait pour avoir du désir pour elle, lui mettre les doigts dans le vagin, la langue dans la bouche tout ça, pour en avoir envie. Elle n'était pas moche, mais je ne comprenais pas qu'il puisse. Avec sous les yeux sa petite tête de mouton frisé et son rouge à lèvres. Je la virais. Je n'en faisais pas un troisième personnage, je la virais de la scène. J'étais obligée. Tant qu'elle était là, je n'arrivais plus à trouver les trucs qui me plaisaient chez lui habituellement. Je la virais, j'en mettais une autre à la place, imaginaire, lui était toujours là, mais plus intéressant.

Ensuite je le focalisais sur moi, c'était avec moi qu'il était, c'était moi qu'il aimait, alors enfin ses mains, sa manière de toucher, que j'imaginais, avec en même temps ce que je savais de lui, devenaient efficaces. Mais il avait fallu virer l'autre, elle le cassait. Si je l'avais su avec elle dès le début, je n'aurais pas passé le même été, je n'aurais pas repris les clés. Ça avait marché, j'avais joui. Je voulais m'endormir, il était une heure, je m'étais couchée à minuit. Sylvie bougeait dans la maison. Je me demandais si c'était la pleine lune. Sur la mer, il y avait la projection d'une lumière pâle mais très forte. La lune était si claire depuis quelques jours qu'elle gênait les pêcheurs, les poissons voyaient le filet. Son faisceau était monumental, sa lumière blanche rayait la mer, la partageait en deux grandes nappes, flottant de chaque côté du rayon. À deux heures je ne dormais toujours pas. Je pensais à Marc. Je pensais qu'on serait bien ensemble. Si je l'appelais et qu'il me répondait, on parlerait un tout petit peu dans la nuit ça serait génial. Je rallumais mon téléphone, je l'appelais, je laissais un message. Je faisais le numéro de Bruno. Pas de réponse. Les gens dormaient.

Le matin il ne faisait pas très beau. Premier jour un peu gris. Ma porte-fenêtre était grande ouverte sur la terrasse, il y avait du vent. Je partais dans l'après-midi. J'aurais bien aimé le voir en arrivant à Paris. Je lui disais dans ma tête « appelle-moi ».

La mer était gris clair. Je pourrais peut-être venir ici un jour avec lui. Sylvie me prêterait sa maison. Mmm !… comme j'aimerais.

J'espérais qu'il allait me rappeler, qu'il n'allait pas me faire le rappeler encore. Ce n'était pas lui d'être avec cette femme-là, il se trompait. Il croyait qu'il l'aimait, en quelques séances d'analyse il la quitterait, ou il découvrirait qu'il n'était pas bien avec elle, de ça j'étais sûre. Ça me gênait de savoir qui c'était, ça rabaissait un peu. Je n'étais pas sûre de garder l'envie. Il faudrait que je lui en parle. J'ébauchais des phrases :

J'étais très bien, j'attendais tranquillement que nos rapports se définissent.

Puis temps trop long. Deviens nerveuse : me pose des questions sur ta capacité réelle de rapport avec moi. Amour ou pas.

Puis concours de circonstances j'apprends que tu es avec Pascale D., je vois très bien qui c'est.

Mauvais feeling. Tout ça ne me tire pas vers le haut. Très différent de ce que j'ai ressenti avec toi au départ.

Quelques heures plus tard je prenais l'avion. J'avais un texto de lui quand je rallumais mon portable à Paris : « Au bureau c'est la brasse coulée, je t'appelle dès que j'ai plus de cinq minutes devant moi. Baisers. Marc. » J'adorais ce « baisers ». Tout allait bien, j'étais légère.

Quelques jours passaient. J'appelais Charly pour lui dire que j'étais rentrée. Il me demandait ce que je faisais, s'il pouvait venir, on allait faire un tour au parc Monceau, on s'asseyait sur des bancs, puis sous un arbre.

Marc m'appelait. On ne pouvait pas se voir avant dix jours. Trop de travail en ce moment.

– D'accord, mais il faut qu'on se voie le plus vite possible, car il y a des parasites.

– Quels parasites ?

Je ne voulais pas lui parler au téléphone. Le lendemain il me rappelait, je ne pouvais toujours pas lui parler. J'avais rendez-vous vingt minutes plus tard. Il disait qu'il ressaierait.

– … La seule chose qu'il faut faire *très* attention en ce qui vous concerne c'est de ne pas vous laisser *parasiter* par rapport à un affectif, c'est-à-dire par rapport à des gens, qui sont en rapport avec la corde raide des émotions, parce que c'est vrai qu'à ce niveau-ci ça peut vous atteindre. Et ça peut aussi vous tétaniser. Malgré la personnalité que vous avez, parce que c'est clair qu'en ce qui en vous concerne si c'est noir c'est noir si c'est blanc c'est blanc, il n'en demeure pas moins que l'on peut eh bien se retrouver avec des blocages internes à partir d'éléments que l'on peut vivre, et qui touchent ce contexte beaucoup plus émotionnel. Donc, voilà, ça c'est une période qui me semble pas mal. J'ai l'impression aussi que l'on a vécu là y a pas tellement longtemps, avec la fin du printemps qui vient de passer, une période qui a peut-être pu être un petit peu entre deux, peut-être pas très facile. Mais là dans les répercussions, ça me semble assez intéressant. Voilà exactement comment j'aurais tendance à voir les choses, et ce qui veut dire en clair que vous êtes un être qui va se donner beaucoup plus de moyens pour vous-même, ça c'est très clair. Alors sous un autre angle, il me vient aussi beaucoup la province. Peut-être par rapport à des membres de la famille ou autre, et des préoccupations dans ce sens ne m'étonneraient pas. Sous un autre plan s'il n'y a pas eu de préoccupations par rapport à une femme paraissant âgée, eh ben c'est pas exclu que ça puisse être dans l'air du temps. Maintenant il est vrai que j'ai la sensation que vous avez été mise devant des faits accomplis et vis-à-vis desquels eh bien il a fallu réagir à sa façon, de par des comportements, et de par des individus, qui ne vous ont pas demandé plus que ça votre avis ou quoi que ce soit, c'est un petit peu la sensation que j'aurais, et peut-être aussi des sentiments d'ingratitude pourquoi pas, mais, à mon avis, je pense quand même que l'on est en train, et progressivement on va être en train de balayer tout ça, pour vous permettre vous aussi de rebondir. Alors sous un autre angle, je parlerais de manifestations un petit peu artistiques, créatives, etc., moi j'aime bien votre esprit de synthèse, la façon de ressentir les choses, de les voir, de les analyser au fond de vous-même, et il faut voir comment les choses à ce niveau-là peuvent se transcrire, l'écriture peut peut-être avoir une forme d'importance chez vous d'après ce que je ressentirais parce qu'il peut y avoir un bon esprit de synthèse et de critique et il faut voir comment les choses peuvent se traduire, donc on le verra tout à l'heure. Mais sinon, hormis ça, vous êtes aussi quelqu'un qui avez besoin de venir nourrir au fond de vous une certaine forme d'énergie, vous êtes un être pour moi de partage et qui avez besoin d'apporter aux autres d'après ce que je ressens. Alors j'aimerais, savoir, déjà dans un premier temps, euh, si ces éléments déjà vous interpellent dans leur globalité, parce que pour moi ça c'est important, si ça l'est ça serait bien, et à ce moment-là je vais continuer à voir les choses dans leur détail, d'autres choses qui vont venir, des questions que vous pourrez me poser au fur et à mesure, et s'il y a d'autres éléments à voir eh bien écoutez nous-le-verrons.

– Là il faut que je réagisse… ?

– Voilà.

– … à ce que je viens d'entendre ?

– Voilà c'est ça. C'est surtout ça.

– Déjà la chose manifeste, et comme ça vous n'aurez plus à… là vous… vous venez de parler d'écriture, je suis écrivain c'est ma vie c'est…

– D'accord. Ça c'est parfait.

– Donc, voilà, euh, donc ça c'est c'est juste. Euh, la question de la province je sais pas.

– D'accord. Par contre dans votre famille est-ce que vous avez encore des gens en province ?

– Ma mère.

– Voilà. C'est peut-être ça. Parce que je pense que la préoccupation avec cette vieille femme je pense que c'est votre maman. Et je pense qu'il y aura sans doute une préoccupation à ce niveau-ci, et peut-être un peu d'entraide, ou voir ce que vous pouvez faire.

– C'est-à-dire que moi… là je me suis rapprochée un petit peu d'elle mais j'ai eu pas mal de difficultés avec elle j'ai été assez éloignée.

– Ça c'est sans doute la mémoire que j'ai ressentie à propos du père, où là il y a un compte à régler parce qu'il a pu y avoir un manque. Cela dit si je puis me permettre de vous dire ça, attention, à vous protéger… à cause de…

– J'étais très réceptive à ce que vous avez dit, d'ailleurs il faudra que vous m'expliquiez parce que… De me protéger ? Au sujet de ma mère vous voulez dire ?

– Non. De votre émotionnel en règle générale. Ça peut être votre mère, ça peut être d'autres personnes. De faire attention comment gérer ça.

– Vous avez utilisé un mot, il se trouve que c'est un mot que j'utilise beaucoup depuis deux jours. Vous avez dit « parasiter ».

– Oui.

– Je… je pense… Je dis ce mot, depuis deux jours je dis ce mot. Ça m'arrive tout le temps. Dès que… et en plus j'ai énormément de difficultés, à me protéger, de…

– C'est ce que je vous ai dit hein.

– Ben je sais. J'ai très bien entendu. Et en plus vous avez utilisé le mot parasiter. C'est en grande partie pour ça aussi que je suis venue vous voir, et là en ce moment c'est le cas, je sens des choses, je n'arrive pas à savoir, ça c'est une des questions que je veux vous poser, je n'arrive pas à savoir si… ce qu'il en est exactement c'est trop récent, c'est sur le plan affectif, y a des choses que je sens mais je suis pas sûre des gens, enfin bon etc., y a un contexte autour, des gens qui peuvent me parler, qui font que ça m'aveugle, et que ça me parasite, ce qui fait que la sincérité éventuelle d'une personne, à mon égard, tout d'un coup me devient opaque, et je peux à ce moment-là, je me méfie beaucoup de moi, je peux la mettre à distance cette personne, je sais pas si c'est ça que vous…

– Ah ben c'est tout ça. Vous êtes un être qui avez un bon esprit d'analyse, une bonne réceptivité, vous avez cette rationalité, où j'ai besoin de voir les choses par moi-même pour me rendre compte, mais sitôt que ça touche comme je vous ai dit l'émotionnel, l'affect, un sentiment, x y z, vous comprenez… Et à partir de ce moment-là c'est terminé. Là ben le bon sens qui est le mien je l'aurai peut-être plus, parce que justement j'ai des peurs j'ai des angoisses j'ai des appréhensions, qui me créent à ce moment-là des incertitudes, des manques de confiance totale, et à ce moment-là je suis perdue. Voilà, mais ça…

– Je suis perdue mais cela dit… je ne me décourage pas pour autant, et euh, je… comment dire, je ne me laisse pas avaler, je…

– Voilà, et puis en même temps vous êtes une battante, vous êtes une femme de volonté comme je vous l'ai dit, et ça ça vous sauve. Mais, là où vous êtes perdue sur le moment, ça peut vous amener à faire des bêtises, parce que ça peut vous amener à mettre aux pelotes quelqu'un, qui ne le mérite pas, et à ce moment-là, je m'excuse de dire ça ne m'en voulez pas, et de vous faire passer pour quelqu'un où on dira elle est caractérielle alors qu'en vérité vous ne l'êtes pas.

– Non, tout à fait.

– Je vous ai parlé aussi de tout ce qui est…

– Et alors, je… Bon. Je vais vous dire une chose c'est la toute première fois, mais vraiment la toute première fois, que je viens voir euh…

– Une personne comme moi. D'accord.

– Un voyant. Et donc euh… la question, c'est le… les relations affectives qui surtout m'ont préoccupée là, parce que les dernières années ont été particulièrement difficiles. Et l'année dernière, j'ai rencontré quelqu'un… qui m'a vraiment euh… qui a marqué… enfin voilà il m'a emmenée ailleurs, bon, quelqu'un auquel je m'attendais pas du tout, qui n'était pas du tout, a priori, le style de personne ni que j'attendais ni que j'avais déjà rencontré enfin bon, à partir du moment où vous vivez ici vous en avez déjà entendu parler, j'ai des photos, mais vous le connaissez forcément…

– Je vais voir. En toute discrétion.

– Voilà. Je vais vous parler de lui, et je vais vous parler d'une autre personne qui vient d'arriver dans ma vie, là malheureusement je n'ai pas de photo.

– Pas grave.

– Lui c'est celui qui est arrivé l'année dernière. Voilà, c'est lui.

(Je posais deux photos de Bruno sur la table devant lui.)

– D'accord. Ç'a pas dû être facile cette affaire-là hein.

– Non.

– Et je dirais même un peu dévasteur.

– En même temps ç'a été riche hein, et je ne sais pas si c'est terminé, c'est aussi pour ça que je suis venue, parce que, je ne sais pas, c'est quelqu'un qui me touche énormément, que, que j'aime très tendrement, en même temps qui m'a énormément surprise, et là je ne sais plus trop quoi faire, surtout depuis que j'ai rencontré l'autre personne, avec qui je ne sais pas exactement ce qu'il en est, voyez c'est ça c'est ça qui m'amène ici, j'ai rencontré une autre personne, avec qui je n'ai pas d'histoire pour le moment mais enfin qui est quand même là, qui est dans les parages.

– Il a quel âge cette autre personne ?

– L'autre personne ? Il a cinquante ans. Bon, lui, Bruno, il est plus jeune, il a trente-deux ans, il a quinze ans de moins que moi. Depuis que j'ai rencontré l'autre personne, avec qui je n'ai pas d'histoire, euh… donc je sais pas trop. Faut que vous m'aidiez là.

– Ben lui, en photo là Bruno il va rebondir hein, parce que même s'il était en perte de vitesse, il va rebondir.

– Il va rebondir dans sa vie professionnelle ou par rapport à moi ?

– Déjà dans sa vie professionnelle. Il va rebondir, il va se recadrer, euh il va peut-être aussi voir les choses différemment, avec une maturité autre. Moi c'est un petit peu la sensation que j'ai. Je pense qu'il va chercher à vous revoir. Le problème c'est que par moments il peut être en marge aussi, il faut qu'il fasse attention de ne pas partir après dans je ne sais quoi. Mais hormis ça, je pense que c'est quelqu'un qui peut être riche, mais il faut faire attention, lui par contre, à ce qu'il ne soit pas caractériel, voilà, ou des problèmes comportementaux. Parce que ça c'est comme ça que je le ressens, et puis faut voir aussi s'il ne prend pas trop de substances par moments. Faut faire attention à ça. Parce que ça peut l'amener à pfft partir, parce que il a vite fait de partir. Euh alors c'est vrai que…

– Je pense pas que ce soit un problème de substances. C'est une chose qu'il a faite… mais ça c'était à une époque, disons que quand il est avec du monde, il se laisse aller, lui pour lui ce qu'il me dit, c'est que sa rencontre avec moi c'était « toi tu m'empêcheras de me laisser aller ».

– C'est vrai.

– C'est vrai ? Quand il a dit ça il était sincère ?

– Oui. Parce que vous de toute façon, ce que je ressens, c'est que la rencontre qu'a pu se faire, c'est que pour lui c'était évident. C'est-à-dire que vous, vous étiez censée ben être un peu son rocher.

– Mm.

– Et de l'aider sans doute mieux à véhiculer dans l'existence, c'est comme ça que je le ressens.

– Mais je me demande si je l'ai pas déçu par rapport à ça ? Parce que c'est très difficile d'être son rocher.

– Attendez, euh bon, vous pouvez penser que vous l'avez déçu. M'enfin bon ce qu'il faut voir aussi c'est que lui il a pu vous décevoir aussi dans sa manière d'être. Et puis que deuxièmement on peut pas être plus royaliste que le roi, à savoir que vous, vous avez peut-être essayé de faire ce que vous avez pu, avec quelqu'un qui peut tomber comme ça dans votre vie et qui est complètement un monde nouveau. Et comment je fais pour articuler tout ça, et comment je fais pour m'y adapter, c'est pas facile hein, vous comprenez. Alors bon, soyez pas trop dure. Il ne faut pas.

– Je sens que vous allez beaucoup m'aider, parce que c'est quelqu'un de très difficile à cerner. Pour moi.

– Voilà. En même temps, c'est vrai que c'est quelqu'un qui peut être aussi sans doute esclave de lui-même, de son tempérament, de sa manière d'être, sans doute également à partir de tout ce qu'il a vécu, qui n'a pas dû être très très simple…

– Non.

– …et c'est vrai en plus il se la joue d'une façon… de manière à ce qu'il reste une certaine forme d'énigme pour les gens, et même par rapport à vous.

– Il se veut énigmatique ?

– Voilà.

– Mais derrière cette énigme qu'est-ce qu'il y a de vrai ? Parce que il y a des moments je me demande.

– Vous savez il est caractériel, alors des gens comme ça, y a des problèmes.

– Y a des moments je me dis tout ce qu'il aime il le perd, et je lui ai dit « un jour tu vas me perdre, parce que tu perds tout ce que tu aimes ».

– Bon y a à peu près un mois un mois et demi, voire deux mois, par rapport à votre relation est-ce qu'il y a

246

eu justement une position qui a été prise, est-ce qu'il y a eu ce break qui s'est mis en place ?

– Oui.

– D'accord. Depuis c'est silence radio ? Il vous a pas recontactée ?

– Enfin… non. Mais à ce moment-là pour tout vous dire, moi j'ai eu un acte bizarre, à cause de la nouvelle rencontre, qui m'a beaucoup perturbée, qui continue de me perturber, j'ai laissé s'installer la distance, et non seulement ça mais je lui ai repris sa clé sans lui dire, comme il ne fait pas attention, vu qu'il perd tout, j'ai fait comme s'il l'avait perdue, et c'est comme par hasard à la suite de ça que ce break s'est installé, voyez ce que je veux dire ?

– Oui oui. Mais cela dit vous allez le revoir hein.

– C'est vrai ?

– Oui. Vous allez le revoir, vous allez en ravoir des nouvelles. Oui. Alors peut-être qu'il est parti je ne sais où, mais vous allez le revoir. Je pense qu'il travaille. Ou il va travailler incessamment sous peu, je le vois se remettre quand même dans son plan d'action, il va remonter, il va refaire surface, et il va faire quelque chose qui va pas être mal. Vous allez en ravoir des nouvelles, il va vouloir vous revoir. Ce jour-là bon, je vous conseille pas de fermer la porte, voyez, voyez ce qu'il a à vous dire et comment il se comporte.

– Mais quelles sont ses intentions, lui, vis-à-vis de moi ?

– Ben c'est-à-dire que, je pense qu'il vous aime à sa façon. Alors sa façon c'est, c'est l'être qu'il est, voilà. Avec les hauts les bas, dire que c'est quelqu'un qui vous correspond et qui vous convient, je vous dirais non. Mais dire que vous avez besoin cela dit d'une certaine fantaisie dans votre vie, quelqu'un qui vous apporte d'autres bouffées d'oxygène, ça c'est clair que vous en avez besoin, ça c'est très clair, et un individu comme tel on peut pas faire mieux, le problème c'est que c'est trop chaotique. M'enfin vous allez le revoir. Et pardonnez-moi l'expression, mais dire qu'il va vouloir remettre une forme de couvert, je dirais oui aussi. Mais vous dire que c'est la relation idéale, non. Parce que quelque part y a beaucoup trop d'instabilité, y a beaucoup trop de chaos. Et avec ça on peut rien composer on peut rien structurer et c'est très dur. Ce qui veut dire que je peux prendre la relation telle qu'elle est, comme ça, mais en sachant que j'ai le droit aussi, de faire comprendre, que moi ces hauts et ces bas, ça peut pas être mon truc.

– Vous pensez qu'il est pas capable de changer ça ?

– Ben là j'ai quand même l'impression qu'il va rentrer dans une nouvelle forme de maturité, il va quand même changer. Mais dire que c'est votre devenir, et l'être avec lequel vous allez partager un grand chemin de vie, je pense pas, je pense qu'il y a autre chose qui arrive, et qui va être beaucoup plus consistant, conséquent, porteur également. D'ailleurs vous allez faire connaissance avec quelqu'un soit qui a des origines étrangères ou qui a beaucoup de contacts aussi avec l'étranger, d'après ce que je ressens. Et euh qui devrait pas être mal, d'après ce que j'aurais tendance à voir.

– Parce que Bruno je l'aime beaucoup.

– Ah oui mais, pour l'instant c'est pas fini, mais euh ça sera quand même, je pense hein, dans ce que je capte, davantage de votre chef.

– Qu'est-ce qui sera de mon propre chef ?

– Ben c'est-à-dire à un moment donné de vouloir prendre le large.

– Moi ?

– Oui.

– Moi je lui dirais au revoir ?

– Oui. D'une certaine façon.

– Je supporte pas l'idée qu'il ait de la peine. Je je... C'est quelqu'un que j'aime, beaucoup.

– Oui mais, oui je vous comprends, mais vous dans tout ceci, il faut vous dire aussi, que vous, vous devez aussi vous mettre à l'idée que vous non plus vous ne devez pas souffrir, et que vous non plus vous ne devez pas avoir de la peine, et est-ce que c'est sa préoccupation ? Voilà. Donc. Ça c'est clair, vous comprenez.

– Vous voulez dire que ce n'est pas sa préoccupation.

– Ben c'est pas forcément sa préoccupation, et même s'il le sait, bon ben d'accord ça vous fait souffrir mais quelles sont les réformes que j'apporte pour que ça vous fasse moins souffrir ?

– C'est-à-dire que lui il dit que c'est lui qui souffre le plus de nous deux.

– Ben oui m'enfin bon, oui, il est gentil, ça c'est gentil, mais bon. Voilà.

– Je vous parle de l'autre personne ?

– Oui. Mais lui, Bruno, vous le revoyez hein c'est clair. Mais il va y en avoir d'autres hein. Je vous le dis tout de suite.

– D'autres ?

– D'autres personnes, qui vont se présenter à votre portillon. Et je me demande s'il y aura pas quelqu'un, je me demande si vous n'allez pas me rencontrer quelqu'un qui est acteur ou qui est dans ce milieu. Vous verrez. M'enfin vous, vous attirez ce genre de gens vous.

– Le genre de gens comme ça ?

– Ah oui oui oui. Les acteurs, les choses comme ça. Y en a un que vous allez me réattirer, je pense qu'il a les cheveux foncés à la base, euh, ça va encore être quelque chose qui va être phhh fusionnel. Ça sera un peu moins désaxé que ça, parce que ça c'est quand même décousu, c'est pas facile, mais bon.

– Oui mais… (Je regardais la photo de Bruno sur la table.)

– Vous allez le revoir, ça j'en suis sûr.

– Y a un moment donné moi je lui dirai « je veux plus te voir » ?

– Ben c'est-à-dire y a un moment donné vous aurez peut-être ras-le-bol des côtés très décousus, et aussi parce que y a de la nouveauté qui va arriver, et qui vous fera peut-être comprendre, au fond de vous-même, tout simplement, que votre avenir est plus peut-être dans cette voie qu'avec lui.

– Oui mais même si j'ai un avenir ailleurs avec quelqu'un d'autre, lui, je le perds complètement ?

– Lui il est pas facile, vous pourrez en ravoir des nouvelles, mais c'est un exclusif, même en étant très décousu, alors vous comprenez c'est pas facile à vivre ça. Ah oui il ne supportera pas qu'on vous approche autrement, et peut-être d'avoir qu'une place d'ami, sauf en évoluant évoluant évoluant… bon il faut voir.

– Vous pensez que lui ce qu'il veut c'est être dans une histoire d'amour exclusive avec moi, mais à sa manière.

– Voilà. À sa manière. Mais vous vous serez pas dans cette forme de polygamie. Vous vous allez vouloir vivre autre chose, et puis surtout parce que ça va se présenter, c'est surtout ça.

– Alors l'autre personne…

– Il a cinquante ans c'est ça ?

– Il a cinquante ans. Je vous dis son nom. Il s'appelle Marc. Il dirige un journal culturel… je l'ai rencontré dans un contexte professionnel, euh, j'ai vu qu'il y avait un truc tout ça, mais moi je… Voilà. Bruno bon ben voilà il est pas rassurant, mais c'est…

– Oui, c'est ce que j'allais vous dire, vous avez besoin de gens aussi qui sortent un peu de l'ordinaire. Il peut y avoir aussi quelqu'un d'assez baroudeur qui va rentrer, dans votre vie, ou qui va vouloir vous approcher, c'est-à-dire quelqu'un qui peut beaucoup voyager, qui peut être dans le reportage, qui peut faire valoir beaucoup de choses par rapport au monde, je le sens bien, un homme de message voyez-vous, qui vit vraiment les choses avec sa foi, qui est un authentique, vous avez besoin d'authentique vous aussi. C'est quelqu'un qui est un humaniste etc., c'est encore quelqu'un qui sort de l'ordinaire, et puis quelqu'un qui en veut, qui a un côté jeune dans sa manière d'être, actif, dynamique, ça je le sens bien, mais ça ça peut vous séduire beaucoup aussi.

– Ça peut être lui hein, Marc.

– Ben celui-là… euh…

– Est-ce que vous le voyez là, malgré l'absence de photos ?

– Sans être quelqu'un de petit ou de taille moyenne, je le vois pas non plus comme quelqu'un de très grand, vous êtes d'accord avec ça ?

– Oui, absolument. C'est quelqu'un qui est un peu plus grand que moi, mais à peine, ouais il est pas grand, il est petit. Ça veut dire que vous le voyez donc.

– C'est quand même quelqu'un d'assez brillant, dans ce que je suis en train de capter. Sans en jouer il peut en jouer.

– Sans en jouer il peut en jouer ?

– Oui. De ce côté un peu brillant. Il peut en jouer. C'est quand même Monsieur. Qui compte. Qui représente quelque chose. Vous, vous êtes beaucoup plus humble. Lui peut l'être un peu moins. Et c'est vrai aussi dans ce que je ressens, c'est quelqu'un qui de ce fait va être fidèle à des protocoles, vous comprenez, sa compagne machin etc. Bon. Mais à mon avis ça aussi c'est transitaire, parce que je ne crois pas qu'il restera avec.

– Avec qui ?

– Avec cette femme.

– Mais par contre attention. Parce que je pense que cet homme est dans une transition générale. Sur le plan affectif aussi. Vous, vous êtes là, mais il ne faudrait pas non plus que vous soyez une femme utilisée comme un élément transitaire qui lui permettrait de passer sur l'autre rive, donc là-dessus faut faire attention.

– Comment ?

– En vérité de ne pas être utilisée. Parce que vous comprenez, je le ressens comme un homme qui peut avoir des formes de lubies, attractives, toc, bon c'est vous, d'un coup je tombe amoureux bon d'accord, mais après qu'est-ce que j'en fais, alors c'est bien beau, mais… d'accord, mais je ne tiens pas à être utilisée. Et je ne suis pas non plus uniquement un individu, vous comprenez, qui sert de béquille ou de canne à faire passer les gens d'une rive à une autre, c'est pas possible.

– Bruno c'est n'importe quoi mais c'est un n'importe quoi qui m'apportait quelque chose, que je respectais, là Marc je respecte pas.

– Comme je suis en train de vous le faire comprendre ça risque de ne pas vous apporter grand-chose, mais faites attention, parce que là-dedans, pardonnez-moi l'expression, j'aimerais pas que vous soyez amenée à y laisser encore des plumes. Parce que lui, ben, je dirais, se gargarisant de vous, être bien etc., et puis après, pardonnez-moi encore l'image, quand j'ai fini de me gargariser, qu'est-ce qui se passe ?

– Donc vous, vous pensez que lui c'est pas quelqu'un de…

– Je ne pense pas que ça peut devenir l'homme de votre vie. Je crois pas. Je pense que c'est quelqu'un d'autre l'homme de votre vie.

– Donc ni Bruno…

– Non.

– … ni cet homme-là.

– Non. Je crois pas. Bruno, je dirais, que c'est la porte d'ouverture qui va vous amener vers autre chose. Il est venu vous apporter, je dirais, un nouveau coup de fouet dans votre vie, une nouvelle fraîcheur, il est venu un peu si je puis me permettre de vous dire, m'en voulez pas, il est venu un peu dépoussiérer des tas de choses, voilà, il vous a fait bouger, et ça va continuer à bouger dans ce sens. Ce qui veut dire que, à l'heure d'aujourd'hui, eh bien vous n'êtes pas à l'abri, et puis je vous le souhaite d'ailleurs, eh bien d'être amenée à me rencontrer encore d'autres gens, qui vont se révéler. Alors, soyez open. Open.

– De toute façon Bruno il va revenir.

– Oui et y a quelqu'un qui va se préciser, qui va se structurer, et je pense que vous serez complètement en symbiose avec lui. Mais attention ça ne veut pas dire qu'avant il ne se passe absolument rien. Là vous allez avoir Bruno qui va revenir, vous avez ce monsieur qui vous fait signe. Laissez-les venir, open, ne vous mettez plus la rate au court-bouillon ça sert strictement à rien, vivez ce que vous avez à vivre, et occupez-vous de vous, mais ne tombez pas dans des pièges, c'est tout ce que je vous demande.

– Mais alors lui par exemple, Marc ?

– Lui c'est un piège.

– C'est un piège ?

– Mais oui. Parce que c'est un mirage, il ne vous apportera pas ce que vous voulez.

– Ça c'est quelque chose que vous voyez ?

– Ah mais je le sens comme ça. Je le perçois comme ça.

– Il est beaucoup moins séduisant que Bruno, c'est pas pareil, c'est pas du tout la même chose.

– C'est pour ça. Si vous voulez vous m'apporterez sa photo, mais quand Bruno vous aura refait signe, comme ça on perdra pas de temps, et puis d'une pierre on pourra jouer deux coups. Mais je suis convaincu de ce que je suis en train de vous dire de ce personnage de cinquante ans, et je vous vois avec des gens mieux que ça qu'arrivent, plus grands, plus de charisme, et plus de dimensions, et vous allez en avoir, vous allez voir mon baroudeur il va venir, mon acteur il va arriver, euh quelqu'un qui va avoir une résonance anglo-saxonne voire américaine va arriver, vous allez voir, ah oui mais vous êtes dans la saga en vérité.

– C'est quoi ? Ça veut dire quoi ?

– Ben la saga c'est-à-dire que vous êtes dans ce mouvement. Voilà. Et puis c'est pas fini. Vous allez voir. Vous allez voir ! Et y a… Alors lui, Bruno, il touche la musique mais il va revenir, mais il y en a un autre encore qui touche la musique et qui va aussi arriver. Vous allez voir.

– Bon.

– Alors, moi à votre place, je me torture surtout pas la tête.

– Au sujet de lui ? (Je posais le doigt sur la photo de Bruno.)

– Au sujet de tout. Pour l'instant…

– Lui il revient.

– Lui il va revenir. Vous allez en ravoir des nouvelles et vous le reverrez, ça j'en suis sûr et certain.

– Mais ça va être moins chaotique ? Il va m'apporter des choses ? Va y avoir un peu de douceur ?

– Bb… ben oui mais il est l'être qu'il est, c'est ça le problème, et ça vous pourrez pas le changer. Bon. Mais enfin cela dit il va quand même mûrir un peu. Mais, c'est pas l'homme de votre vie. Là, occupez-vous de l'essentiel, pour l'instant c'est vous. Moi, mon bouquin, et je m'occupe de mes affaires. Et je-laisse-faire ! Voilà. Je m'occupe pas du reste. Et j'essaye de trouver un beau soleil intérieur. Et c'est tout ce que je vous demande. Par contre lui de cinquante ans, faites attention.

– Je fais attention… il peut me faire du mal ?

– C'est pas ça c'est que vous d'un seul coup vous pouvez vous laisser prendre au jeu de sa séduction, et après qu'est-ce que je deviens ? Et puis en plus de ça il est moyen, alors donc ça fait pas partie de vos attirances.

– D'accord. Donc l'idée ça serait que je revienne une fois que Bruno est réapparu…

– Et que vous ayez des photos et que lui de cinquante ans ait aussi un petit peu avancé dans son scenarii, euh dans son scenario pardon.

J'étais dans la rue, Marc appelait. Je n'avais pas le temps de parler, il fallait qu'il me rappelle, il y avait des parasites. Il voulait savoir lesquels. J'avais un ton détaché, presque indifférent, il insistait pour que je lui dise quels parasites, là, maintenant, je ne pouvais pas. J'avais la voix claire. Il rappellerait dans la soirée. Je recevais un texto plus tard : « Plein de monde à la maison ce soir. Je t'appelle pendant le week-end. Je t'embrasse. » Sûrement un dîner. Les courses à faire, la table à mettre, les cèpes à préparer, le gigot à mettre au four, le sauté de veau à faire mijoter, ou le poisson à nettoyer, puis, comme il disait, la convivialité.

Le soir ma fille rentrait de vacances. L'année reprenait.

Je téléphonais à Charly. On se promenait au parc Monceau. On remontait le boulevard Malesherbes. On allait au musée d'Art moderne. Tout en gardant sa démarche bien droite pour le bas du corps il lançait ses mains devant lui, je lui demandais s'il avait mal aux poignets, il faisait la même chose avec les jambes pour me prouver que non, il désarticulait la ligne des pas, puis reprenait sa démarche rectiligne, parallèle au trottoir. Je lui racontais l'histoire de kharlouch avec Bruno, sa copine était comme moi quand les gens avaient des comportements racistes ça la choquait, lui s'en fichait. Les retards, les lapins, l'absence de Bruno, il maintenait que ce n'était rien. Il me disait « t'es mon secret ». Les promenades dans le parc nous soudaient. Il me demandait ce que j'avais fait de ma journée. Il avait des sujets de prédilection : le mensonge qui était frontal, la vérité qu'on pouvait dire de biais. Même de dos on pouvait dire je t'aime à quelqu'un si c'était vrai, il faisait l'essai en me tournant le dos et en marchant à reculons.

J'avais une intervention dans une clinique, je lui demandais s'il pouvait venir me chercher, sans lui dire de quoi il s'agissait. On me retirait mon stérilet sous anesthésie générale parce que j'étais trop sensible à la douleur pour rester consciente. J'étais encore un peu dans les brumes quand il arrivait. Il me trouvait marrante.

Contrairement à ce qu'il avait annoncé Marc n'appelait pas le week-end. Le jeudi matin en partant à la clinique, je trouvais un texto sur mon portable datant de la veille le soir tard (je dormais) « je peux te téléphoner ? ». Je répondais à mon retour, après avoir émergé de l'anesthésie « oui tu peux m'appeler ». Mais pas de réponse, le temps passait. Un soir de la semaine suivante j'appelais. Il y avait du monde chez lui, il s'isolait dans une autre pièce.

– C'est Christine. Je te dérange ?

– Je suis avec des gens. Je me mets dans une pièce à part.

– Ça va ?

– Oui. (Un oui modéré.) Et toi ?

– Oui. (Un oui clair.) Tu devais m'appeler il y a huit jours ?

– Tu n'as répondu à mon texto que le lendemain.

– Et pendant huit jours, il y a rien eu ? C'est pas très soutenu notre histoire.

– Non, c'est pas très soutenu.

– Il faut qu'on se parle pour que ça le soit un peu plus. T'avais quelque chose à me dire et puis rien ?

– Je n'avais pas quelque chose à dire, je t'ai demandé si je pouvais téléphoner. Là je peux pas, je te rappellerai quand…

– … pour qu'on se dise si on a quelque chose à se dire. On va pas rester dans ce truc en suspens.

– Je te rappellerai demain parce que là il faut que j'aille rejoindre les autres.

– Les autres, y a pas que ça dans la vie, c'est pas grave.

– Non c'est pas grave, mais c'est une question de convivialité. En tout cas ne me dis pas que je ne t'appelle pas, je t'ai appelée, t'étais dans la rue. Après je t'ai laissé un texto tu ne m'as répondu que le lendemain.

– J'étais à la clinique avec une anesthésie générale. Je t'ai répondu dès que j'ai pu.

– Je savais pas. Excuse-moi.

– Tu savais pas, ben non, tu téléphones pas, tu prends pas de nouvelles.

– Je vais te rappeler. Là je suis pas seul. J'étais en train de parler avec du monde.

– Quand ?

– Je ne sais pas. Tu veux quand même pas qu'on se donne un rendez-vous téléphonique ?

– Si. Quand je t'appelle, je te dérange toujours, c'est désagréable, je veux pouvoir appeler sans prendre de gants et que tu puisses le faire aussi, s'il faut prendre mille précautions c'est pas intéressant. Si on est amis, y a pas besoin de prendre de gants, je vois pas où est le problème.

– Je parlais avec des gens. Je t'appelle demain soir.

– Dis-moi un truc sympathique, là tu es désagréable.

– Demain. Et ne me dis pas que je suis désagréable, ne renverse pas la situation.

– Moi je suis désagréable ?

– Non absolument pas. C'est du miel. Du sucre. J'aurais dû t'enregistrer.

Avec Charly c'était très différent. Le téléphone durait moins d'une minute et il répondait toujours.

– C'est Christine.

– Qu'est-ce que tu fais ?

– Rien de spécial.

– Je passe te voir.

Ou après le voyant je lui disais :

– Je viens de faire un truc de folle, tu peux pas savoir.

– Quoi ?

– Non je peux pas te le dire comme ça au téléphone.

– Si. Dis-moi.

– Je te dirai quand on se verra.

– Non maintenant.

– Non je ne peux pas là.

– Si, tu peux, allez dis-moi.

L'élan, le rythme primaient. On ne devait ni morceler ni mettre en scène ce qu'on avait à dire, il fallait suivre le rythme de sa pensée, s'y plier. Comme les allers et retours de Bruno sur mon palier avant d'entrer. Je lui avouais dans une balade au parc que j'avais vu un voyant et qu'il m'avait dit que Bruno allait revenir. Il me disait en riant que j'étais une vraie négresse mais que c'était stupide de faire ça, il connaissait ces charlatans.

Je lui proposais de venir au théâtre avec moi dans quelques jours, il voulait savoir si ça existait encore des pièces où le personnage était plus fort que l'acteur, savoir aussi ce que c'était la rentrée littéraire, on marchait dans les allées, près du manège on s'asseyait à l'ombre sur un banc, si ça existait des romans qui se finissaient autrement que par une séparation ou par une mort, comment je faisais pour le protéger quand j'emmenais quelqu'un hors de son milieu, lui si un jour il m'emmenait en Martinique il ne me dirait pas « viens on va dormir sur la plage ». Il n'aimait pas les questions personnelles, ni sur le passé, pas de temps en plus à consacrer au passé, il ne voulait pas connaître les causes, la psychologie n'existait pas, il ne croyait qu'à la vérité et à l'honnêteté. Ce qu'on pensait vraiment, ce qu'on avait à dire. Tout le reste c'était chichis, macaqueries. Ça ne lui arrachait que des « ahwoua » dégoûtés et traînards.

– Je peux te citer une phrase d'un cinéaste, Philippe Garrel, que j'adore ?

– Vas-y c'est quoi ?

– C'est une phrase que son père lui disait.

– Vas-y, dis.

– En amour il faut être sincère, parce que sinon on gâche sa vie.

– C'est vrai.

– Oui c'est vrai.

Quand je lui disais que Bruno exagérait de ne pas me donner de nouvelles, il disait qu'il ne voulait pas le juger.

– Est-ce que tout le monde a le droit d'être aimé ?

– Oui.

– Alors !!

Marc appelait le lendemain, il me proposait le vendredi de la semaine suivante, il était gentil, tendre, j'étais la seule personne avec qui il pouvait parler comme ça, il me parlait de sa vie, il envisageait une psychanalyse pour l'aider dans sa vie privée et par curiosité, il parlait de ma douceur, de la douceur de ma voix, de ma manière de prononcer les mots et toujours de ce quelque chose d'unique en tout cas de très rare qui nous reliait.

Gérard pensait : c'est le bobo qui s'avance, qui est aussitôt pris de vertige par rapport au risque de perdre son équilibre, c'est le bobo qui rêve.

Je lui dirais qu'on pouvait quand même se donner une chance. À propos de la femme, je lui reprocherais de m'avoir mise en contact à mon insu avec un univers que je n'aimais pas. La difficulté serait de ne pas être méprisante. Pour remuer le couteau dans la plaie je dirai peut-être que je pleurais dans l'avion en rentrant à Paris, sous-entendu maintenant je ne le ferais plus. Je lui dirai que ce qu'il appelait « compliqué » c'était juste faux, j'insisterai sur les mots amis, relation de confiance, amitié. J'imaginais son regard contrarié cherchant comment se dépêtrer de tout ça.

Un soir Jocelyn oubliait son téléphone chez moi, quand je m'en apercevais il était déjà reparti au Bourget, à Garges, ou à Sarcelles, je ne pouvais plus le joindre. J'ouvrais son répertoire pour appeler quelqu'un qui le verrait ou lui transmettrait. Il n'y avait pas un seul nom ordinaire, mais des surnoms, des noms de guerre, des inversions, Arafate, Dalton, baby suceuse, belle sœur, Chougoume, Héric oncle, Crystian ankho, Inconnito, Psychose, Rasta fou, Sékale, Sexy, Titi, Nobru Risaub, Bruno Beausir en verlan. J'appelais belle sœur. Il repassait le lendemain, puis on prenait le métro ensemble, la femme en face de nous avait l'air surprise de l'association, on partageait trois stations, à Havre-Caumartin il sortait pour la correspondance du RER. Il ne ménageait pas les trajets, les allers et retours, les distances, que ce soit pour lui, pour des papiers à remplir, ou pour rendre service. J'avais perdu la clé de mon anti-vol, le vélo dormait dans la cave depuis dix ans, je lui demandais s'il pouvait le couper, un gros antivol épais. Il fallait une pince-monseigneur, il s'en procurait une, une grosse pince, qui arrivait à la hanche, un copain l'accompagnait en voiture pour qu'il ne soit pas arrêté avec ça dans le RER, il ne prenait pas la précaution d'appeler avant, il n'envoyait pas de texto « je peux passer ? », je n'étais pas là, il repartait dans l'autre sens, sans se plaindre d'avoir perdu son temps. Tant qu'il arrivait à ne pas se battre, il estimait aller bien, il ne voulait pas mourir et ne voulait plus aller en prison. Il voulait rester en vie, et rester libre. S'il y arrivait ça allait. Il était fier de paraître moins que son âge, dix ans de moins. Il avait toujours fait beaucoup de sport. Il se mettait au régime pour ne pas avoir « le bassin parisien ». En passant dans le couloir il m'empruntait souvent des médicaments, il aimait bien que je lui en donne et me parler de ses douleurs, de ce que lui avait dit le médecin. Il me disait qu'il ne m'oublierait jamais et que si demain je mourais il viendrait à mon enterrement, qu'il était comme ça. Quand ça allait moins bien, c'est que trois copains à lui étaient morts dans la semaine.

– Ça va ?

– Ça va ça va.

Être respecté aussi était important. Quand Bruno lui posait des lapins il n'aimait pas. Il me racontait des anecdotes où il l'avait engueulé. Le ton qu'il avait pris le jour où il lui avait dit qu'il allait le transformer en ballet Océdar pour nettoyer la chambre d'hôtel qu'il lui avait prêtée et qu'il lui rendait en désordre, Océdar dépoussiérant tu connais ? Par des gestes et des mots il suggérait l'image de Bruno la tête à l'envers avec ses locks qui astiquaient le sol, lui le tenant par les pieds en s'en servant comme d'un ballet. Il faisait la distinction, Bruno et Charly étaient des rasta man lui non, lui était un soul man. Penser à cette musique le remplissait de bonheur, et même d'orgueil. Il riait encore de Bruno à Brive en train de danser dans la boîte sur *Oh Célimène*, chanté par Bernard Ménez, Bruno riait aux larmes en l'écoutant, il s'essuyait les yeux, Bruno adorait rire. Il avait voulu le rencontrer au départ parce que dans son quartier Jocelyn était respecté et faisait peur aux plus jeunes.

« J'allai voir celui dont ils s'inspiraient tous, pour savoir de quoi il retournait. Les plus jeunes veulent ressembler trait pour trait à ceux qu'ils prennent comme modèle. Il y a les plus âgés d'un côté, dont chaque parole, chaque fait, chaque geste est épié pour pouvoir les singer. J'ai parfois l'impression d'avoir à faire à une seule et même personne, tout en m'adressant à chacune séparément. Lorsque j'arrivai vers lui, il se mit sur la défensive, et en quelques minutes comprit que je venais en ami. Il m'expliqua qu'il était le plus respecté parce qu'il avait gagné de nombreuses bagarres, et cela depuis sa petite enfance. Et que tous voulaient lui ressembler, jusqu'au style vestimentaire. Ceux qui étaient trop jeunes à l'époque allaient chercher les mêmes modèles dix ans après sur Internet. Peu importe la nationalité qu'ils avaient. Il était guadeloupéen comme moi et, craignant que je ne remarque son manque de personnalité, il n'appréciait pas trop de m'entendre lui poser des questions. En fait, il était l'essence de leur style, mais lui restait dans l'ombre, il ne sortait pas trop de chez lui. En parlant avec lui, je n'entendis pas un mot que les autres ne m'avaient dit, pas une blague qu'ils ne m'avaient faite. Il était quelqu'un de bien, et respecté de tous parce qu'il n'utilisait jamais sa force inutilement. Mais parfois il se peut que le caïd ait une très mauvaise influence involontairement. Leur sang bouillonne dans leur corps, c'est pire qu'un manque de personnalité pour ressembler à quelqu'un ils singent jusqu'au son de la voix. Au cours d'une discussion de quelques phrases, j'arrive lorsque ça leur échappe à entendre le son de leur propre voix. C'est normal lorsqu'on passe beaucoup de temps avec une personne, mais comment arrivent-ils à vivre à travers une personne quand ils n'ont fait que l'épier ? Je trouvais cela très intéressant. »

Quand il me trouvait bizarre, qu'il ne me reconnaissait pas, Bruno me disait parfois « qu'est-ce que t'as, t'es habitée ? ». Il pensait que ce n'était pas moi qui étais en face de lui, mais je ne sais pas qui dont j'avais pris le caractère, les idées, les manières, la mentalité.

« Les Français, eux, de par leur couleur de peau blanche, se sentent amenés, lorsqu'ils traînent avec des immigrés, à leur devoir quelque chose. Je n'aime pas cela, mais c'est comme ça. Quand il y en avait un dans le groupe – c'était d'ailleurs le seul qu'on appelait le Français – il était très dur pour lui de s'affirmer. Il fallait qu'il soit plus fou que les autres pour se faire respecter. Quand un Français était dans une bande, je savais tout ce qu'il avait enduré ou dû faire pour être accepté. Les habitants, eux, craignent les jeunes, font mine de les ignorer, ou certains les toisent du regard. Mais je vois bien que les rapports ne sont plus les mêmes, moi qui tenais la porte de l'ascenseur aux gens de mon immeuble quand ils arrivaient les bras chargés de courses, et qui leur ai toujours dit bonjour et au revoir. Il m'arrivait de demander aux jeunes pourquoi ils avaient agressé une personne.

– Pourquoi vous l'avez embrouillée ?

– J'sais pas. On s'ennuyait, on voulait l'emmerder un peu.

– Mais c'est un mec du quartier ! Vous le connaissez !

– Non, on le connaît que de vue.

– Mais il ne vous avait pas cherchés !

– Non !

– Vous en avez profité parce qu'il est plus faible que vous.

– Non, n'importe quoi ! Non, non…

– J'aurais bien aimé qu'il vous casse la gueule. On sait jamais sur qui on peut tomber.

Il arrivait fréquemment que des jeunes trop apeurés finissent par sortir une arme ou par blesser, d'autres qu'ils avaient cherchés appelaient la police. Cela créait des conflits entre familles, ou des bagarres générales lorsque celui-ci ne faisait que traverser le quartier, tout en faisant partie d'un autre quartier. Tout le monde se mettait sur le pied de guerre, les quartiers d'à côté arrivaient. Le rendez-vous était fixé au square fermé la nuit. À ce moment-là, on trouvait tous les jeunes du quartier prêts à en découdre.

– C'est quoi l'embrouille ? Je sais même pas ce qui s'est passé !

– Les gars du quartier d'à côté veulent descendre ce soir.

– On est combien ?

– Tout le monde est là !

– Mais pourquoi ?

– J'sais pas.

– Vous avez des armes ?

– Non, des cocktails Molotov, des barres de fer…

– Mais cela fait déjà deux heures qu'on est là !

– Ouais, ça fait longtemps, ils ne viendront pas.

Finalement, c'est la police qui arrive. Tout le monde se disperse, court dans tous les sens se réfugier chez papa maman.

« Ce que j'ai vécu était très dur. Je pensais que la vie en général ne l'était pas, étant donné que ma mère m'avait caché ses difficultés. Elle élevait seule, avec un salaire, quatre enfants, partait au travail chaque matin. Je restais seul dans ma chambre. Mes frères et sœurs avaient quitté la maison, le plus grand pour les Antilles, ma sœur pour une chambre de bonne à la gare du Nord, mon autre frère chez une tante, ma mère ne voulant pas qu'ils restent sans emploi à la maison. J'essayais de lui donner entière satisfaction, en ayant de bons résultats scolaires, et en ayant fait la vaisselle à son retour du travail.

Jocelyn ne voulait plus se battre mais il était fier de sa force, de ses mains, de leur puissance, du simple fait que sa présence physique puisse imposer le respect. Sur les Champs il marchait avec Bruno, des types de la banlieue que Bruno avait traités de clowns s'arrêtaient en voiture, descendaient, s'approchaient, menaçants. Lui Jocelyn, Joss, leur demandait s'il y avait un problème, les types disaient non et remontaient tout de suite dans leur voiture. Il leur montrait ses mains, il leur disait « t'as vu ? ».

Un jour dans le salon on écoutait de la musique, on parlait de ça. Jocelyn et moi on était assis, Bruno marchait entre la chaîne et la fenêtre. Jocelyn disait qu'il n'avait jamais attaqué le premier mais qu'il s'était toujours défendu sinon il serait mort depuis longtemps.

C'était ce qu'il avait dit à la juge. Qu'il ne serait pas là en train d'être jugé parce qu'il serait mort. Il avouait qu'il aimait trop rire et faire rire les gens. Il parlait vite, reprenait les mêmes phrases avec d'infimes différences en appuyant sur certains mots. Quand tout d'un coup il devenait tendre et fleur bleue, ça faisait encore rire mais ce n'était plus volontaire. Il pensait que sa violence était venue au départ de son humour. Pour faire rire au début il employait parfois des insultes, et ne se rendait pas compte que ça vexait. Par exemple, les Noirs ça le faisait rire de les appeler « gros nez » même s'il était noir lui aussi. Il s'en fichait ça ne le dérangeait pas si on l'appelait gros nez. Déjà parce qu'il n'avait pas un gros nez épaté, mais un nez fin, on lui avait toujours dit. Il touchait son nez avec son doigt pour en dessiner la ligne, et puis même, ce n'était pas le genre d'insulte qui l'aurait dérangé, même s'il avait eu un nez épaté. Ça avait commencé comme ça, il avait appelé « gros nez » un de ses copains, sans y penser. Ça s'était mal terminé.

Il avait écrit une chanson, son frère avait fait la musique, sa belle-sœur faisait les chœurs. « Trop d'alcooliques, trop de déprime, trop de clochards, trop de suicides. Même si souvent je tombe sur le cul, Joss ne s'avouera jamais vaincu, je vous donne mon aperçu. La vie est dure. J'ai pas de voiture. Les mêmes chaussures. Privé d'air dix ans. Je reste pur. Je te le jure. Je ne ferai plus de bavures. Pour le futur. Je garde mon allure. Je franchis les étapes au fur et à mesure, j'apprécie tous les plaisirs que cela me procure. Lève-toi. Batstoi. Fais comme moi. Prends un petit coup de Badoit. Si t'es fait comme un rat, j'interviens pour toi, tout s'éclaircira. Car Dieu nous voit. Ah ça ira ça ira. À l'heure où nos écoles sont pleines d'alcool. Où les profs s'affolent. Pour frapper à plusieurs, petit, t'as l'air bénévole. J'ai tous les pedigrees, Royal Canin, Canigou, Kit et Kat, Whiskas. Indressable je suis comme le diable, le malheur sur mon épaule ne m'a pas empêché de garder mon humour et d'être toujours drôle. Je vous fais mon one man show. J'ai un dos à la Belmondo, un petit air à la Marlon Brando, un tempérament à la Quasimodo, je suis toujours le plus beau. Mademoiselle, vous êtes prise, "oui je suis prise". – Ah bon, eh bien y a les multi-prises, les doubles-prises, il fallait que je vous le dise. UAP numéro un oblige. C'est la crise, les couples se brisent, un avenir où les enfants se méprisent, plus personne se maîtrise, tout va bien et hop ça part en vrille. Malgré ça je suis mon instinct, s'il vous plaît un Vichy Célestins. Avec moi le retour de la bête du Gévaudan, en face de mon poing j'ai vos dents. Le respect nous a quittés mais reste la bête made in Jocelyn, j'interviens shampoing après shampoing, comme L'Oréal je le vaux bien, d'affronter ce putain de destin, qui ne sera peut-être pas le mien. »

L'idée lui était venue après que Bruno lui avait fait enregistrer une voix sur un morceau, il disait « c'est moi qui suis la vraie version » par comparaison à des attitudes de violence dictées par l'image, l'argent, l'air du temps.

Quand on avait bu un verre au café sur la place à côté, juste après son installation, Jocelyn avait reçu un coup de fil, Bruno s'était fait menacer avec un fusil, il était avec Charly.

– Tu l'as déjà vu Charly ?

– Oui.

– T'as vu comment il est bâti ?

– Oui.

– Comment tu veux qu'il le protège s'il y a des ennuis. Il est bâti comme... tiens comme le truc-là.

Et il m'avait montré les cônes rouge et blanc que la voirie pose dans les caniveaux, pour empêcher les gens de se garer, ces entonnoirs inversés longs et étirés, pointus en haut à peine plus larges en bas, en me précisant « et pourtant il saute sur tout ce qui bouge », et en comparant à Fernandel « t'as pas remarqué qu'il rigole tout le temps, il est tout le temps là en train de rigoler, de toutes ses dents, il me fait penser à Fernandel, on dirait un Fernandel noir avec les dents blanches qui ressortent… Moi chaque fois que je le vois c'est à ça qu'il me fait penser. Pas toi ? Je te jure. Je sais pas pourquoi. Chaque fois que je le vois je pense à ça. Pas toi ? ».

J'y repensais maintenant en voyant Charly. C'était vrai qu'il souriait beaucoup.

– Chaque fois que tu le vois il rit.

Charly n'habitait plus dans le douzième, dans l'appartement où je l'avais vu au printemps, avec ses enfants et leur mère, mais chez sa copine pas loin de chez moi. Il n'avait pas vu ses enfants depuis plusieurs mois. Un film tourné à Dinard passait à la télé, je le prévenais par texto, les parents de sa copine y avaient une maison, où elle était allée en vacances, il m'appelait dans la soirée, me parlait d'une image au début où on voyait la maison de sa copine. Il voulait sortir, aller marcher. Je préférais rester, il faisait nuit. Se promener la journée avec un ami ça allait, le soir j'avais besoin d'intimité, de ne me forcer à rien. D'être moi-même. Dans la journée en quinze minutes à pied il était là. On était au parc Monceau, assis au pied d'un arbre.

– Est-ce que c'est possible d'aimer toute sa vie quelqu'un même si la personne ne vous aime pas ?

– Il y a un livre de Marguerite Duras qui s'appelle *Lol V. Stein*, où il se passe un peu ça, je ne sais pas si c'est ça que tu veux dire.

– C'est quoi ?

– Lol V. Stein est fiancée à Michaël Richardson, ils vont se marier. Ils vont à un bal. Une femme arrive, c'est si fort entre elle et le fiancé de Lol, que tout le monde se rend compte, Lol la première, qu'ils vont repartir ensemble. Mais Lol continuera d'aimer Michaël Richardson. Il y a une scène très connue vers la fin où elle est dans les blés, en train de regarder la chambre où il se trouve avec cette femme, Anne-Marie Stretter elle s'appelle, Lol contemple la chambre sans aucune amertume, sans jalousie, et elle l'aimera jusqu'à la fin de sa vie.

– Ah ! oui !!

– Tu trouves ça bien ?

– Ah oui. Oui !!

Je lui donnais le livre en repassant devant chez moi, avec la couverture dorée du champ de blé. Il n'était pas sûr de pouvoir venir au théâtre samedi, il m'avait dit qu'il allait essayer. D'un ami de Bruno je m'attendais à un lapin le soir même. S'il ne venait pas, je n'irais pas non plus, j'annulerais. Il était moins libre qu'en plein été, sa copine était rentrée à Paris. Vers sept heures le samedi, je me mettais à la fenêtre, au bout de la rue je voyais sa silhouette qui s'avançait. Le haut du corps bougeait à peine, les épaules ne se balançaient pas, les bras non plus, ils restaient droits ou pliés les mains dans les poches les coudes collés au corps. Les jambes faisaient des grands pas, des grands ciseaux qui filaient sur le trottoir, vers l'avant et tout droit. Une démarche avec un but. Ce n'était pas chaloupé, pas nonchalant. Mais tranchant et angulaire, comme s'il y avait un parcours direct. La silhouette, droite, maigre, les bras fixés aux hanches et les jambes en ciseaux, un bronze nerveux, des muscles bien arrimés, pas angoissé, tendu,

Giacometti grandeur nature, pas de temps à perdre à des bêtises, la silhouette passait inaperçue, ce n'était pas un corps qui remplissait la rue, dans une pièce non plus il ne prenait pas tout le volume, ni toutes les ondes, il en laissait. De temps en temps le bras, la jambe, ou la nuque, dansait quelque chose, un déhanchement inattendu, désarticulé. Ce n'était pas la souplesse du chat, les pattes du chat, plutôt le chien qu'on croyait domestiqué et qui dévie du chemin tracé tout d'un coup. Un homme qui marche, qui frappe à la porte, ou qui siffle en bas. Je sortais sur le balcon :

– J'arrive. Ou tu montes ?

Il montait. J'étais prête, j'avais mis mon jean large et une veste beige, des nouvelles sandales très hautes, compensées, avec des brides dorées. Il grattait à la porte. Il évitait toujours la sonnette, le bruit. Et n'allumait pas la lumière. Il se déplaçait dans l'obscurité. J'ouvrais. Lui, dont le visage souriait presque toujours, ce jour-là il était sombre et fermé.

– Qu'est-ce qu'il y a ? Ça va ?

– Ça va.

– T'es sûr.

– Oui. Y a rien. T'inquiète pas.

On sortait. Dans l'ascenseur il avait encore son visage fermé.

– Ça va ?

J'avais l'impression de fouiller quelque chose qui ne me regardait pas.

– T'inquiète pas je te dis. Ça va.

Dans l'ascenseur on ne disait pas un mot. Le silence. À part la fête où il avait mis de la musique jusqu'à ce qu'on lui demande de rendre sa place au DJ de Sciences po, jamais on était allés vraiment quelque part. Il y avait eu la conversation sur le balcon avec Bruno. Depuis le mois d'août on se promenait au parc, on montait boire un Perrier chez moi, on s'asseyait sur un banc, au pied d'un arbre, dans ma rue, sur le chemin du parc quelqu'un l'avait hélé une fois, le propriétaire d'un studio d'enregistrement avec qui il avait travaillé, on n'avait fait aucune autre rencontre. On descendait chercher un taxi vers la place.

– Je t'ai transformée en ami i.

– C'est-à-dire ?

– C'est-à-dire que je t'ai transformée en ami i, j'ai dit à ma copine que je sortais avec un ami i, un ami, et pas une amie. I e. Je sais pas pourquoi j'ai pas dit une amie. Je comprends pas.

La rue faisait un angle, on tournait.

– Elle est jalouse ta copine ?

– J'espère qu'elle est jalouse. Mais si elle est jalouse pourquoi je reste pas chez elle ?

– T'as dit ça pour qu'elle ne s'inquiète pas, parce que ça te paraissait plus simple.

– Je sais pas.

– Et toi t'es jaloux ?

– On est tous jaloux.

– Ta copine t'es bien avec elle... T'es amoureux d'elle ?

– Oui je suis bien avec elle. Mais si je rencontre une femme et que je sens qu'elle me correspond, que je peux rester toute ma vie avec elle, je vais pas m'entêter à rester avec ma copine, sinon oui j'ai pas de raison de partir, pour l'instant j'ai aucune raison. Je suis bien avec elle, je suis amoureux d'elle. Mais si demain je rencontre la femme qu'il me faut, pas parce qu'elle aurait des seins plus gros, mais parce que je sens que c'est la femme qu'il me faut, je vais pas rester avec ma copine, je suis pas bête.

– Mais c'est peut-être la femme de ta vie ta copine, celle qu'il te faut.

– Peut-être oui. En tout cas pour l'instant c'est elle.

– …

– Y aura des gens que tu connais au théâtre ?

– Oui.

– Quand ils vont nous voir ensemble, ils vont penser « c'est le nouveau petit copain de Christine » ?

– Non je crois pas.

– Pourquoi ?

– Je sais pas, mais je crois pas.

– Et s'ils le disent ?

– Ben s'ils le disent c'est pas grave. Ça n'a aucune importance.

– Ça te gêne pas ?

– Non.

– Et Bruno qu'est-ce qu'il penserait s'il savait qu'on va tous les deux au théâtre ? Tu crois qu'il serait content ou pas ?

– Bruno il est pas là.

– Si, il est là.

– Oui il est là, mais il est pas là.

– Alors il serait content ou pas ?

– Oui. Je pense.

– Bon ça va alors. Si tu penses que oui.

– Tu crois pas toi ?

– Je sais pas. J'espère. Mais je sais pas.

Il faisait toujours ses grands pas ciseaux. Il avait le même T-shirt que le jour de la clinique. Un soleil jaune sur un fond bleu marine, dont les rayons s'effilaient. Sous un gilet à fermeture Éclair. En bas un pantalon gris, large, la ceinture serrée autour du bassin étroit. Il avait des locks plus fines que celles de Bruno, ses cheveux étaient moins épais, leur aspect moins régulier, plus désordonné, un peu loup efflanqué, les longueurs n'étaient pas toutes les mêmes et les vêtements souvent sombres. On montait dans le taxi, je lui racontais *Le Roi Lear* dans la voiture, les trois sœurs, laquelle l'aimait le plus, l'abdication de pouvoir, je lui parlais aussi de l'intrigue secondaire, le fils légitime et le bâtard. On se promenait sur la pelouse du théâtre, puis on entrait dans le hall, je disais bonjour à plusieurs personnes, je le présentais. Chaque fois il souriait.

Une fois la pièce commencée, dans le noir je continuais de lui donner des précisions à l'oreille. Je me penchais vers lui, mes cheveux frôlaient les siens. J'avais l'impression qu'une petite corde tirait ma tête vers la sienne, quelqu'un à la rangée devant nous faisait « chut », il riait comme un enfant qui s'en fiche. À l'entracte il sifflait le thème de Peer Gynt repris en boucle dans la pièce. Un ami pianiste me disait « c'est un musicien ton copain ? ».

– Oui pourquoi ? Comment tu vois ça ?

– À sa manière de siffler.

Je les présentais, ils s'étaient déjà vus dans un studio il y a plusieurs années quand le reggae avait débarqué à Paris. Ils connaissaient des gens en commun. Puis ils se mettaient à parler politique. Violence, banlieue, drogue, armes. Charly refusait le mot ghetto :

– Tu te trompes c'est pas des ghettos, le ghetto il a ses règles, moi je peux y aller dans le ghetto et t'emmener il t'arrivera rien, ce dont je te parle c'est des zones de non-droit.

Il défendait Sarkozy. Mon ami pianiste lui disait en souriant :

– Je crains que tu ne sois déçu.

Il y avait un pot. Il passait un texto à sa copine sur mon téléphone « je suis là dans une heure. jtm ». Sa présence changeait tout. L'ambiance ne me pesait pas. On cherchait de l'eau pétillante, on goûtait les plats, on se faisait goûter ce qu'avait pris l'autre. On avait déjà un peu fait ça à la fête où il était resté DJ quinze minutes. On rentrait, le chauffeur était antillais, Charly l'interrogeait en créole sur la maison qu'il avait sûrement fait construire là-bas. On se séparait sur le trottoir. Le lendemain je ne l'appelais pas, je voulais le laisser tranquille, maintenant que sa copine était rentrée. Je passais un excellent dimanche. Je ne sortais pas. Deux amies qui étaient au théâtre la veille m'appelaient, me demandaient qui c'était.

Le lendemain je travaillais. Vers trois heures, le téléphone sonnait, ça devait être Charly. Je voulais calmer le rythme, je n'avais pas envie d'aller au parc Monceau, je voulais espacer. Je ne répondais pas. J'allais voir Marc en fin de semaine, le vendredi.

Mais à quatre heures, un texto arrivait « Vendredi impossible. Il faut trouver une autre date ». J'appelais Charly pour lui dire que ça n'allait pas.

– C'est toi qui m'as appelée tout à l'heure vers trois heures ?

– Oui. Je t'ai appelée à trois heures parce que je voulais savoir si je pouvais sortir. Ou je voulais que tu viennes avec moi à Bondy, il fait beau, je suis dans un beau jardin, je voulais que tu viennes.

– Je travaillais, pourquoi tu m'as pas laissé de message ? Je serais venue.

– Déjà que j'ai appelé ! Je pouvais pas en plus laisser un message. Ça va ? Qu'est-ce que tu fais ?

– Non pas très bien.

– Qu'est-ce qui se passe ?

– Je sais pas. Enfin si je sais, je te dirai.

– J'étais bien avec toi samedi.

– Moi aussi.

– Je sais pas si j'ai le droit, je voudrais te voir tous les jours.

– Si tu veux. Il n'y a rien de plus simple.

– Tout à l'heure quand je rentre de Bondy je peux te voir ?

– Si c'est pas trop tard oui.

– Si c'est trop tard, je te siffle en bas et tu te mets juste sur ton balcon, je veux te voir, et je rentre après, ça me suffit. Mais je veux te voir une fois par jour, même de loin. Si c'est possible, si ça te dérange pas, je veux pas te déranger.

– D'accord. Moi aussi ça me fera plaisir.

– Qu'est-ce que t'as ? Pourquoi ça va pas ?

– Rien tu sais c'est le type dont je t'ai parlé.

– Celui du mois d'août ? Celui qui te draguait ?

– Oui.

– Il t'appelle encore ?

– Oui.

Le soir au téléphone, Marc me proposait le samedi au lieu du vendredi. Il avait rêvé d'une vague la nuit dernière. On se parlait. Je me demandais ce qu'il m'apportait. On verrait ça à la fin de la semaine. J'avais envie de paix. Je me couchais.

Le lendemain matin à neuf heures, Charly voulait passer.

– Maintenant ?

– Oui si c'est possible.

– Je vais me mettre au travail. Ça peut pas être cet après-midi ?

– Si, ça peut. Mais là je viens de me réveiller je suis pas pollué. Je voudrais te parler, j'ai quelque chose à te dire mais je sais pas si j'ai le droit.

277

– Et pour me parler tu veux pas être pollué par le reste de la journée ?

– Oui je préférerais.

– D'accord. Passe maintenant alors.

Il arrivait une demi-heure après.

– Ça va ?

– Oui. Et toi ?

– Ça va.

– Assieds-toi.

– J'étais bien l'autre jour au théâtre avec toi.

– Moi aussi.

– Pourquoi tu m'as pas appelé le dimanche ?

– Pour te laisser tranquille avec ta copine.

– J'étais tout seul. Je veux te voir tous les jours.

– Oui. Bien sûr.

– T'étais belle samedi.

– Tu sais ce qu'il dit Jocelyn à propos de toi ?

– Qu'est-ce qu'il dit ?

– Il dit que tu sautes sur tout ce qui bouge.

– Qu'est-ce qui bouge ?

– Rien.

– T'as l'impression que je te saute dessus ?

– Non.

– Je veux te voir tous les jours de ma vie, je suis bien avec toi. J'arrive à faire parler mon âme. Mais depuis samedi je te vois plus pareil. Quand tu m'as téléphoné au mois d'août et que je suis venu te voir, pour moi t'étais la femme de Bruno, j'avais aucune idée derrière la tête c'est vrai, je t'ai respectée.

– Si on se voit tous les jours on pourrait essayer de se dire tout si tu veux.

– Ça serait bien.

– J'aimerais bien avoir quelqu'un à qui je pourrais tout dire.

– Je te respecte Christine, ce que je voulais te dire c'est que je veux te voir tous les jours, mais si on continue de se voir, un jour je risque de te prendre la main et ce jour-là je voudrais pas que tu sois surprise ou que tu penses que je te manque de respect. Et je sais pas si t'es prête à courir ce risque.

– Oui. Oui je suis prête. Mais toi tu préférerais peut-être qu'on se voie pas, tu préférerais peut-être ne pas courir ce risque.

– T'as pas compris ce que je t'ai dit. Je me mets à nu devant toi. Alors je répète : moi je suis prêt à courir ce risque, pourtant je sais que c'est un gros risque. Je préfère te parler avant, je voudrais pas qu'un jour on marche dans la rue, que je te prenne la main et que tu penses que je te manque de respect, parce que si un jour je prends ta main, je ne veux plus jamais la lâcher. Tu vois ce que je veux dire ? Je veux te prévenir. Parce qu'il y a un risque.

– De toute façon il y a un interdit entre nous.

– Ah ça je sais. Un sacré même. T'es la meuf de mon pote. Et Bruno tu l'aimes. Je me comporte comme un putain de traître. Mais il fallait que je te dise que j'ai envie de te voir tous les jours, et qu'il y a ce risque. Je veux être honnête avec toi. Je suis pas dans un truc de séduction mais j'ai ce désir je suis obligé de te dire ce que je ressens. J'ai envie de te voir tout le temps.

– On va se voir tous les jours alors.

– Tu me laisses parler, mais toi tu ne me dis rien. Tu ne me dis pas, si par exemple ce que je viens de te dire… toi tu en étais à mille lieues ?

– Non. Non je n'en étais pas à mille lieues. Bien sûr que non. Moi aussi je suis bien avec toi. Mais si on se voit tous les jours, qu'est-ce qu'on pourra faire ensemble puisqu'il y a cet interdit ?

– On verra. Ce que tu veux.

– Tu voudrais venir en vacances avec moi par exemple, dans le Sud ?

– Christine, Christine qu'est-ce que tu me dis ? Tu veux que je vienne en vacances avec toi ?

– Pourquoi pas ?

– Y a quoi à faire là-bas ?

– Se reposer, lire, manger du poisson. Tu aimes ça ?

– J'en mange pas mais j'aime bien aller en acheter sur la plage.

– Et puis t'as une copine, tu le sais ?

– Oui j'en suis conscient. Mais si on est fort ensemble, ça s'imposera à tous.

– Ce qui te gêne le plus c'est ta copine ou c'est Bruno ?

– C'est Bruno. Il a confiance en moi.

– Il a confiance en personne Bruno.

– Mais je peux te dire qu'il a confiance en moi. Et puis tu l'aimes.

– Oui je l'aime. Mais il ne me rend pas heureuse.

– Mais je veux pas le remplacer, je veux pas lui prendre sa place. Je suis un putain de traître si c'est ça que je fais.

– S'il y avait ta copine mais qu'il y avait pas Bruno, ça te gênerait moins ?

– Là on serait déjà en train de pêcher du poisson quelque part.

On se souriait.

J'avais envie de ses lèvres et d'avoir son visage plus près. On s'embrassait. Puis j'avais rendez-vous, il m'accompagnait, m'attendait dans la salle d'attente, on rentrait, on allait dans ma chambre, il était doux, exigeant, les yeux profonds, il alternait des silences et des paroles murmurées, en même temps qu'il me retournait sous lui il embrassait le creux de mon dos. Je me retournais pour le voir. « T'es un ange » je m'entendais lui dire, je le pensais, son regard était doux, ses mouvements coulaient.

– J'aime bien ton type de femme.

– C'est quoi mon type de femme ?

– C'est les filles chaudes, bien mouillées.

Il restait longtemps au bord, comme un bélier qui fait semblant de ne pas trouver la serrure alors qu'il peut fracasser la porte. Par petits mouvements du bassin en arrière, quand ça glissait des côtés vers l'intérieur, comme si je ne voulais pas, je reculais le moment. Je jouissais dès la première fois. La nuit suivante, je faisais un rêve particulier.

Je suis couchée par terre dans une maison inhabitée, délabrée, certains murs sont écroulés. Le sol est en pierre, il n'y a pas de revêtement, je suis allongée là. Des créatures se mettent à sortir de mon corps, par l'anus, des créatures qu'on ne peut pas identifier. Magnifiques. Splendides. On ne sait pas si ce sont des oiseaux, des poissons, des petits chats. C'est très beau, vraiment magnifique, je n'ai jamais vu de créatures aussi belles, elles sont colorées, il y a un mélange aussi bien de plumes que d'écailles brillantes ou de poils. Ça tient à la fois du poisson, de l'oiseau, du petit animal, c'est impossible à définir. Je me réveillais éblouie par ce rêve. Je prenais le courrier devant ma porte, dans *Art Press* au milieu d'un article la journaliste parlait d'un conte persan, où un poisson, pour échapper aux pêcheurs, devenait oiseau, et redevenait poisson une fois le danger passé.

Marc traversait la Seine dans sa Volvo grise, il remontait le boulevard Malesherbes jusqu'à Saint-Augustin, il faisait beau, il s'installait en terrasse dans le restaurant de la place.

– C'est agréable, ce qu'il y a c'est qu'il faut venir jusque-là.

Il avait plissé les yeux, esquissé un sourire. Pour comprendre l'humour de Jocelyn il fallait connaître les films américains, la publicité, pour celui de Marc il fallait savoir que la rive gauche était un QG. Il était attaché aux côtés pratiques de la vie, il n'aimait pas ma rue parce qu'il n'y avait pas de commerces. Charly l'aimait parce qu'elle était calme et qu'on entendait des notes s'échapper du conservatoire. Jocelyn aussi aimait entendre les instruments s'accorder, ils aimaient les rues vides, rester chez soi, le calme et sortir le moins possible. Marcher à pied, se promener. Marc avait besoin de vie en bas de chez lui, que ça bouge un peu, de se déplacer avec le moins de fatigue possible, le moins de temps aussi, faire du vélo, laisser son esprit vagabonder tout en allant d'un point à un autre, puisque les trajets étaient les seuls moments libres de sa vie. Le reste était trop rempli. Entre lire, boucler le journal, le téléphone, répondre aux mails, amener les enfants ici ou là, s'occuper des gens, de sa mère, de son ex-femme, les rendez-vous, les déjeuners de travail, il était toujours occupé. Il appréciait les moments où la tension retombait, comme là.

J'avais une jupe et un chemisier noirs, des bottes beiges, un manteau léger, et une bague en or jaune. Marc lisait la carte avec ses lunettes sur le bout du nez, il levait les yeux quand j'arrivais, je m'asseyais. Il me regardait m'installer, m'asseoir, enlever mon manteau puis le remettre. Il avait une chemise bleu ciel et une veste en tweed, c'était mieux que sa veste noire en coton raide du mois de juillet. Bruno faisait descendre le pantalon sur la chaussure, les arrangements de couleurs, le trop grand, le trop petit, il y avait toujours le bon pli, le bon tombé, jamais un col n'était trop large, un tissu trop raide, même quand il s'habillait vite. Parfois il faisait attention, il variait, il prenait le temps. Il s'amusait avec les couleurs, il avait une grosse doudoune rose, la même en marron, parfois il arrivait, me faisait remarquer toutes les petites taches de jaune, de rouge, ou de noir, qui parsemaient sa tenue, ça pouvait être le noir du Coq sportif assorti au liseré d'un T-shirt ou au lacet d'une chaussure.

Charly avait deux pantalons, deux pulls, un gilet, trois T-shirts dont un marron que je lui avais offert avec *Hillary* en turquoise, deux paires de baskets, des blanches, des noires. Il devait avoir des vêtements dans son ancien appartement. Il commençait à faire froid, je lui donnais un manteau que Pierre avait oublié à la maison, il lui allait parfaitement, et une veste oubliée aussi.

Le style de Marc correspondait à son humour qui situait le périphérique rue de Rivoli, à ses idées, il faisait fuser les traits d'esprit en souriant. Jocelyn ne faisait jamais d'esprit, l'esprit français, l'humour anglais, le Witz, tout ça était inconnu au bataillon.

La conversation s'enlisait tout de suite. Ça piétinait et le malaise durait. Je laissais faire. Il s'enfonçait sur les derniers livres parus, atterré par la paresse intellectuelle des gens de ce métier, citait Blanchot sur le travail que représentait le fait de lire sérieusement, me parlait d'un premier film qu'il avait vu, m'encourageait à y aller, il justifiait ses positions, objectif, honnête, il appelait les acteurs par leur prénom. Il en parlait comme de personnes avec leur caractère. Pour qui il existait.

Charly avait des avis tranchés, directs, il ne justifiait pas, ne nuançait pas. Quand je lui demandais de se calmer il disait « je ne m'énerve pas c'est mon sang qui parle ». Que ce soit sur Dieu, la société, les gens, l'amour, le passé, un livre, n'importe quoi, il était réactif, intransigeant. Il ne trouvait pas les choses compliquées, il les trouvait simples, ce n'était qu'une question de courage et de vérité. Un film ou un livre, il le racontait, l'histoire lui importait, il ne se souvenait pas du nom « L'Écume des jours » ni de « Boris Vian » mais de la fille qui avait un nénuphar qui lui poussait dans le cœur. Il ne comparait pas les films entre eux mais avec la réalité.

Le visage de Marc semblait ouvert, il était rond. En fait il n'était pas commode. Mais l'envie d'intimité qu'on lisait dans son regard me touchait. Les désirs coincés et les promesses refoulées m'avaient toujours touchée. Il me disait qu'il allait bien, qu'il sentait qu'il allait revivre, il avait changé son emploi du temps…

– Je vais peut-être en profiter pour faire ce que je t'ai dit la dernière fois.

– Quoi ? Tu m'as parlé de tellement de choses.

– Je t'ai dit que j'avais envie d'aller voir un psychanalyste depuis longtemps sans jamais me décider.

– Oui quand il y a des blocages c'est la seule solution.

– Il n'y a pas de blocage, c'est par curiosité, c'est un sujet qui m'a toujours intéressé. J'ai beaucoup lu, je n'ai jamais pratiqué, sûrement ça m'apporterait beaucoup. D'abord à titre de curiosité, je pense que c'est passionnant, et ensuite…

– Ah arrête !

(L'idée de la psychanalyse par curiosité me révoltait. Le côté petit monsieur, le contentement de soi, l'arrogance. Faire les choses par curiosité. Aimer par curiosité aussi alors. Vivre par curiosité et ne pas se suicider pour voir ce qui va se passer. Ne pas rater le spectacle en cours, ne pas quitter le siège numéroté auquel on a droit, les yeux à un mètre au-dessus du plateau et la distance du milieu de la scène correspondant à la largeur du cadre, dans le théâtre à l'italienne c'est la place idéale. À 22 ans après avoir épuisé toutes les autres solutions, la médecine, les médicaments, l'acupuncture, je commençais une analyse, c'était la période la plus dure de ma vie, je venais de me marier, je ne mangeais plus, je ne pouvais plus faire l'amour, je ne dormais plus. Je ne pouvais plus vivre. J'étais descendu à 41 kg, pendant huit jours d'affilée je n'avais pas dormi, pas une minute. Claude téléphonait au curé de la basilique pour qu'il arrête de faire sonner les cloches, les seules heures de sommeil que j'avais étaient au petit matin, un peu avant huit heures, le curé refusait, la mère de Claude

285

me téléphonait tôt pour savoir si j'avais bien dormi, elle me conseillait de prendre un petit verre de bordeaux le soir, pour le tanin qui détendait. Depuis, je débranchais le téléphone quand j'allais me coucher. J'avais acquis la plupart de mes habitudes à cette époque-là. Débrancher le téléphone, mes heures de coucher, mon régime alimentaire, dormir seule le plus souvent possible. Les parents de Claude habitaient en face, des fenêtres de ma cuisine, je voyais les leurs, ma mère habitait avec mon beau-père de l'autre côté, des fenêtres de mon salon et de ma chambre je voyais celles de leur chambre et de leur cuisine avec leur petit balcon encombré. Nous nous croisions dans l'allée commerçante. Je ne gagnais pas d'argent, j'avais arrêté mes études. Claude était prof. Je n'écrivais pas encore. Ma mère me donnait de l'argent tous les mois. Un jour, je n'avais encore rien écrit, j'étais dans un dîner, il y a vingt ans, un étudiant vétérinaire parlait de la psychanalyse pour la dézinguer, je venais de commencer. C'était comme d'habitude, j'avais l'intention de ne rien dire. Je n'avais pas du tout l'intention de m'énerver. Le type insistait. Alors j'avais dit, je n'avais encore rien écrit, personne ne savait, je n'avais rien dit à personne, j'avais dit pour la première fois que je faisais une psychanalyse, à l'époque on le cachait, en entrant on regardait si personne ne vous voyait. C'était difficile de téléphoner pour le premier rendez-vous. C'était honteux, c'était pour les fous. Aujourd'hui les gens ont oublié. En plus en province, dans un milieu qui n'était pas initié, et à mon âge, 22 ans. Je disais que j'en avais commencé une la semaine dernière. L'étudiant vétérinaire continuait sur le même ton, il répondait : si t'as besoin de ça c'est que tu t'en sortiras jamais. Je disais à l'étudiant vétérinaire : t'as déjà couché avec ta mère ? Il disait non, pourquoi ? Je disais :

ah c'est pour ça alors que tu ne comprends pas, parce que moi, oui, j'ai couché avec mon père. Quand on me dit que je parle toujours de ça, d'accord, mais de quoi parlent les autres ? C'était une fondue savoyarde, ça s'est terminé en pleurs, sauf moi qui ne pleurais pas. L'ambiance était cassée, ça c'est sûr. Ça avait duré un an et demi, le temps que ma vie ne soit plus en danger, j'avais de nouveau envie de vivre, j'avais arrêté et repris quinze ans plus tard, le travail était loin d'être terminé.)

– C'est intéressant. Je pense même que c'est passionnant.

– Je n'aime pas qu'on se dirige vers quelque chose ou vers quelqu'un par curiosité. Tu fais des excursions ?

– Pourquoi tu deviens agressive ? Le mot psychanalyse apparemment te met hors de toi.

– Depuis le début tout est faux, tout sonne faux, tu n'es pas dans ce que tu dis. Comme avec moi quand tu t'es prétendu amoureux tu ne l'étais pas non plus. Tu m'as menti et tu continues avec tes histoires de curiosité.

– Pas du tout. C'est à partir du moment où j'ai prononcé ce mot que tu t'es énervée, je regrette, c'était visible.

– Non, tu te trompes. Ce n'est pas ça.

– Si je regrette, j'ai vu.

– Non ce n'est pas ça. Je te dis que ce n'est pas ça. C'est depuis que j'ai appris avec qui tu vis.

– Ah bon parce que… en plus t'as une mentalité de flic ? Bravo. C'est vraiment…

– Les gens parlent tu sais. J'aurais préféré savoir avant, tu aurais dû me dire avant, j'aurais mieux compris, je n'aurais pas gâché tout mon été à t'attendre.

– Mais qu'est-ce que c'est que ça ? Qu'est-ce que tu… ?

– Tes soi-disant contradictions, conflits, n'en sont pas. Tu as *prétendu* être tombé amoureux de moi, tu n'aurais pas dû m'embarquer là-dedans. Comme je t'ai dit après tes vacances qui se sont si bien passées, les paroles ça a des conséquences sur les autres, ce n'est pas un jeu de dire à quelqu'un qu'on en est tombé amoureux, qu'on n'a jamais connu ça etc. Maintenant heureusement j'ai compris, je ne perdrai pas plus de temps.

– Tu ne peux pas dire ça.

– Je suis sûre de ce que je dis.

– Comment oses-tu dire ça ? C'est extraordinaire. Tu te permets des choses. Tu es d'une intolérance. C'est fasciste. Qu'est-ce qui t'autorise ? Qu'est-ce que tu sous-entends ?

– Ne joue pas.

– C'est incroyable. Tu te mets dans un état !

Il haussait le ton, défiguré par la colère.

– Baisse un peu s'il te plaît.

– Comment ? Mais qu'est-ce que c'est que ce… ?

Il allait se lever et partir.

– Il se trouve que je connais la personne avec qui tu vis, je vois très bien qui c'est.

– Qu'est-ce que ça veut dire « je vois très bien qui c'est » ? Non tu ne vois pas qui c'est, tu es d'un mépris.

– Je ne vois pas, je sais, je la connais. En plus tu m'as dit : « ça s'est "consolidé" pendant les vacances ». Je n'ai pas du tout aimé. C'est de l'utilisation.

– Je ne pense pas avoir dit ça.

– Si, tu as dit exactement ça, « consolidé », si tu veux je peux te rappeler les circonstances.

– Pourquoi ? Tu as noté ?

– Non, j'ai de la mémoire.

– Qu'est-ce que tu insinues au juste, c'est d'un fascisme. Qu'on ne peut pas être amoureux de toi et d'elle, elle ne te vaut pas, tu t'estimes au-dessus ? Tu es totalitaire, c'est monstrueux. Tu es d'une… ah je préfère ne pas en dire plus c'est inutile. Avec des gens comme toi. Tu te crois… ? Non vraiment c'est… Qu'est-ce que tu insinues ? Qu'est-ce que tu crois ? Elle n'est pas comme tu l'imagines. Tu ne la connais pas.

– Ça ne m'intéresse pas tu sais. Tu vas pas en plus m'en parler, après m'avoir fait perdre mon énergie, à rien, tu ne vas pas en plus m'apprendre à la connaître, j'ai perdu assez de temps.

– C'est un niveau de pensée détestable. Moi je t'ai jamais dit ce que je pensais de Bruno, pourtant Dieu sait… Enfin ! Bref.

– Je ne t'ai pas dissimulé avec qui j'étais moi. Au contraire. Toi quand je t'ai demandé, tu n'as pas voulu me répondre. Pourquoi ? C'est important la personne qu'on aime, qui on aime. Je la connais, je vois très bien qui c'est, j'ai même dîné chez elle à l'époque de Pierre.

– Excuse-moi, je ne le savais pas. J'ignorais que vous vous connaissiez.

– Ah oui dans ce milieu ? Tu l'ignorais ? Alors que j'ai dîné chez elle ?

– Parfaitement oui je l'ignorais, aussi bizarre que ça puisse te paraître on n'a jamais parlé de toi.

– Je ne suis pas un moyen, un truc transitoire, qu'on utilise pour voir qui on est et de quel bord on est, tout en restant à l'abri sur l'autre bord « consolidé » du même coup.

– Mais t'as rien consolidé du tout.

– Tu me l'as dit.

– Oui je l'ai peut-être dit. Ça ne t'arrive jamais de dire quelque chose à quoi tu ne crois pas ?

– J'évite.

– Moi je ne peux pas toujours.

– Ah oui ?

– Oui. Tu te dis… tu te dis que tu es bien avec la personne, que tu l'aimes, ça marche un certain temps. Mais c'est la méthode Coué. Non je ne suis pas bien avec elle, bien sûr que non. Non je ne l'aime pas, et oui je suis vraiment tombé amoureux de toi, et je le suis toujours. Et ça m'étreint la gorge de penser à toi, encore maintenant. Pascale, c'est quelqu'un que j'ai révélé à elle-même, c'est quelqu'un de très fragile, je lui ai montré qu'elle valait beaucoup mieux que ce qu'elle croyait. Les hommes d'avant ne lui avaient jamais dit. J'ai eu un rôle de révélateur. Mais je suis beaucoup plus important pour elle qu'elle ne l'est pour moi. Pourquoi ne pas le reconnaître ? Parfois on est bien, parce que la vie fait qu'on est bien, mais je sais que ce n'est pas ça, en plus c'est quelqu'un qui ne parle pas, je n'ai pas d'échange. Ça n'a rien à voir avec ce que j'éprouve avec toi.

(Le ton s'était calmé dès le mot méthode Coué.)

– C'est bien pourtant de savoir qu'on apporte quelque chose à quelqu'un.

– Oui c'est bien. Mais ça ne suffit pas. Quand je t'ai rencontrée tout ça s'est écroulé, j'avais jamais rencontré quelqu'un avec qui j'avais une telle proximité sur tous les plans, que ce soit physique, intellectuel, l'humour, l'échange, avec toi il y avait tout.

– Il n'y a pas beaucoup de gens dans ce domaine qui reconnaissent qu'ils pratiquent la méthode Coué, tu sais. J'ai rarement entendu ça.

– Ils mentent. Je ne suis pas comme eux, je ne suis pas comme Denis et tous ces gens-là, je ne veux pas vivre comme eux ni finir comme eux.

– Mais tu ne veux pas payer le prix pour ne pas vivre comme eux.

– C'est vrai, jusque-là en tout cas.

– Tu penses qu'ils y croient eux-mêmes à ce qu'ils racontent ?

– Bien sûr que non.

– Ils savent qu'ils mentent tu penses ?

– Bien sûr qu'ils le savent.

– T'es sûr ?

– Oui je suis sûr, mais on n'a pas parlé de toi, comment ça va toi ? Il t'est peut-être rien arrivé depuis la dernière fois qu'on s'est parlé, ça va ?

– Oh moi il m'arrive toujours quelque chose. On en parlera la prochaine fois.

Sa voiture était garée dans ma rue. On passait devant les deux bancs de la première fois. Celui de la brune avec son mari et celui du clochard qui disait à Bruno « arrête de faire ta star ». Devant ma porte on s'embrassait sur les joues. Je faisais le code pour entrer. Marc était garé plus haut. Il continuait. Je posais la main sur le portail, prête à le pousser. Je voyais son dos se diriger vers sa voiture pour rentrer chez lui, reprendre sa vie. Je poussais la porte de mon immeuble émue. Vraiment émue, par sa sincérité. Je passais le seuil. Puis je me retournais, il était encore tout près, je l'appelais :

– Marc.

– Oui.

– Tu m'en veux pas ?

– Absolument pas. Je t'appelle très vite.

Il me rappelait le lendemain, avant d'aller chercher sa mère qui dînait chez lui. On se revoyait au même endroit une semaine après, en terrasse, à une autre table. Il avait beaucoup réfléchi. Il était bien décidé à atteindre l'horizon devant lui.

La soirée s'éternisait agréablement. Juste après, on s'envoyait des textos :

Moi : « Merci. C'était vraiment un bon moment. À continuer. »

Lui : « Oui c'était bien et rare. Et mieux que ça encore. On s'appelle vite. »

Moi : « On se revoit quand ? »

Lui : « Le 27 ou le 28, et avant si on peut. En ai très envie. »

Moi : « J'ai noté les deux dates. Je vais dormir. »

Finalement on ne se revoyait pas.

Charly frappait doucement à la porte, il gardait son manteau, ses gants, sa capuche, s'asseyait dans un fauteuil, et il me demandait de faire comme s'il n'était pas là, mais un jour il regardait une petite table près d'une fenêtre et disait « je pourrais travailler là ». Il allumait la télé, surfait sur un ordinateur, ou se mettait dans un lit avec un livre. Il n'allumait pas les lumières. Parfois je passais ma tête dans la porte.

– Ça va ?
– Ça va.
– Tu veux quelque chose ?
– Non ça va.
– Tu veux que je t'apporte un Coca ?
– Non, merci.

Il ouvrait la fenêtre du balcon « viens voir comme il fait froid », je m'appuyais à la rambarde, je tournais la tête à droite à gauche « elle est belle hein cette rue ». La sensation de froid, la perspective de la rue, ou quand il mettait du sel sur des pâtes pendant que je tournais la cuillère, j'avais l'impression de partager. Il relisait Caïn et Abel pour se remémorer la figure du traître et voir ce qui lui arrivait. Un soir tard, il frappait, il entrait, il enlevait son manteau, le posait quelque part, s'asseyait en face de moi, enlevait ses gants, les roulait ensemble, et me les lançait comme une balle pour que je la rattrape. Il la relançait tout en parlant, me disant que j'étais une fille bien, ça voulait dire « qui n'avait pas des miroirs à la place des yeux, et qui ne s'imaginait pas en face d'un garçon qu'elle avait une queue », son endroit préféré sur le corps d'une femme c'était la chatte, le mot lui-même semblait lui plaire et que je tremble sur lui ou en dessous. Il disait « tu pourrais être ma meuf, enfin non ma fille, enfin non ma femme », il baissait le regard après avoir lancé la balle, je la renvoyais, il la rattrapait, « on a eu un bel échange ». On marchait, on faisait des courses, on réglait la vie quotidienne, on regardait des films, on écoutait de la musique, on allumait la télé, on dormait ensemble, on se tournait, on se retournait dans le lit, comme dans un ballet nautique parfaitement réglé, avec des compositions différentes, on profitait de chaque détail, il embrassait mes cheveux, caressait une mèche sur le front. On faisait l'amour souvent avec le même jeu, lui d'abord les yeux fermés comme s'il dormait, pendant que je le caressais, puis il se réveillait de cet apparent sommeil, il réclamait des choses précises. Le reste du temps, beaucoup de moments fixes avec des petits mouvements légers. Comme l'application d'un tissu sur un autre. Ces tissus que les vendeuses déroulaient dans les magasins sur des grandes tables, les lés qui après avoir volé un instant se posaient sans un pli l'un sur l'autre.

Il ne mangeait rien d'origine animale, même pas des œufs, que du pain, des légumes, du fromage, des pâtes, et du chocolat au lait.

– Comme Bob Marley ?

– Non comme Victor Hugo. Pourquoi Bob Marley ?

– C'était le régime de Bob Marley non ?

– Je ne sais pas. C'était le régime de Victor Hugo.

Comme Bruno, au théâtre il s'amusait des gens qui dormaient. La seule chose qui continuait de me serrer la gorge c'était quand je pensais à Bruno. J'y pensais encore souvent. Un soir je l'appelais.

– Ah enfin. Avec qui tu me trompes ?

– Je voulais te dire que… que je t'aime, et que, qu'on se revoie ou pas, de toute façon je t'aimerai toujours.

– On va se revoir. J'essaierai de t'expliquer comme t'es difficile à vivre. Mais t'es une fille bien comme on dit chez nous.

– Qu'est-ce que c'est une fille bien ?

– Chez nous une fille bien c'est une fille avec qui on peut discuter, boire un verre, tout ça. Comme toi. Alors avec qui tu me trompes ?

– Bruno tu ne m'as pas donné de nouvelles depuis tellement de temps, je t'ai attendu longtemps tu sais.

– T'es obligée de me dire ça ? Tu pouvais pas me faire croire que tu m'attendais toujours, rien que pour me faire plaisir…

– Je préfère te dire la vérité. Et que tu me la dises aussi. En août je t'ai laissé des messages.

– Ah mais là j'étais trop mal.

– Et après ?

– Après j'étais un petit peu occupé.

– T'as fait un disque ?

– Oui je suis en train.

– T'es content ?

– Ça va.

– Je peux te poser une question ?

– Vas-y.

– T'es heureux dans ta vie en ce moment ?

– Très.

– Dans ta vie privée.

– Oui. À tous points de vue.

– Qu'est-ce que tu as que tu n'avais pas avec moi ?

– Ben là je suis sûr que je suis aimé.

– Comment t'es sûr ?

– C'est des trucs simples.

Je lui répétais que je l'aimais, que rien ne changerait jamais ça, qu'il pouvait le garder en tête. Il disait qu'on n'était qu'au début de notre relation, ç'avait été une année difficile, il fallait du temps pour être sûr. Il voulait venir dîner à la maison un soir. Je préférais à l'extérieur.

– Je veux que tu saches que ça n'a pas été un petit truc avec toi, que je t'ai vraiment aimé.

– Heureusement que t'arrives à reconnaître l'amour quand tu le vois.

Il avait quelques aventures, ça n'empêchait pas qu'on se voie, tout le monde avait une vie privée, il me lisait un texte qu'il venait d'écrire :

– T'es la même que la veille

Blasée, envie de voir personne

Tu ressens des trucs bizarres

Des bonhommes t'en vaux bien dix

Écoute celui-là

Tu as peine à te lever tu rates ta vie

Fini d'être amante tu as envie d'être femme

Te sentir aimée, désirée dans tes coussins

Tu débats, tu te bats, tu rêves de bas

De bas de soie, de sueur

Mais au garçon d'en bas tu ne veux pas donner ton cœur.

Je ne perdais rien de chaque intonation, je ne bougeais plus, il parlait bas. Les mots que je n'entendais pas, ça me nouait la gorge, il ne les répétait pas, je me sentais responsable de ne pas entendre. J'accusais mes oreilles, mes limites physiques. Qui j'étais.

Essaye de te calmer

Cette dure journée se paye

Ton cœur ne voulait plus souffrir

T'espérais que je pourrais te guérir

Briser un à un les murs de ta résistance

Brouiller les pistes pour que tu n'en aies pas conscience

Tes amis mal polis m'ont manqué de respect

Quoi qu'il en soit tu n'as pas eu le choix

Mon amour s'est imposé à toi

Plus habituée à suspecter qu'à te laisser aller

Tu cherchais le hic

À ton avis quel est le secret qui nous lie tous les deux ?

Charly reconnaissait que Bruno et moi on avait les mêmes yeux. Ma solitude se voyait dans ma bouche sérieuse, Bruno c'était dans le regard, dans les yeux. Souvent il le disait « je suis tout seul ».

À propos de la photo de sa chambre sur la pochette de son premier disque, une journaliste avait écrit qu'elle était fabriquée de toutes pièces en studio, que c'était de la déco. C'était sa chambre, avec lui debout au milieu. Il aurait voulu être un chanteur français et être classé dans les bacs variété française. Il disait que les gens ne s'aimaient pas comme nous, ils s'aimaient, mais pas comme nous, ils s'aimaient comme les étrangers aiment la France, juste parce qu'ils y sont, pas vraiment par amour. Pas comme nous.

Une nuit, je rêvais que Bruno venait tous les jours au Marly dans l'espoir de m'y trouver. Lui qui n'aimait pas les restaurants, tous les jours il s'asseyait à une table, seul, espérant me voir entrer. Les serveurs me le disaient.

Je me réveillais. Ç'avait été un rêve amer, il me fallait un petit temps pour en décrocher.

Une nuit il m'appelait, il y avait la trace de son numéro. Je le rappelais. Il voulait qu'on se revoie, que je commande une pizza et qu'il vienne dîner chez moi.

— Moi aussi je veux te revoir, mais il me faut un peu de temps.

— On n'est qu'au début.

— Tu crois ?

— Oui. T'as vu l'année qu'on a passée. Avec la mort du fils de Colette. Toi tes problèmes de psy. Maintenant c'est passé. C'est plus calme. On va se revoir.

— Je veux qu'on se revoie, mais… j'ai peur.

— De quoi ?

— D'être jalouse.

— Ah !!

— Pas toi ? T'as pas peur d'être jaloux toi ?

— Oh ! si tu savais.

Il y avait eu quelque chose qui ne peut pas se communiquer par les mots : une explosion de rire. Comme avant. Lui qui commençait et moi qui prenais tout de suite dedans. Au début de la conversation. En dépit des moments de gorge serrée après, des moments d'émotion et de retour à la réalité. Il aimait rire, il ne voulait pas s'arrêter quand c'était parti. J'étais pareille. La capture du moment était totale, aucune possibilité ne nous échappait. On n'était pas en vie pour rien. C'était notre rire. Il anéantissait tout le reste, les mots, les paroles, les événements. On riait en chœur, ensemble, de la même façon. On riait d'avoir ce langage. Et de notre connexion. On riait de tout ce qui nous passait par la tête et qu'il n'y avait pas besoin d'éclaircir. Notre rire était limpide, pur, comme le premier cri du nouveau-né. On riait parce qu'on était heureux. Je riais de sa voix, de tous les dégradés, qui étaient autant de victoires sur les ratages. C'était un rire inattaquable comme si on était main dans la main les deux paumes collées.

Ça pouvait être « humm, la purée du Costes », quand il imitait les gens qui la trouvaient si bonne, ou n'importe quoi. Tout pouvait nous faire rire. J'apprenais par Jocelyn qu'on lui avait volé son scooter. Qu'il avait maigri, qu'il était bien comme ça. Jocelyn allait se marier, il avait rencontré une fille à Cuba. Il fallait qu'il aille à Barbès acheter une robe de mariée et un tailleur. Une alliance. Il y retournait dans quelques jours pour l'épouser, il reviendrait à Paris avant elle et quand il aurait trouvé un appartement elle le rejoindrait. Un copain allait lui faire un bail. Sa nouvelle chanson disait : Je croyais qu'elle n'existait pas / Mon Dieu la voilà / Elle sera ma fleur mon lilas…

J'allais passer Noël avec Charly. Il était sous la douche, il me prévenait qu'il n'avait pas d'argent, qu'il ne savait pas s'il pourrait me faire un cadeau. Je lui disais qu'on en parlerait plus tard. Il se séchait, s'habillait, me rejoignait dans la cuisine, s'asseyait sur un tabouret haut, il était gêné mais il ne pouvait pas offrir de cadeaux à ses enfants, il ne pourrait pas m'en offrir et ne voulait pas en recevoir. Je ne disais rien. J'avais acheté le sien la veille, un gilet très chaud qu'il pourrait mettre sous son manteau. Il allait travailler, se débrouiller, il disait « je vais me restructurer ». Le lendemain on décidait de parler de tout ce qui nous gênait l'un chez l'autre, on verrait après si on restait ensemble ou pas. Je commençais par le foot, trop souvent la télé était allumée avec du foot, ensuite je lui parlais de la culture, j'étais obligée de lui expliquer des choses qu'il ne connaissait pas, et ça me fatiguait, c'était lourd parfois.

En dernier on parlait de l'argent, ses yeux se remplissaient de larmes qui ne coulaient pas, il les essuyait discrètement avec sa serviette.

Il me disait qu'il avait été naïf de croire que se donner à moi suffirait. La phrase de mon père se représentait à mon esprit, les Noirs le soleil avait très bien pu modifier leur cerveau autant que leur peau, c'était ça qui expliquait leur retard, leur développement retardé, il n'y avait rien d'extraordinaire à ça, c'était leur cerveau qui était atrophié.

Le soir de Noël je mangeais le saumon qu'il avait préparé, entre mes dents et ma langue je reconnaissais ses caresses, dans le fondant de la chair citronnée, je reconnaissais son toucher soyeux, et même le goût, comment avait-il fait pour préparer un plat qui corresponde si exactement, si précisément à mes goûts. Ce n'était pas le premier saumon que je mangeais, mais le premier qui fondait autant dans le palais. Il glissait tous les cadeaux que j'avais achetés pour Léonore sous le sapin, sous l'arbre. Puis on allait prendre le thé au Ritz tous les trois, on descendait du taxi, Léonore et moi on passait la porte à tourniquet, un portier avançait vers Charly « je peux vous aider monsieur ? ». Charly ne le regardait pas « non je crois que ça va aller ». On entrait tous les trois. On s'asseyait à une table près du piano, on restait une heure, on rentrait à la maison. Le 31 on était tous les deux. On mangeait le soir dans un café, on allait voir un copain à lui à Colombes, on rentrait avant minuit « viens on va se mettre en sécurité ». On écoutait de la musique.

Je trouvais dans un journal un article de Marc sur les films de mafia, dont un qu'on avait vu. « De la réalité à la fiction, le cinéma reflète le manichéisme du monde.

La Russie, ses oligarques et sa mafia prennent dans l'imaginaire cinématographique la place occupée naguère par les agents du KGB, et les Américains reviennent en Sicile pour le business, ils ont beaucoup d'argent à recycler, la drogue, l'argent sale, un vent mauvais qui n'en a pas fini de s'acharner sur le monde, avec ce paradoxe que, du même coup, l'on pourra encore longtemps voir de grands films. » Je le faisais lire à Charly.

– T'en penses quoi ?

– Les mecs ils font pareil avec les banlieues.

– Et avec moi aussi. Le jour où je pleurais et que je lui disais que j'en avais marre de ma vie, il me disait qu'après, des gens comme lui pourraient lire de bons livres. Et c'était pour me consoler.

Une nuit, dans les bras de Charly, je me réveillais en sursaut. Je venais de rêver. Ça se passait en temps et en lieu réel, dans l'appartement, et la nuit même où je faisais le rêve. C'était un cauchemar. Je suis presque mariée avec un homme, un jeune homme, c'est Charly, mais en fait c'est un criminel qui tue des enfants et les massacre sexuellement, c'est un petit garçon, il ressemble au Lilliputien de Tod Browning dans *La Parade monstrueuse* qui est attiré par la grande femme blonde qui se moque de lui. Une nuit, je suis en culotte et en soutien-gorge, ça peut le rendre fou, de dégoût, pas d'excitation, je le croise dans le couloir, il porte un T-shirt à moi, ça lui fait comme une robe car il a sa taille de petit garçon, Lilliputien, je saute par-dessus lui à saute-mouton, car je ne sais pas qu'il est ce dangereux criminel, que je suis en danger. Puis toujours dans le couloir il regrandit. Je le caresse (comme je caresse Charly), il cache qu'il est excédé par mes caresses.

Je me réveille en sursaut, je respire mal, je dis « Charly ». Je suis dans ses bras, j'ai besoin de savoir que lui Charly n'est pas ce personnage, alors je lui raconte le rêve. Il me dit qu'il n'a rien à voir avec ce rêve, puis qu'hier soir avant de s'endormir il a lu justement, dans *Mort à crédit*, un passage où le père de Ferdinand fait sans cesse le cauchemar qu'il est renvoyé de son travail, et sa femme, qui dort avec lui, est obligée sans cesse, de le remettre dans la réalité. Il peut retrouver la page très vite, il me la lira demain si je veux. Je préfère tout de suite. Il allume, il prend le livre à côté de lui et lit page 506 :

« ... Et puis elle m'a reparlé d'Auguste... de la façon dont il se minait lui... qu'il commandait plus ses nerfs... de toutes ses terreurs nocturnes... Sa peur de la révocation... c'était la plus terrible de toutes... ça le réveillait en panique... Il se redressait d'un bond sur le lit... "Au secours ! Au secours !" qu'il hurlait... et la dernière fois si intense, que tous les gens du Passage avaient sursauté... Ils avaient bien cru un moment que c'était encore une bataille !... Que j'étais revenu l'étrangler ! (Charly m'expliquait que le narrateur s'était disputé avec son père dans les pages d'avant.) Ils rappliquaient tous au galop ! Papa une fois dans ses transes il se connaissait plus... C'était la croix et la bannière pour qu'il se renfonce dans son plume... (Charly m'expliquait qu'en banlieue le mot plume était revenu, pas plumard, mais plume exactement comme ça.) Ils avaient dû lui appliquer pendant plusieurs heures ensuite des serviettes glacées sur la tête... Depuis le temps qu'elles duraient ces crises... toujours un peu plus épuisantes... C'était un tourment infernal !... Il sortait plus du cauchemar... Il savait plus ce qu'il racontait... Il reconnaissait plus les personnes... Il se trompait entre les voisins... Il avait très peur des voitures... Souvent le matin alors comme ça quand il avait pas fermé l'œil c'est elle qui le reconduisait jusqu'à la porte des Assurances… (son père travaille dans les Assurances) au 34 de la rue de Trévise… Mais là c'était pas terminé… Il fallait encore qu'elle entre pour demander au concierge si il avait pas du nouveau ? Si il avait rien appris ?… à propos de mon père … Si il était pas révoqué ?… Il distinguait plus du tout le vrai de l'imaginatif… (Je disais à Charly, quel mot ! imaginatif ! c'est génial.) Sans elle absolument certain !… jamais il y serait retourné !… Mais alors il serait devenu dingue… parfaitement louf de désespoir. Ça faisait pas l'ombre d'un petit doute… C'était un terrible équilibre pour qu'il sombre pas complètement… C'est elle qui fait toute la voltige… (Je m'extasiais encore. Tu te rends compte, toute la voltige, qu'est-ce que c'est beau, mais qu'est-ce qu'il est fort. Charly continuait.) Y avait pas un moment à perdre pour lui remonter sa pendule… Et puis pour la croûte au surplus ça venait pas tout seul !… il fallait encore qu'elle taille… (on riait, le mot, tailler, Charly le disait tout le temps, pas se tailler, mais tailler, un mot qu'on employait aussi en créole, « *mwen ka tailler la* », *mwen* m, w, e, n, *ka tailler la* ça veut dire je pars, ou « *mwen ka tailler* », tailler écris-le comme tu veux, ça veut dire je pars. Il retrouvait plein de mots dans ce livre qu'il avait appris en arrivant ici, en banlieue, goumer, on va aller goumer, ça voulait dire on va se battre avec eux, ici, à Paris, et en banlieue, ils disent viens on va le goumer, ils vont se goumer, on va se battre avec eux, et il y avait plein d'autres mots qu'il retrouvait)… qu'elle taille pour ses passementeries… à travers Paris… piquer du client dare-dare… Elle trouvait encore moyen d'ouvrir quand même notre boutique… quelques heures l'après-midi… Que ça végète au Passage, mais que ça chavire

pas complètement !… Et la nuit tout était à refaire !
Pour qu'il lui vienne plus d'angoisse, que ses terreurs
augmentent pas… elle disposait sur une table, dans le
milieu de la chambre, une petite lampe en veilleuse. Et
puis encore au surplus, pour qu'il puisse peut-être
s'endormir un petit peu plus vite elle lui bouchait les
oreilles avec des petits tampons d'ouate imbibés dans la
vaseline… Il sursautait au moindre bruit… Dès qu'on
bagottait dans le Passage… Et ça commençait de très
bonne heure avec le laitier… Ça résonnait énormément
à cause du vitrage… Comme ça avec des tampons
c'était quand même un petit peu mieux… Il le disait
lui-même… »

Il arrêtait là sa lecture.

– Tu te rends compte les petits tampons d'ouate
imbibés dans les oreilles, tu te rends compte la délicatesse qu'il lui fallait pour écrire ça ? La délicatesse et
puis la force aussi, tu te rends comptes ? C'est bien que
tu m'aies lu ce passage.

– Du coup je sais plus ce que j'ai rêvé moi.

– Tu m'as dit que tu rêvais presque jamais.

– J'étais en train de rêver je crois bien.

– De quoi ?

– En général je rêve que je suis en Martinique.

On éteignait, on se rendormait jusqu'au lendemain
matin.

Je réfléchissais. La scène où le personnage regrandissait dans mon rêve, c'était l'érection. Ensuite je le caressais dans le couloir, il cachait qu'il était excédé par mes caresses. Dans la réalité je caressais beaucoup Charly, son dos, ses bras, ses épaules, son ventre, ses fesses, tout ce qui était à portée de ma main dans le lit, il était doux. Il n'était pas excédé, au contraire, ce personnage excédé ça devait être moi. Le rêve me rappelait qu'autrefois je cachais que j'étais ennuyée, au sens où on s'ennuie, effrayée aussi, parce que je me savais en danger, des caresses que j'avais à faire à mon père. Je cachais que ça m'ennuyait. Que ça m'excédait, que ça me faisait peur. Mais je ne râlais presque jamais. Je ne me plaignais à personne, ni à lui ni à quelqu'un d'autre. Le rêve me rappelait que je cachais quelque chose... mes sentiments.

Mais un jour, à Nice, je dormais avec mon père, j'avais fait un rêve, là aussi. C'était la même situation. Je rêvais que j'étais avec mon père en temps et en lieu réels, à Nice, il me dégoûtait, je le voyais en monstre, je me réveillais en sursaut, et je lui racontais que j'étais dégoûtée, que j'avais rêvé de lui en monstre, je le racontais en essayant de le faire rire, de mettre ça sur

305

le compte du rêve, de « l'imaginatif », pour ne pas me faire engueuler. Tout en n'étant pas fâchée du message que j'envoyais au passage. Il se rhabillait, en colère, vexé, et me plantait là, alors qu'on devait aller voir des inscriptions en ibère sur des tombes à Carcassonne et que je m'en faisais une joie. L'histoire ne s'arrêtait pas là. Claude qui dormait en bas ce jour-là avait entendu le lit grincer pendant la nuit, et n'était pas monté faire un scandale, je l'ai déjà écrit de nombreuses fois, il en avait profité au contraire pour me récupérer et prendre de l'ascendant sur moi, on était séparés, mais on était encore mariés. J'étais revenue vivre avec lui après ça. À lui aussi pendant toutes ces années je cachais qu'il me dégoûtait. Claude ne me plaisait pas physiquement. Je lui cachais mais il le sentait. Il me reprochait de ne pas lui faire de caresses. Ni les bras, ni le dos, ni les jambes, rien. Je n'en avais jamais envie. Je ne voyais pas l'utilité ni l'importance. Mais depuis, dans mon « imaginatif », il y en avait toujours un qui cachait son dégoût à l'autre dans un couple, qui cachait qu'il était excédé par l'autre. Ça m'avait dégoûté que Claude ne monte pas faire un scandale, en dehors et en plus du fait qu'il ne me plaisait pas.

Charly me plaisait. C'était sûr, je le caressais, je voyais l'intérêt. L'intérêt pour mes mains, et l'utilité aussi, son corps me répondait, il regrandissait, comme le Lilliputien du rêve dans le couloir, ça ne me faisait pas peur, ça ne m'excédait pas. Qu'aurait-il fait, lui, s'il avait dormi en bas ce jour-là ? Supposons.

Je ne savais pas s'il allait me répondre mais j'allais lui demander, il n'aimait pas les questions, il disait « arrête de gratter, y a rien à gratter ». Il était dans la chambre, il venait de tousser, il était réveillé, j'allais lui poser la question. Il surfait sur l'ordinateur, il était dans le lit. Les stores encore baissés, peu de lumière.

– Charly, j'ai quelque chose à te dire, et ensuite je voudrais te poser une question.

– Je t'écoute.

Il ne quittait pas l'écran des yeux.

– Je t'écoute.

– J'ai quelque chose à te dire qui n'est pas très facile à dire. Un jour j'étais à Nice, j'habitais au premier étage d'une maison, et Claude habitait en bas. Ce que je vais te dire t'expliquera peut-être pourquoi l'autre jour je ne l'ai pas fait entrer à la maison quand il est venu chercher Léonore. Même si je n'y pensais pas. Voilà, il était à Nice. On était séparés à ce moment-là, c'était moi qui voulais me séparer de lui, parce que je savais que je ne pourrais pas l'aimer toute ma vie, on était mariés déjà, je l'aimais mais j'avais compris que je n'étais pas amoureuse, que je ne l'aimerais pas toujours, le peu de psychanalyse que j'avais fait me l'avait montré, mais j'avais encore besoin de lui, j'étais mieux mais je n'étais pas encore très bien, j'étais quand même très proche de lui, je n'allais pas bien à l'époque. Je voulais me rapprocher de lui. Je lui avais demandé de me trouver un petit appartement à Nice, pour être dans la même ville, tout en étant séparés. Il a trouvé une maison avec deux étages indépendants. J'ai accepté mais j'ai dit qu'on était tout de même séparés. Mon père venait me voir, il venait me chercher à Nice pour aller voir des inscriptions ibères sur des tombes à Carcassonne, ça m'intéressait, c'était là qu'était née sa famille qui m'avait toujours ignorée et c'était cette relation-là que je voulais avec lui. Je lui avais dit que j'acceptais de le revoir à condition qu'il se comporte correctement avec moi. Je sais que tu comprends ce que je veux dire quand je dis ça. (Charly ne quittait toujours pas l'écran des yeux.) Je l'avais vu quelques semaines plus tôt à Nancy, il s'était mal comporté mais il m'avait promis qu'à Nice il se comporterait bien. (Il ne quittait toujours pas l'écran des yeux, moi non plus de toute façon je ne le regardais plus, je baissais la tête, j'étais assise au bord du lit, je regardais à côté, je ne regardais pas son visage.) Donc il était venu me chercher à Nice, en voiture. Il était arrivé en fin d'après-midi et on devait partir le lendemain matin. Claude était au courant. Je ne lui avais pas dit qu'il y avait eu un problème à Nancy, je lui avais dit que tout se passait bien, que tout était en ordre, qu'il s'était bien comporté. Que c'était fini tout ça, j'allais enfin avoir la relation correcte que je souhaitais avec lui. Mais bon, la nuit de nouveau il a fait ce qu'il ne devait pas faire. Et pendant la nuit j'ai rêvé qu'il me dégoûtait et qu'il était un monstre. Et je lui ai dit. Il n'a pas supporté, il s'est vexé, il est parti. Il n'est pas parti tout de suite comme ça, il se préparait, il s'habillait, il était sur le point de prendre sa voiture, devant la grille. J'étais en larmes. Parce que ça voulait dire que je n'y arriverais jamais. À avoir une relation correcte avec lui. Je suis descendue voir Claude en bas, à l'étage du bas. Je pleurais, mais sans lui dire tout, je lui disais juste que mon père partait parce qu'on s'était disputés. Je pleurais, j'étais en sanglots, je lui disais « mon père part ». Je commençais à essayer d'ouvrir la bouche pour lui dire quelque chose de plus, une explication viable. Mais il a dit : je sais, je vous ai entendu cette nuit, j'ai entendu le lit. Et il n'est pas venu tu vois, pour empêcher que ça continue. Voilà je voulais te raconter ça. Parce que j'y ai repensé depuis le rêve de la nuit dernière. Et puis je voulais te poser une question. Même si je ne suis pas sûre que tu vas me répondre, tu vas me dire que tu ne sais pas.

– Laquelle ?

– Qu'est-ce que t'aurais fait toi ? Si t'avais dormi en bas. Et que tu avais entendu ce qui se passait.

– Comment tu veux que je te réponde à ça, je veux pas me mettre à la place des gens.

– Je savais que tu me répondrais ça. Je te l'avais dit.

– Qu'est-ce qu'il a entendu ?

– Il nous a entendus. Il a entendu le lit. Il a entendu le lit grincer. Mais c'est difficile d'en parler ; me pose pas trop de questions.

– Léonore était née ?

– Non.

– Vous étiez mariés ?

– Oui.

– Ben je sais pas hein, moi je veux pas juger les gens.

– Non mais qu'est-ce que t'aurais fait toi ?

– Je sais pas, mais je trouve ça bizarre, si on entend ça, de rester dans son lit sans rien faire. Je sais pas, je veux pas dire, mais je trouve ça, je sais pas, je trouve ça bizarre, je trouve ça bizarre, je trouve pas ça sain.

– Qu'est-ce que t'aurais fait toi ? Tu serais monté, t'aurais dit « arrêtez ça ».

– Je sais pas. Mais de rien faire je comprends pas, je trouve pas ça bien.

– Mais toi tu sais pas ce que t'aurais fait.

– Non. Vous étiez mariés ?

– Oui. On était séparés, mais on était mariés.

– Je comprends pas qu'on laisse sa femme au-dessus de soi avec une autre personne surtout si c'est… dans un cas comme ça. Je sais pas, je peux pas dire, mais je comprends pas, moi un jour en Martinique, j'avais entendu qu'il y avait une copine de ma fille à qui un ami de son père manquait de respect, quand j'ai appris ça j'y suis allé.

– Qu'est-ce que t'as fait ? T'as été lui dire d'arrêter ?

– Tu crois quoi ? Il a taillé. Je l'ai poursuivi en voiture. Mais lui il taillait. Tu crois qu'il m'a attendu ? C'était l'année où je suis allé revivre en Martinique, puis après je suis parti, je suis revenu en France, j'avais mes affaires.

Pendant le week-end il avait retrouvé sur Internet un poème qu'il avait appris à l'école et me l'avait lu avec le ton ânonné des élèves :

Je suis né dans une île amoureuse du vent
Où l'air a des senteurs de sucre et de vanille
Et que berce au soleil du tropique mouvant
Le flot tiède et bleu de la mer des Antilles.
Cent fois je suis monté sur ses mornes en feu
Pour voir à l'infini la mer splendide et nue,
Ainsi qu'un grand désert mouvant de sable bleu
Border la perspective immense de la nue.
Contre ces souvenirs en vain je me défends
Je me souviens des airs que les femmes créoles,
Disent au crépuscule à leurs petits enfants,
Car ma mère autrefois m'en apprit les paroles.
Et c'est pourquoi toujours mes rêves reviendront
Vers ces plages en feu ceintes de coquillages
Dans les balancements des fleurs et des feuillages.

Charly prenait sa voiture en bas d'une maison qui ressemblait à celle de Nice au Mont-Boron, sur deux étages, entourés de jardins, c'était aux Antilles, la maison donnait sur la mer, une plage de sable blanc la bordait, il y avait une ou deux maisons à proximité, l'école était tout près, il était copain avec le fou du village, à qui personne ne parlait sauf lui, il allait cher-

cher des poissons avec lui, ils s'entendaient sans rien
se dire. Charly prenait sa voiture, il était pieds nus,
sans chaussettes, les mains nues sur le volant. D'abord,
il était allé dans la maison, pour chercher le type par la
peau du cou, et dire au père de surveiller ses fréquen-
tations puisque c'était un copain à lui, je l'entendais
dire « il faut respecter la jeune fille », je l'entendais
remettre les pendules à l'heure dans l'île. Toute la
maisonnée, le voyant débouler comme un fou dans
l'escalier, fait sortir le copain par la porte arrière, celle
du jardin, il court jusqu'à sa voiture, il démarre, les
autres ne savent pas ce que veut Charly, ni pourquoi il
court dans l'allée puis dans l'escalier. Avec un air
furieux et sûr de lui. Il voit le type sortir par la porte
arrière du jardin. Il comprend ce qui se passe. Il
retourne chez lui en courant pieds nus, il dit à ses
enfants « je reviens », il prend la clé de contact posée
dans le cendrier de l'entrée, pas le temps de mettre des
chaussures, il claque la porte derrière lui, il dit à ses
enfants « je reviens tout de suite, faites vos devoirs »
puis « Tafari, dis à ta mère que j'ai pris la voiture et
que je reviens ». Il n'a pas ses lunettes de vue, il n'a
pas son permis, il est pieds nus, en caleçon jaune, il a
un T-shirt gris, vague, flou, qui lui descend sur les
reins. L'autre a déjà une bonne avance. Sa fille Kebra
veut venir avec lui, il ne veut pas, il lui dit « va te
mettre en sécurité dans la maison, votre maman va
rentrer, lis un livre en attendant ». Il allume le contact,
l'autre est déjà à l'autre bout de la route qui borde la
plage, mais encore en vue, il a une voiture bleue qu'il
pousse à fond, il n'y a qu'une route, il ne peut pas
semer Charly tant qu'il n'est pas encore en ville. Charly
ne pense à rien d'autre qu'à le rattraper, comme un
fou. Il ne prend pas le temps d'ouvrir la barrière en

bois, il la défonce. Il est presque arrivé à la hauteur du type qui n'a jamais conduit aussi vite de sa vie. Si on peut appeler ça une vie. Sur une route côtière calme et sans voiture. Mais il arrive à Lamentin, une petite ville à côté de Fort-de-France. Il y a des feux rouges et des croisements, Charly grille les feux et regarde dans les angles. L'autre est parti, il ne le voit plus. Il s'arrête dans un garage, il demande si quelqu'un a vu une voiture bleue avec un type tout seul au volant qui roulait trop vite. Le type est hors de la vue de qui que ce soit, maintenant il longe une autre plage, à une autre sortie de la ville, une route de lacets dans les petites montagnes.

– C'était l'année où je suis retourné en Martinique, mais après je suis parti, je suis revenu en France, j'avais mes affaires.

Je m'allongeais près de lui, j'étais habillée, il était nu dans le lit, il remontait la couette sur ses épaules et sur les miennes. Puis je me relevais, je lui demandais s'il se levait aussi, il restait dans la chambre encore une heure ou deux, quand je revenais, je lui proposais de sortir. On sortait. La rue était triste, le ciel était gris, il allait sûrement pleuvoir. On allait faire des courses à Monoprix, des gens se disputaient aux caisses, un client avec une caissière à propos d'un échange, puis une cliente qui reprochait à ce client son impolitesse. Charly était derrière moi, à un moment il m'embrassait les cheveux, je m'appuyais sur lui de tout mon poids. À une autre caisse quelqu'un recevait un appel sur son portable, il répondait « j'ai pris des pommes de terre, je peux pas y retourner y a trop de monde ». Je voulais qu'on se fasse livrer, mais Charly allait tout porter lui-même. Il demandait une cigarette à une fille qui passait dans la rue, elle lui

souriait, elle lui en donnait une. Il lui disait : vous
êtes très gentille. Il coupait la cigarette en deux et
donnait l'autre moitié à la folle en bas de la maison
sur sa grille, allongée sur le dos, les jambes repliées,
comme si elle avait été langoureusement installée
dans son canapé.

Vu du ciel
Gallimard, 1990
et « Folio », n° 3346

Not to be
Gallimard, 1991
et « Folio », n° 3345

Léonore, toujours
Gallimard, 1993
Fayard, 1997
et « Pocket », n° 10950

Interview
Fayard, 1995
et « Pocket », n° 10303

Les Autres
Fayard, 1997
et « Pocket », n° 10469
Stock, 2001

L'Usage de la vie,
incluant Corps plongés dans un liquide,
Même si, Nouvelle Vague
Fayard, 1998

Sujet Angot
Fayard, 1998
et « Pocket », n° 10743

L'Usage de la vie
Mille et Une Nuits, 1999

L'Inceste
Stock, 1999
et « Le Livre de poche », n° 15116

Quitter la ville
Stock, 2000
et « Le Livre de poche », n° 15280

Normalement
suivi de La Peur du lendemain
Stock, 2001
et « Le Livre de poche », n° 15558

Pourquoi le Brésil ?
Stock, 2002
et « Le Livre de poche », n° 30242

Peau d'âne
Stock, 2003
et « Le Livre de poche », n° 30243

Les Désaxés
Stock, 2004
et « Le Livre de poche », n° 30495

Une partie du cœur
Stock, 2004
et « Le Livre de poche », n° 30496

Othoniel
Flammarion, 2006

Rendez-vous
Flammarion, 2006
et « Folio », n° 4704

COMPOSITION : NORD COMPO À VILLENEUVE-D'ASCQ

Cet ouvrage a été imprimé en France par
CPI Bussière
à Saint-Amand-Montrond (Cher)
en juin 2009.
N° d'édition : 100183. - N° d'impression : 90991.
Dépôt légal : août 2009.